最后的家庭

[日] 村上龙

徐明中 译

上海译文出版社

目　录

序章　直径十厘米的希望

　　内山秀树在自家窗户贴的黑纸上开了一个直径十厘米的圆孔。他先用圆规在黑纸上画了一个圆，再用裁纸刀把圆内的纸镂去。虽然这个圆孔的大小恰好和相机的长焦距镜头相似，但他此时并没有像手里拿着过去买的相机那样闲适的心情。

　　自从患了自闭症后，他已在家里待了将近一年半。外出对他来说是一件十分痛苦的事情，于是他决定闭门不出，并在窗户上贴了黑色的肯特纸。家里的窗户外没有雨篷，窗内只隔着一层窗帘，难免泄出外面的光亮。他不能忍受窗外的光线照进屋内，所以把黑色的肯特纸糊在窗玻璃上，每当他发现肯特纸受潮气影响稍有脱落，就立刻从上到下再糊一层肯特纸进行修补。现在窗户上已厚厚地糊了好几层纸，把他自己和外界重重阻隔开来。

他不想听到外面传来的声音，尤其讨厌从下面街道上经过的人们互相的说话声和问候声。事实上，外面存在大批人群，他们在正常地谈话、工作和恋爱。因此，即使在窗玻璃上糊上黑色的肯特纸，也不能完全和这样的现实生活隔绝。虽然他十分清楚这个道理，也明明知道那些除己以外的人们并没有逃避现实，都在正常生活，出入各种场所，和各式各样的其他人应酬交际，充分享受人生的快乐。但是，他就是不想听到那些人在极其正常的生活中发出的声音。

秀树从网上有关自闭症的信息栏看到，有些自闭症的患者竟然在家中闭居五年或十年之久。这远远超过了他现在所待的时间，而且这些患者都和自己一样害怕和他人接触。于是他想到罹患此病的并不是自己一人，心里少许有些安慰，因为世界上和自己一样讨厌听到窗外的人声和讨厌见到别人身影的患者其实比比皆是。但看了这些患者的报道后又使他产生了另一种不安，那些患者由于长期避免和他人接触，居然连见到真实的人影都会感到恐惧，例如他们不敢看电影和人的照片，有的人甚至只能看电影和电视上的卡通片，看杂志也只看漫画部分。据说那些杂志中有真人照片的页面都由他们的家人事先撕掉。

"我只不过待了一年半呐。"秀树轻声地自我安慰，竭力使自己安下心来。他今年才二十一岁，而在自闭症网站上登场的患者都是一些三十岁或者四十岁的小老头，和他们相比自己似乎还有一些优越感。不过他也害怕这或许是瞬间即逝的优势。患病之初半年时的事还记忆犹新。那时他常在家里和父母拌拌嘴，通过电脑选取一些打工方面的信息，或者给老朋友们发几封电子邮件。他刚开始这样消磨时光时，自己还能感受到。但是自从下半年开始喝镇定剂以来，只感到身体日渐倦怠，头脑总是昏昏沉沉，对时间的流逝也不再注意，这也许是药物的作用或是昼夜颠倒地生活的缘故，身体的反应渐趋迟钝。其后的一年感到自己就像生活在梦里一样，浑然无觉地虚度过去。

傍晚，秀树一觉醒来，首先起身打开电脑，接通网络，再检查一下自己的电子邮箱，发现邮箱里只来了几封电子邮件。他知道这种邮件并不是他人随意发来的，往往是由母亲发来的来自精神科医生的忠告。医生说过自己什么事都可以做，每次要制定一个小目标，一旦完成了要表扬和鼓励自己。比如，可以要求自己每隔两天去附近的便利店买一次牛奶，或者通过网络结交网友。

另外，还可以要求自己不一定按规律睡到早上七八点钟，偶尔也可以睡到半夜三点起床。那时外面一团漆黑，行人稀少，自己可以打消顾虑，在家的周围散散步，再者要求自己善于控制情绪，尽量和家人好好说话，等等。秀树也确实根据医生的忠告制定了各种各样的小目标，但结果一个也没能实现。

此时，秀树真是心急如焚。他暗自告诫自己如果这样毫无作为那就死定了，但转念又想起了"不能绝望！"这句话。这是一句自闭症网站的论坛上经常用于鼓励患者的话。同时想起了论坛上的另一句话："不要着急，可以暂时休息一下。"于是，他终于认识到现在可以休息，但不能绝望。可是要做到这一点并不简单，因为他至今也没搞清休息和绝望之间的差别。对于不能绝望和可以休息这两者之间是什么关系，他依然一头雾水。

在这种情况下，秀树觉得要把这事看淡一些，什么都无所谓，也许能使自己得到一点乐趣。尽管自己的身体和头脑融在一起无所作为、听任命运的摆布不是好事，但在此时未尝不是一种超然物外的快乐。尽管这是一种奇怪的想法。他反复思考，最后还是觉得上述想法是错误的，如果放任自己胡思乱想，精神一定会出问题。于是，他决定在黑色的肯特纸上开一个十厘米大小的圆孔。除了这事，他找不到其他更有意义的事情可做。花了两个小时，他终于用裁纸刀完成了开孔的工作。紧接着，室外的光线立刻从这个十厘米的圆孔透过窗帘进入房间。但秀树自己却在此时失去了立刻通过那个小圆孔向外窥望的勇气。

昭子

　　昭子听到了二楼秀树房间传来的摇滚乐声。底楼的天花板似乎也有一种轧轧作响的震动感。尽管如此,这种响声的音量还不足以影响街坊四邻,因为秀树不喜欢和邻居发生摩擦。此时,丈夫秀吉和女儿知美还没起床。秀吉用早餐的时间是规定好的,一般都在早上七点三十五分准时进入餐厅。所以那时餐桌上必须准备好吐司、色拉和煎蛋。而知美的起床时间毫无规律可言,有时一睁开眼立刻起床,比昭子起得还早,有时则睡过了头,头发都来不及梳理就慌慌张张赶到餐桌边。

　　昭子刚才查了电子邮箱,没看到延江清发来的邮件。延江清昨晚刚发来过电子邮件,昭子也当即给他写了回信,因此昭子揣度他可能有新的回复。

延江清比昭子小十三岁，是个二十九岁的年轻木匠。昭子是在去诊所向一位名叫竹村的精神科医生咨询时偶然间和他相识的。延江清并不是精神病患者。他当时正在改造竹村医生那栋住宅兼诊所的房子，主要是重新修缮屋顶和梁柱。两人在诊所里不经意地搭上话后居然产生了谈话的兴趣，偶尔外出一边喝茶，一边聊天。延江清很健谈，不仅向昭子津津有味地谈起过去在烤鸡店或小酒店喝酒的往事，也向她诉说了自己是个木匠，每天须得早起，已有整整十年没看过电视台深夜节目的苦衷。昭子喜欢这个无忧无虑、口没遮拦的年轻人，而且发现他的身体特别健康。

从那以后，昭子和延江清开始了通讯联系。有时为了秀树的病情外出拜访精神科医生或者参加医学顾问的讲座以及自闭症患者亲友会时，她还趁便和延江清到餐馆一起吃午饭。每次和延江清见面，她都会不由自主地想起自己的儿子秀树。在茶馆，延江清大大咧咧地叉开两腿坐在椅子上，健康的牙齿嚼动着放在可乐里的冰块，发出响亮的声音。他一边无拘地吃喝，一边大声谈论哪个队能代表日本足球队的事。昭子怔怔地望着延江清生动的表情，心里往往涌起一种酸楚的感觉：为什么这个年轻人这样健康活泼地在外面工作，而我的儿子却一步也走不出自己的房间？每当念及于此，她的心中又会产生一种难言的罪恶感。虽然和延江清至今连手都没有碰过，但是当她把延江清和秀树进行比较，或者两人谈笑时，她会暂时忘却秀树的病情。于是昭子就有了这样的罪恶感。

秀树是在大学落榜那年开始患病的。那时秀树没考取第一和第二志愿的大学，只得进入东京都内一所不太有名的私立大学，其后不久便得了自闭症。起先只是出现不愿上学情愿赋闲在家的前期征兆。一天晚上，昭子做好晚餐要吃的面条送到秀树房里，偶然看了一眼秀树瘦削的后背，发现他从没这样憔悴过。

"把东西放那儿吧。"秀树头也不回地说。

当昭子把面碗放在地板上，正要走出房间时，她突然忍不住大叫一声："秀树!"

秀树依然背对着她没有回答。

"秀树!"昭子再一次叫。

"你怎么啦?"秀树不耐烦地低声咕哝，转过身子望着昭子。

这时，昭子发现秀树紧皱眉头虎着脸，眼里露出近乎绝望的目光，不由自主又大声喊道："不要灰心，继续努力啊!"

秀树站起身来，面容悲切地走到昭子面前，突然近乎狂暴地吼道："快把面条拿走! 不要对我说什么再努力之类的话!"他使劲跺地板，活像一只困在囚笼里的幼兽。

从那天晚上起，昭子感到秀树完全变了一个人。

秀吉准时在餐厅露面，时针恰好指向七点三十五分。他穿着白衬衫，系着领带，手里拿着煮咖啡用的弯管咖啡壶。

秀吉平时偶尔和朋友一起出去打高尔夫，谈不上是特别的爱好，在家里也几乎不喝酒，唯一的喜好是收集咖啡用具。他现在拥有三只弯管咖啡壶，一个煮咖啡用的过滤器，还有电动的咖啡研磨机、研磨机附带的咖啡壶和几只成套的咖啡杯。

每天早上，秀吉必定自己煮制咖啡。甚至连家人的咖啡杯也由自己准备并亲自倒入咖啡。那时，秀吉也一定会为秀树准备一只咖啡杯。

秀树偶尔也从二楼下来，但并不是来喝父亲为他准备好的咖啡的。

秀树患自闭症之前，秀吉非常重视全家一起用餐。他说过，不管工作多忙，只要到晚饭时间，他总要回到家和家人一起吃饭。这句话似乎俨然成了秀吉的家训。因此，从秀树和知美小时候起，秀吉就教育他们必须懂得和家人一起吃饭是最重要的事。

但是，秀吉本人自从进入公司以来一直在销售部门工作，经常在外招待客户。尽管如此，他还是经常打电话给家里，说："今晚可能晚些回来，非常想在家里吃晚饭，能不能等我一下？"秀吉说这种话时往往带有特别的语气。于是，秀树和知美不得不忍饥挨饿地等待父亲归来，常常等到晚上八九点，有时候甚至等到晚上十点。他们眼巴巴地等着父亲，不敢自己提前吃饭。他们应该从小都有全家聚在一起吃晚饭的习惯。但是，这个全家一起吃晚饭的规定对一个销售员家庭来说，也许太勉为其难了。虽说这样，秀树也决不会反抗这个使他经常挨饿的旧习，他有时还会责备不想遵从父亲的教诲、准备自己提前吃饭的妹妹知美。

"今天我要去竹村先生的诊所。"

昭子对秀吉这样说。

"噢……"秀吉有些含糊其辞地回答。

精神科医生和医学顾问都曾不解地问起患者的父亲为什么不能来？昭子也曾多次劝说秀吉去关心一下秀树的病情，但秀吉总是借口工作忙而加以拒绝。秀吉现在是机械零部件公司销售部的次长，说工作忙确实不是故意的托词，而且昭子也知道现在这家公司的经营状况相当糟糕。除此之外，昭子也清楚家里还需继续偿付剩下的按揭贷款，再加上知美的开学费用也是一笔不小的负担，所以她没有强烈要求秀吉一起去咨询医生那儿。

"今天公司有事，要稍微晚点才回来。"秀吉对昭子老调重弹地说道。

昭子未及反应，只见知美也来到餐桌边，她的发间还散发着香波的淡淡幽香。

"摇滚乐！"知美抬头望着天花板自言自语说道，"摇滚乐还算是好的了。"

"你这话是什么意思？"秀吉有些不解地问。

"听说一旦开始听古典乐就大事不妙了哦。"

"为什么大事不妙？"

秀吉一边为知美倒咖啡，一边问道。

"难道您不知道许多自闭症患者一边听着巴赫或者莫扎特的古典音乐，一边关在房间里自寻短见的事吗？"

知美喝了一口秀吉为她倒的咖啡，略带神秘地说。

知美似乎并不特别喜欢喝咖啡，但这是父亲特意为自己倒的，即使不想喝，也一定闻着咖啡的香气喝上一口。

"不许胡说！我这就上去看看秀树。"

昭子说了知美一句后，径直上了二楼。她在一张便条纸上写上"早饭吃什么？"的字句后，把字条从门缝塞了进去。

不一会儿，那张字条又从门缝塞了出来，上面写着秀树的回复："早饭不吃，给我买一个桃子罐头。要白桃，不要黄桃。"

昭子看这张字条，两眼不由得湿润了。

"我要等父亲回来，父亲总是想和大家一起吃晚饭的。"这个直到高中毕业还经常念叨这句话的孩子，现在只会通过字条和父母对话了。"给我买个桃子罐头"，这句话多么生硬，作为他的母亲该是多么伤心。

昭子把秀树的字条放入自己围裙的口袋里，怏怏地从他的门前离去。

秀吉

秀吉一看表，六点四十三分。早上三点左右他曾醒过一次，但很快又睡着了。现在醒来后，他开始想起有关公司的事来。现在公司的情况很糟，"看来只剩下工厂和技术部门，公司的其余部门都要进行产业重组"。部下都对他这么说，其实他们说得没错。公司的前景完全有这样的可能。现在看来，前年没有响应公司关于员工自愿退职的号召也许错了吧？如果那时退职，就能从公司得到相当于两年工资总额的再就职准备金了。不过即使拿到了那笔现在已无法到手的两千万日元的退职金，离开公司后，家里的积蓄也会化为乌有。那些退职的同事告诉他，一旦没有了收入来源，积蓄会在顷刻之间大幅减少。如果真是这样，那么不仅不能偿还家里的按揭贷款，而且会拿不出知美升大学的费用……

要是能再次入睡就好了。每当想到令人担忧的烦心事，一觉醒来总是无法再次安睡。秀吉想到这些，不由得又看了看手表。这只欧米茄手表是他刚进公司时用第一笔奖金买下的。从两年前开始，手表平均每天慢两分钟。秀吉和昭子的卧室是一楼的日式房间。秀吉的枕边放着电话，当他拿起电话准备倾听电话报时的时候，突然听到电话里传来奇怪的音响。他这才发觉，原来电话没有接通。秀吉知道这是昭子正在上网的缘故。这个女人难道不知道现在是什么时间吗？秀吉产生了些许恼意，不过还没到发火的程度。他明白现在有关秀树病情的事都已经一古脑儿地推给了昭子，她通过书本和网络来寻找相关的精神科医生和医学顾问，然后不辞辛苦地专程上门拜访，从他们那儿获得宝贵的医学信息和治疗方法。

要是三年前，我一定会大发脾气吧？秀吉这样想着，顿时失去了睡意。他索性钻出被窝，准备去浴室洗个脸清醒一下。走近浴室门口才发现知美正在洗澡，不能进入。只得走进卫生间匆匆地洗了把脸。回到自己的卧室后，干脆穿起白衬衫，开始做离家上班的准备。

一楼除了秀吉夫妇的日式卧室之外，还有一间十张榻榻米大小餐厅兼厨房的房间。秀吉心想，如果现在去厨房，一定能见到正忙于电脑操作的昭子，两人必然能说上几句。此时的昭子也许正在通过网络览阅那些患者亲友会或者医学顾问的主页吧？

昭子为了给秀树治病，和精神科医生及医学顾问们保持着密切的联系，每个月要为此花费两万日元左右。现在每月支出两万日元都是很心疼的事。以往秀吉每年的奖金高达二百八十万日元，而这两年到手的奖金只有往年的五分之一，发奖金时连按揭贷款都付不起。为此不得不每月节衣缩食地省下一万八千日元来填补这个亏空。

社会经济萧条，商品的价格持续下滑，公司的营业收入也一路走低。公司员工的减薪从奖金开始。接着又硬性规定员工每月的加班时间不得超过十个小时，超过十个小时的部分只能算义务加班。不久，每月八万日元的管理职务津贴减去一半，六万日元的营销津贴只剩下二万日元。因此，家里的存款急剧下降，连昭子和医生联系的费用支出也确实成了秀吉的烦恼。

不仅如此，更使人困惑的是据说那个精神科医生还称给孩子单独的房间没有错。自从秀树自我封闭在房间里以来，秀吉也开始关心地览阅了一些孩子教育的书籍。那些书都是名人和文化人写的有关孩子教育的理论和对待家人的正确方法。每一本书都告诫说绝不能过度溺爱自己的孩子，其中特别多的专家在书中专门写到，给孩子单独的房间百害而无一利。孩子长期单独待在自己的房间会养成自私和任性的性格。如果给了还是小学生的孩子单独的房间，等于让他成为自闭症患者。

秀吉出生于群马县，小时候没有自己的房间。当时父亲在陶器公司工作，整个家庭租房而居。秀吉只得和兄弟姐妹们在同一间房里学习。那时，他多么盼望有一间属于自己的房间。昭子出生于东京的板桥，她也是和姐姐弟弟在一间房里生活的。秀吉和昭子是通过共同的熟人介绍才认识结婚的。当时他们住在位于西武新宿线的一座名叫花小金井的小镇上。两人的住房是用灰泥砌就的一座小公寓中的两间小房间。婚后他们白手起家，辛勤工作，经过十年的不懈努力，再加上众多亲友的资助，终于买下了位于东京和埼玉县交界处的一栋住宅。那时秀树才九岁，知美六岁。

当时，秀吉对昭子说把二楼作为孩子们的房间，昭子对这提议也极表赞成。其实她早就有这样的想法，把自己当年梦寐以求而得不到的房间给予现在的孩子们那是多好的事啊。

谁知事与愿违，现在秀树却得了自闭症。他们一时急得手足无措，不知该怎么办才好，无奈之际，只得翻阅了有关的医学书籍。书上清楚明白地写着孩子独居一室容易产生自闭症。秀吉看了这本书后，感到医学书把自己以前美好的想法都彻底否定了。唯有昭子通过网络调查而去拜访的一位名叫竹村的青年精神科医生持不同看法。他告诉昭子说，让孩子独居自己的房间并没有过错。听到竹村医生的这个结论之后，秀吉不得不默许昭子继续和精神科医生以及医学顾问保持密切的联系。

　　秀吉穿好白衬衫，挑选领带时，又有一阵新的不安袭上心头。最近几年来，有关公司的事从没听到过什么好消息。公司的主要产品是机械和汽车冷却装置的零部件。被人称为散热器和油冷却器的生产中心。公司的生产工厂设在新所泽，而秀吉本人则在位于高田马场的公司总部工作。最近公司一直处于不景气的状态，这两年来他手下四十岁左右的部下都走光了。有四名部下是以早期自愿退职的方式离开了公司。其中一名关系亲密的部下曾对他说自己和一家生产电脑部件的公司联系好了，希望他也一起去。但秀吉拒绝了部下的好意，仍然留在公司。

　　那家伙走了真让人感到寂寞啊。秀吉一边系着领带，一边这样想着。他自己也清楚，待在这样的公司里实在是没有出路。现在公司就像一个艾滋病晚期的病人，正逐渐衰弱地走向死亡。

　　也许那家伙的意见是正确的。现在自己的年收入只有过去的一半。不得不勉强忍受这种年收入的减少，实际上，这也导致了生活水平的下降。

　　当然，对秀吉本人的打击还不仅于此，他认为如果公司情况稍有好转、收入能略有增加，他一定尽力地为公司作出贡献。秀吉知道销售工作的生命就是人际关系。他现在拥有的客户网络都是自己通过二十六年的不懈努力才逐步形成的。何况现在人届四十九岁的年龄，他实在不想到新的公司重新开始。如果还是三十五岁，不，就是四十岁的话，也许就和那个家伙一起去新的公司了。

秀吉系好领带，对着镜子仔细端详自己的容颜。他发现左眼有些充血，脸颊也有些松弛。

"今天我要去竹村先生的诊所。"

秀吉坐在餐桌边，正往杯子里倒咖啡时，昭子冷不防这样对他说道。秀吉本想问她是上午去还是下午去，结果还是打消了提问的念头。反正自己是没有空陪她一起见医生的。今天公司的专务叫他去面谈。早有传言说今后接待费要自己掏腰包了，也许这次面谈会正式通知这件事吧？此外，还有传言说会计人员也要到外部聘请了。

想到这里，秀吉不由得心烦意乱，他声音低沉地对昭子说："今天公司有事，要稍微晚点才回来。"

不知什么时候，知美已坐到了餐桌边，她的头发还是湿漉漉的，对着天花板自言自语地说："摇滚乐，摇滚乐还算是好的了。"

这时，众人清晰地听到从秀树的房间里传来低沉的声音。秀吉忙问知美说这话的意思。

知美解释道："听说一旦开始听古典乐就大事不妙了哦。"

"为什么大事不妙？"

秀吉一边往知美的杯子里倒着咖啡，一边问道。

今天喝的是用弯管咖啡壶烧煮的夏威夷混合咖啡。虽然平时只有昭子一人喝，但是一旦昭子不喝了，家人们也许就会担心，以为发生了什么事情，因为二十多年来，昭子一直保持着这种习惯。

"难道您不知道许多自闭症患者一边听着巴赫或者莫扎特的古典音乐，一边关在房间里自寻短见的事吗？"

知美喝了一口秀吉为她倒的咖啡，略带神秘地说道。

"不许胡说！我这就上去看看秀树。"

昭子说了知美一句后，径直上了二楼。要是秀树能下楼喝杯咖啡就好了。昭子这样想着，但她很快又绝望地叹了口气。就在十天前的一个早晨，秀树离开房间下楼来到餐厅，就坐在秀吉的旁边，喝着父亲调制的咖啡。那天喝的是厄瓜多尔上好的混合咖啡。秀树喝着咖啡，面无表情地问父亲："工作忙吗？"

"还是老样子。"秀吉含混地敷衍着。

自那以后，秀树再也没有开过口。

"工作忙吗？"昭子一想起秀树的声音，突然觉得胸口一时堵得喘不过气来。

知美

　　隔着走廊听到了从秀树房间里传来的音乐声。听到的似乎只是震动地面的摇滚乐声和击鼓声，至于是什么乐队的什么乐曲就不清楚了。睡前听到摇滚乐时，总觉得哥哥似乎恢复了健康。

　　知美房间的面积有六张榻榻米那么大，其中的百分之七十被一张大床占据着。当她拥有自己的房间时，只有床是自己挑选的。不知出于什么原因，知美偏爱大床。她想要的睡床十分巨大，无论翻身还是打滚都不用担心掉在地板上。

　　知美起身后，看了看放在枕边手机上的短信。结果发现有近藤发来的一条短信，写着："如果是今天傍晚，没有问题。"

　　近藤是位珠宝设计师，他好像在吉祥寺一带有套住所兼工作室的房子。昨天晚上知美给他发去了想见一面的短信，没想到近藤马上就来了回音，知美心里当然非常高兴。从短信到达的时间来看是深夜三点半。"难道他在熬夜吗?"知美有些担心地想。近藤快二十八岁了，进入专科学校之前也患过自闭症，据说有整整两年半时间躲在自己的房间里闭门不出。

　　是通过什么方法治好自闭症的呢? 两人第一次见面时，知美曾这样好奇地问他。

近藤解释道:"我在读高中的时候就立下了将来要从事珠宝设计工作的志愿。但是父亲是国家公务员,不认可我的愿望,而母亲也是个除了上大学之外其他一切免谈的人。我上面还有个哥哥,他当时正在东京大学读书。在父母的双重压力下,我未能实现自己的志愿,结果大学也没考上。从早到晚满耳朵里听到的尽是父母指责的话。我的身心因此受到很大打击,什么事情都不想干,家里人发现我这种情况时,我已患上了自闭症。就连自己喜爱的珠宝设计的事情也忘得一干二净。当时有个家庭访问志愿者组织的人来我家看望了我。我的老家在长野县,好像是母亲在保健所听说了这个组织后特意嘱托他们来的。那时,我的头脑似乎有些清醒了,还是想着要做珠宝设计的工作,我为了这份工作足足苦思冥想了一年多。刚患上自闭症时,不管想动手做什么都没有那份动力。那时我就想,如果有了自己喜欢做的事,不就有坚持下去的力量了吗?于是我每天只是在自己的头脑中运转着这种动力,无法对外宣泄。在这种时候,如果有人能认真倾听我的想法,我一定会把自己心中的话对他和盘托出,我想这样一来他不就明白了我喜欢的事和想干的工作是什么了吗?"

把近藤介绍给知美的是她的同班同学夏美。至于夏美怎么会认识近藤的,知美不得而知。夏美说她曾和近藤一起喝茶聊天。

知美为此颇感疑惑，难道近藤经常和高中女生一起游玩吗？但是近藤至今还未对她本人说起这事。

和近藤见面，包括这一次一共只有三次。第一次见面是在吉祥寺车站后面的乐天利连锁汉堡店。那时给知美的印象是营养不良。年龄比自己大十岁，内向自闭。身材也不高，没有青年男子的体型特征。所以最初知美绝不会想到两人还会这样约会几次。

"知美小姐是不是担心哥哥的病才来向我打听这事的？"

两人第一次见面时，知美便好奇地向他提出了有关自闭症的事。当近藤得知知美的哥哥也患上同样的病症后，忍不住这样反问。

"我不知道。"知美羞怯地回答。说实话，她真的不知道自己是否担心哥哥的病情。

"难道您的父母不担心吗？"近藤接着又问道。

"我母亲特别担心哥哥的病情。"知美如实回答。

知美痛痛快快地洗了个热水澡，并准备了一套大人的内衣。她觉得和近藤在一起没有两性相悦的氛围。过去只是由于谈话的意气相投，才继续交往的，而今日见面或许也不过如此吧？不过今天也许会去近藤的工作室，所以特意挑选了有成熟女人风韵的内衣。如果和近藤相处的时候没有这种带点情色的氛围，大概定会再次进入谈论自闭症的怪圈。

知美在秀树刚开始患上自闭症的时候，有一种"果不其然"的感觉。虽然没料到他会患上自闭症，但她也早就觉得那个比自己年长三岁的哥哥一直以来在生活和待人接物方面有些怪异。难道他患上自闭症，才开始适应了人生吗？现在知美终于明白哥哥喜欢什么了。

也许哥哥十分像父亲。

自从哥哥得了自闭症，父母间的谈话明显增多了。知美一边擦拭身体一边想。而且父亲原来信守的全家必须一起用餐的规矩最近也几乎被打破了。尽管他平时一直说不允许，但现在突然又说女孩子买个手机也行。不仅如此，父亲甚至不反对自己早上洗澡了。显然，他对家人的生活状态产生了一种莫名的紧张感。知美感到迄今为止家人对父亲都是唯命是从，大家好像生活在一个温暖的封闭软壳内，每个人说话和表情都像是演戏一样。

闻到了咖啡的香味。此时父亲正亲自使用电动研磨机研磨咖啡豆。要说父亲至今在家还保留着的习惯，也许只有每天早上制作咖啡了吧？他首先问你能喝清咖啡吗？然后会说如果放入炼乳就会变成咖啡牛奶了。只要不嫌他啰嗦，那每天早上就都能喝到咖啡。

有时知美还能回想起初中时的往事。有一次，体育课刚结束，突然发现自己的校服衬衫上染上了圆珠笔留下的红色污迹。很快就猜到了这是谁干的坏事。原来祸首是一个名叫吉本佳织的富家千金。吉本佳织不仅长得难看，还有一肚子的坏心眼。看到自己沾满红色污迹的校服衬衫时，知美突然觉得从体内产生了一种从未有过的力量，这种力量为什么会出现自己也不知道。只感到这是愤怒和力量的有力结合。于是她一把抢来正在一旁幸灾乐祸地观看的吉本佳织的校服，又夺走了她装着教科书和笔记本的书包，当着全班同学的面，知美把这些东西一古脑儿扔进了校园边上的焚烧炉里。

"如果你以后再耍坏心眼，我就把你也扔进炉里烧死。"

知美恶狠狠地说，吉本佳织吓得嚎啕大哭起来。

那时如果学校把父母叫来可就不得了了，也许会就此改变自己的人生。知美曾经想过一个强人应该是什么都能干的。但又觉得并不完全是这样。现在她终于也有了什么事都敢干，不管对方是否愿意的强势经历。从此，再没有人敢欺侮她了。知美终于明白现在想干什么尽管干好了。所以她在父亲面前也是想说什么就说什么。惹得妈妈总是责怪她："这小家伙真是让人弄不明白。"

知美在餐厅听到了从天花板传来的楼上摇滚乐的声音。父亲正在亲自为女儿倒咖啡。他对母亲说公司里有事今晚要晚一点回来。知美听了不由得心中暗喜：今天真的能和近藤见面了。她知道父母还是很信任她的，她现在已是即将升大学的高三学生，虽然十月份学校没有什么重要活动，但是哥哥的病情使父母都已筋疲力尽，因此他们对这么小的事一般是不会注意的。

"摇滚乐!"知美随口说了一声，她又自作聪明地对父母说，"听到这样的摇滚乐，也许表明哥哥的身体好些了。"

说到此，知美不由想起了从近藤那儿听到的事。那是近藤朋友的事情。那个朋友其实并没有患上自闭症，但是自从他的音乐兴趣从英国的摇滚乐突然转向古典音乐后，过了一个月就莫名其妙地自杀了。

"摇滚乐还算是好的了。"知美又说了一句。

"你这话是什么意思?"父亲问道。

"听说一旦开始听古典乐就大事不妙了哦。"

"为什么大事不妙?"

父亲一边为知美倒着咖啡，一边问道。

知美不由得瞥了父亲一眼。父亲的白衬衫经过长期的反复熨烫，衣襟上泛着光泽，一条藏青色的领带有些扭曲。

这时她又想起了和近藤第二次见面的情景。

"知美小姐想要做什么呢?"近藤好奇地问道。

那时她的头脑中浮现出来的就是父亲的白衬衫和领带。衬衫和领带经过反复洗涤虽然已经有些缩水，但又恰好紧箍着父亲日益松弛的颈部。

想到此，知美有些拘谨地回答："我想离开家。"此话一出，也不知为什么，尽管并没有特别的忧伤和寂寞感，眼泪却不由自主地夺眶而出。其实，她并没有讨厌自己的父母，还是那样地爱着他们。她也没有嫌弃哥哥，不会为哥哥的病情感到耻辱。她甚至转念想到哥哥患了自闭症对他本人来说也许是必要的。就像她把吉本佳织的校服和书包扔进焚烧炉那样，对哥哥而言，自闭症是必要的。

不过，知美还是真心祈愿这样的病千万不要引起暴力行为。只要一想到今后不知什么时候哥哥是否又会有暴力倾向的问题时，她就感到不寒而栗。如果哪一天亲眼看到哥哥对父母实施暴力，那就像一个可怕的噩梦实实在在地再现在自己眼前了。

自己是女孩，力气太小，自然不能制止哥哥的暴力行为。而哥哥在实施暴力行为时会出现非常可怕的神志。虽然谈不上凶暴，但由于感到羞耻而出现濒死的模样，就像现在也常出现的欲哭无泪的惨相。看到这种表情的哥哥实在是太可怕了。知美进而想到自己是否也有过这样的表情呢？每念及此，她就吓得喘不过气来。此外，她的头脑中还经常出现母亲被哥哥殴打的景象，这时她往往觉得自己像一只漏了气的气球，刹那间失去了全身的力气。

这样的家庭实在不想再待下去了。这种想法并不仅仅因为不愿见到哥哥的暴力，她只是单纯地想离开这个家。"离开妈妈并且适应外面的生活自然是很辛苦的，而离开哥哥或许是一种卑怯的表现。但我还是想离开这个家。"知美坦诚地向近藤说出了自己的心里话。其实，那时她还是第一次考虑这样的事情。

"知美小姐究竟想干什么呢？"通过近藤这样的提问，知美终于第一次明白了自己内心的真实想法。

"难道您不知道许多自闭症患者一边听着巴赫或者莫扎特的古典音乐，一边关在房间里自寻短见的事吗？"知美故作神秘地说，爸爸顿时陷于难言的沉默之中。

"不许胡说！我这就上去看看秀树。"昭子生气地说了一声。

知美知道自己刚才说的话又勾起了妈妈的伤心。尽管是对爸爸说的话，但是妈妈也一起坐在同一张餐桌边，她当然听见了这些话。于是妈妈逃离似的快步上了二楼。知美目送着妈妈上楼的背影，喝了一小口父亲亲自调制的咖啡。

秀树

秀树一边听着空中铁匠乐队的大碟，一面把目光移到了放在窗台边的相机上。这架带有长焦距镜头的相机装在三脚架上。如果有点光线的话，他想再去看一次相机的取景器。

自从他在贴了几层的黑色肯特纸上开了一个小孔后，没过几天，他就从书架的最里面取出了相机盒子。当时他发现盒子上已经蒙上了一层浮灰。他患上自闭症后不久，有天晚上曾想把这只相机盒子扔到河里去，最终没舍得扔掉。在当复读生的时候，他曾一度对摄影产生了浓厚的兴趣。那时补习学校里有个朋友喜欢拍照，受那家伙的影响，他跟父母说要买一架相机。没想到他们竟然爽快地答应了他的要求。而且马上给他买来他最喜欢的佳能公司生产的单反相机。除了标准镜头之外，还一并买了一个三百毫米的长焦距镜头。

"买了相机就该给我好好努力通过升学考试咯！"

当时父亲就是这样的态度。

听到这样的话，秀树真想一下子砸了相机，但他那时还不敢反抗威严的父亲。结果只拍了几卷胶卷后就对摄影失去了兴趣。秀树感到这架买来之后立刻失去用处的价值近二十万日元的相机恰好证明了自己的无能。于是干脆把它藏在书架最里面弃之不用。当他在黑色的肯特纸上开了一个小孔后，突然产生了通过相机的长焦距镜头窥视窗外的念头。他认为这种举动其实无妨大碍，外面的人也许无法看到里面的动静吧。于是他支起三脚架，在上面安装了带有长焦距镜头的相机。这样，他窥视的眼睛高度正好和窗纸上的小孔齐平。

秀树发现相机的电池早已没了电，只好等到深夜全家人安睡以后，一个人悄悄去了附近的便利店。终于买来了所需的电池和胶卷。换上新的电池后，相机开始自动对焦，当他从相机的取景器里看到树木和对面的房屋时，突然感到像是做了什么坏事似的紧张起来。他从取景框内看到了左半边的树木和右半边对面房屋的窗户。

安装相机时正是深夜两点左右，刚开始，对面的房屋一片漆黑什么也看不见。而秀树却像野鸟观察者那样，耐心地通过取景器看了一会儿。他虽然明知道外面伸手不见五指，也许什么都拍不下来，还是按了几次快门。然后一边玩着电脑和游戏机，一边又几次去窥看取景器。最后只看到树上的几片枯叶在月光下晃动。尽管如此，他还是产生了似乎参与了什么重要活动的满足感。以后几天他也是这样度过的，遗憾的是一直未能看到人影。

他从取景器里看到的是被切成长方形的现实景象，这是一种和网络完全不同的视觉感受。通过自闭症网站，他知道还有和自己患同样病症的其他人，所以有了一种安心感。他曾看到网络论坛上写的一句话："不忍看到他人的亲热之状。"进而还看到这样的一段话："每当看到人和人亲热地拥抱在一起的样子时，哦，不是真的。纯粹是想象出来的。我的心中就会产生一种反感。就算在电视里见到这样的情景我也不能忍受。但是,这种互相显示人类温情的人们确实是存在的,这个事实使我深感绝望。我绝对不会接受这种现象。"

秀树看到这段话时,突然感到自己和作者的心情几乎完全一样。他人的言语揭示了自己隐蔽的心绪。至于其他自闭症患者的言语使他明白了受到这种痛苦的不仅仅自己一人,因而给予他一种前所未有的安心感。不过,不容置疑的是,即使他明白受此痛苦的不仅仅是自己一人,也并没有完全缓解内心的痛苦。在网络论坛上他还看到了一个四十岁患者的痛苦宣泄,这使他暂时产生了一种貌似轻松的优越感。但与此同时他又开始愁眉不展,因为他突然想到了"自己难道会在这小屋子里一直待到四十岁吗?"这样可怕的事。

秀树也想到自己是否远离了现实这个问题。他甚至认为这种顾虑是进入非志愿的大学所造成的。短暂的大学生活对他来说是一种痛苦,头脑中留下的只是令人烦恼的回忆。这种烦恼的回忆似乎总是盘旋在脑子里挥之不去。那所大学是东京都内的二流私立大学。当他第一次进入该大学上课时,刚说出自己家在西所泽,就有人讪笑着问道:"埼玉县的《少年 Jump》杂志的出售日期真的比东京晚两天吗?"引起了全班的哄堂大笑。其实,秀树心里也清楚那个提出如此促狭问题的同学一定没有什么坏心，但从那天起他再也没有开口和其他人说话。

黄金周结束的时候，秀树突然对一起参加卡通社团的一个名叫堀内的短发姑娘说："我们做朋友好吗？"其实，他以前从没有和堀内说过话。这次堀内偶尔路过他的教室，当只有两人在教室门口时，秀树情不自禁地脱口说出了这样一句台词。当时秀树也被自己的冒失举动吓了一大跳，但他接着又执拗地继续问道："你能告诉我你的手机号码吗？"没想到堀内竟然大方地点头道："好的。不过今天没有带手机，以后告诉你可以吗？"

两人邂逅之后，堀内并没有信守自己的诺言，而是在公众场合对秀树表露出视若无人的神态。有一次堀内单独在场的时候，秀树曾想去接近她，谁知她却像避瘟疫似的逃离而去。

不久，学校里开始有了秀树是性骚扰者的流言。于是秀树再也不上学了，他受此打击后便把自己整天关在小房间里闭门不出。秀树至今还清晰地记得那个穿着迷你裙的堀内从现场逃离时的情景。当堀内在两旁长着高大树木的林荫大道上慌乱地逃跑时，秀树呆呆地站在后面瞠目而视，看着堀内的人影逐渐变小，直至从他的视野中消失。现在一想到此情此景，秀树就感到意念难平，于是他幻想着试图把相机的焦点对准堀内人影消失的地方，继续眺望着那里已不见堀内人影的景色，那景色似乎能从小小的圆孔里逐渐展开……

　　透过门缝闻到了咖啡的香味。秀树料想父亲已经起床了。从小时候起，父亲总是在家烧煮咖啡和摆弄那套咖啡器具。因此每天早上都能闻到咖啡的香味。进了中学后，秀树再也不想闻到这种熟悉的香味了。但是他知道父亲的个性极强，他要支配全家人的行为和思想，而母亲绝不会违逆父亲的意志。秀树小时候常看到父亲充满自信的样子，"我要你们必须老老实实地遵守家里的规矩！"他曾多次听到父亲这样的训诫，父亲的口气十分严厉，没有半点玩笑的意味。

　　在记忆中，父亲几乎没有和家人一起外出游玩过，只是在吃饭时才和大家聚在一起。所以每到用晚餐时，大家必须坐在餐桌旁等待父亲从公司下班回家。如果父亲因工作接待的原因而晚回家，大家也只能忍受着饥饿干巴巴地等着。当家里的大门响起门铃声，母亲前去迎接父亲时，进门的父亲就会说："开饭吧！"于是母亲才和大家一起开始忙着张罗吃饭。这时父亲就会微笑着看着大家吃饭，并且不无满足地赞叹道："我的家人是最好的。"父亲希望家里人在用餐时能够快乐地边吃边谈，所以大家在吃饭时还必须装出很快乐的样子。

淡淡的光线通过圆孔射入屋内。秀树来到窗台边，通过装着长焦距镜头的相机的取景器向外窥望。他看到对面的树上停着一只小鸟，小鸟正快活地单翼晾翅，并不时地张开着小嘴嘀咕着什么。接着，他又把相机的焦点移到对面房屋的窗口，突然看到屋子里出现了男人和女人。秀树顿时感到自己的心跳加快，几乎想立刻离开相机躲到屋子的角落里。此时，他无意识地按下了相机快门的按钮。相机内突然响起了机械传动的连续响声。尽管这声音不会传到对面的房屋，但秀树还是不由自主地用双手拼命捂住相机的机身。

这简直像是电影中的慢镜头。最初从镜框的右侧出现那个女人的面容，女人的身体似乎是向左侧倾斜。她好像还抱着头，因为秀树看到那女人的两手正捂着耳部。此外，女人身体的倾斜状和扭动的样态也有些不太自然，她虽然斜着身子，却像喜剧演员似的横着向左移动，女人的头部上面又出现了一只男人的手，那只手正抓住女人的头发。镜框里出现了男人的脸。秀树觉得这男人的表情似乎和谁有些相像。哦，他一下子想起这种表情和奥运会的投铅球或掷铁饼的运动员表情十分相似。只见他咬牙切齿地整个脸部都变了形。至于那个女人的表情现在还没看到，因为头发遮住了她的脸。现在只能看到女人的嘴。她的嘴像唱歌似的张得好大。此外还看见了女人丰满的胸部。她好像穿着睡衣，但是纽扣都松开着，这样就能清晰地看到那鼓鼓的乳房和两乳之间的乳沟。

秀树未及细看，就在一刹那间，那女人和男人都从镜框中消失了。

秀树的心像揣着小鹿似的怦怦乱跳。刚才通过相机取景器看到的景象犹如长长的未有尽头的录像在他头脑中反复地显像重放。当他离开相机镜头时，只感到自己的身子正在簌簌地发抖。这究竟是什么原因呢？一时也说不清楚。现在他才知道对面的那栋房子其实是一对姓柴山的夫妇的住宅。它是半年前建造的，占地面积为自己家的三倍以上。

秀树发现房门的缝隙里塞进来一张字条。捡起来一看才知道是母亲写的。他的心情顿时复杂起来。字条上，母亲写道："早饭吃什么？"

秀树看了一眼小字条后，不由得松了一口气，同时他又安慰自己，反正母亲现在什么都不知道。虽是这样想，但心中还是产生了一种没来由的烦躁。

"早饭不吃，给我买一个桃子罐头。要白桃，不要黄桃。"秀树在字条上潦草地写上了那句话。其实他并不想吃桃子罐头。只是亟想告诉母亲自己的恐惧："我看见了一件怪事。"

但是，他现在无论如何都不能对母亲直露自己的心声。

昭子

　　昭子去便利店买了白桃罐头。回到家把罐头放入冰箱后，她
又写了张字条塞入秀树房间的门缝里。

　　字条是这样写的："我现在去竹村医生的诊所，傍晚才回家。
白桃罐头放在冰箱里。"

　　昭子站在秀树房间的外面，望着到处是裂缝和油漆剥落的墙
壁，同时她又看到了房门上也有两处裂缝。于是辛酸的往事一下
子涌上心头。

　　"叫他下来!"

　　在秀树患了自闭症后不久，一个初夏的晚餐时分，秀吉是这
样大声吼叫的。那时，秀吉刚从公司回家，还整齐地穿着白衬衫

系着领带。昭子刚要打秀树的手机，秀吉一把拦住她，声色俱厉地说道："不要打电话，我去叫他下来！"

"哥哥已经吃过晚饭了，不去打扰他不是更好吗？"知美插嘴道。

"你给我闭嘴！"秀吉发出一声怒吼，然后就要直上二楼。

昭子急忙去拦阻他，但秀吉根本不听。

"喂，吃饭了，快给我下来！"

秀吉一边咚咚地敲击着秀树的房门，一边反复地大声嚷道。

"请不要敲门了。"昭子苦苦地央求着。

秀吉紧绷着脸，并不理睬昭子，仍然以一定的节奏敲击着秀树的房门。

不一会儿，秀树打开了房门。"这么吵干什么？别烦人。"他不满地嘟囔着。

秀树一见父亲就想立即把房门关上。但是秀吉伸手挡住房门坚决不让关门。这时秀树才看清父亲的背后站着母亲，楼梯上还站着妹妹。

"你小子难道就不能和家里人一起吃晚饭吗？"

秀吉对着站在门后的儿子大声吼道。

秀树穿着一身阿迪达斯品牌的运动服，他只是低头瞧着地板，根本没有正眼看父亲。

秀吉继续训斥道："你到底是去工作还是去上学，这些话我都不说了，我说的只是要你下楼吃饭。你小子就真的不能和家人一起吃晚饭吗？吃饭是人的根本，你连这做人的基本道理都不懂，难道要去做人渣吗？"

秀吉说着，一把抓住秀树的手腕，准备强行把他拖下楼去。

"不要，不要！"秀树小声地嚷着挣扎。

"不要！"秀树低着头反复地说着。

昭子从儿子的语气中闻到了暴力反抗的气息。

小时候，昭子曾见到弟弟捉弄小狗的情景。那时弟弟先抓住小狗头部不让它动，然后用木条敲打失去抵抗力的小狗。小狗先是大声叫，渐渐地声音越来越小，最后嘴巴里只发出低低的呜咽声。但就在弟弟毫无防备的时候，小狗突然张口咬住了弟弟的脚趾。昭子现在很清楚，秀树的情况和小狗完全相同，秀吉已把儿子逼到了暴力反抗的边缘。

"不要！"秀树短短地叫了一声。突然，他挣脱了父亲的手掌，冷不防一拳打在父亲的眼窝上。秀吉受到这意外的袭击，疼痛难忍，立刻捂住脸在走廊里蹲下身子。昭子赶紧走到秀吉身边，用手托住他的肋部，试图让他重新站起来。

"你们都去死吧！"秀树发出一声撕心裂肺的嚎叫，猛地往母亲的肩头推了一把。昭子正用手支撑着秀吉的肋部，没料到儿子会有这样粗暴的举动，她猝不及防地往前冲，一下子跌倒在走廊上。秀树见母亲倒在地上，非但没有收敛，反而不解气地向昭子的大腿处狠踢了几脚。

"哥哥，不要打了！"知美大声哭叫起来。

秀树依然怒气冲天地注视着父母，摆出了一副不甘罢休的蛮横姿态。昭子摇摇晃晃站起身来，慢慢扶摸着楼梯下楼。她害怕儿子再次从背后袭击，使她从楼梯上滚下来，所以也顾不得体面，连走带爬下到一楼。

秀树恶声恶气地对父亲大声嚷嚷："为什么强迫我和讨厌的人一起吃饭？这也是做人的基本道理吗？我就是要一个人吃饭，和你不一样。我和你是完全不同的两种人。就是你想一起吃晚饭也不要强迫我，拜托了。不要命令我。想要别人做什么只能是商量，这是最普通的常识。现在不懂做人基本道理的只是你。不要再在我面前装腔作势。你刚才说我是人渣？如果要这样说，那人渣就是你，强迫别人做不喜欢的事情的家伙难道不是人渣吗？就是人渣！"

秀树丧失理智地大声哭叫着，同时拿起一根金属棒不断敲击着二楼走廊的墙壁和房门，足足闹腾了四十多分钟。这样的事情已经发生了多次，今天也是突然间发生了暴力行为。

竹村医生的诊所就在国立地区。昭子从车站的南出口坐上公共汽车，穿过热闹的办公楼街区，过二十分钟后来到了公园外围宽阔的大街上。她在公园正门附近的车站下了车，然后在遍植杨树的林荫道上步行几分钟就到了诊所。

昭子到诊所来过多次，已经熟悉了这儿的环境。说实在，她十分喜欢那条杨树的林荫道和诊所附近花木扶疏的住宅区。

现在正是深秋时节，天上秋云密布，地上凉风吹袭，昭子今天穿着暗橙色的套装，外罩一件淡灰色的风衣，脖子围着一条名牌丝巾，那件风衣虽然是七八年前在吉祥寺百货公司买的，但昭子还是感到特别称心。

透过街边美容院的橱窗玻璃，昭子看到了自己以林荫道为背景的容姿。她已和延江事先约定，拜访过竹村医生后两人一起去吃午餐。昭子一直有些忐忑不安：延江为什么要和比自己大十三岁的年过四十的老太婆约会呢？"仅仅是调笑而已嘛。"也许他会在什么时候真的说出这样的话来，那时该多伤心呐。尽管昭子这样想着，她还是自结婚以来第一次这样仔细地端详着映在美容院橱窗玻璃上的自己姣好的形象。

"自闭症引起的暴力行为可称之为生理退化的症状。"

竹村医生自信地说着。他是个不到三十岁的精神科医生。平时似乎喜欢打网球，脸部和手腕部总是留着被阳光暴晒的痕迹。

他继承了父亲开设的这家私人诊所。昭子是通过东京都的精神保健福利中心的介绍才认识他的。

"是生理退化吗?"昭子有些疑惑地问道。

和竹村医生的谈话虽然只有三四十分钟,但昭子心里总是感到十分满足和快乐。第一次和竹村医生见面时他就很明确地告诉昭子,除了病人自愿上门就诊外,家人不必强行带着来看病。于是,昭子遵照竹村医生的忠告,自己一人来诊所咨询。此外,她参加了自闭症患者亲友会。从那些富有经验的患者亲友那里得到了许多信息和知识。以前,社会对自闭症的关心程度远比现在低,而且当时还有不少医疗机构对这种病情一无所知。

有的心理治疗专家说:"无论如何不能对患者说他不必上门看病。"还有的大学医院的精神科医生断言:"对于家庭经济不富裕而得了这种病的患者,医生无需让他多花买药钱,只要对病人及其家属好言安慰即可。"当昭子去精神保健福利中心咨询时,那儿的职员甚至不客气地当面问她:"你家有精神分裂症的家族史吗?"

昭子曾经亲自去拜访了以治疗自闭症为宗旨的民间自我启发研究会的负责人。那个负责人给她介绍了一种治疗方法:让病人在放入冰块的冷水中长时间浸泡。并说自闭症患者不是平时什么都不干,总是感到无意义,并为此而痛苦吗?让他浸在冷水里就是使他增强现实的感受。

"生理退化按字面解释就是回到幼儿时代的意思。而现在内山君对父亲的暴力行为好像多了起来。"竹村医生解释道。

"可是，秀树小时候和他父亲的关系很好，无论到什么地方他俩总是在一起的。"昭子还是有些不解。

"哦，不愧是父亲的好儿子。"

竹村医生这样说着，看了看昭子。

昭子回味着竹村医生的话语，别有一番滋味涌上心头：父亲的好儿子？仔细想想，这句话真有点怪。秀树和秀吉的关系真的好吗？让家人聚在一起吃饭究竟是为了谁呢？

"你在想什么？"看到昭子长时间沉默不语，竹村有些好奇地问道。

"我还是有些不明白。"昭子期期艾艾地回答。

"是什么事呢？"

"我的先生总是说不在一起吃饭就不是一家人。所以我们每天都是一起吃饭的。"

"是晚餐吗？"

"我先生规定每逢星期天或者节假日，午饭也要全家一起吃。"

"所以这种现象一直延续到现在吗？"

"自从儿子出了这样的事后，一起吃饭作为一个实际问题就显得有些勉强了，直到现在我还在为这事担心呢。我的丈夫坚持说家人围着桌子一起吃饭是理所当然的事，所以时常叫儿子下楼吃饭。"

"那时，你儿子肯下来一起吃饭吗？"

"不肯。不过偶尔，真的是偶尔，也有一两次一起围着桌子吃饭。最近的一次是在一个月之前，他和全家人一起吃了晚饭。"

"那时你儿子的心情想必不错吧？"

"哪有这样的事。他好像在电视里看到了经济不景气的消息，所以对父亲的工作有些担心，特地下来向父亲问了很多事。"

"那你丈夫是怎么对儿子说的？"

"他说我待的公司没问题。其实根本不是这么回事。"

"那对自己母亲使用暴力的事后来还发生过吗？"

"偶尔推搡过我的肩膀，但没有暴力行为。"

说到此，昭子不由想起了竹村医生过去对自己说过的一句话："一旦发生暴力，请务必明确地对内山君说'不许打人！'"

昭子记得很清楚，秀树的暴力行为都是由很小的事情引起的。比如说，有时候因为晚餐的咖喱饭不热，有时候他从房间里用手机打来电话没有及时应答，有时候买来的 T 恤样式和他指定的有些不同，等等。此外，他还喜欢旧事重提，往往一边回忆旧事，一边数落父母。比如他指责父母在他念小学的时候，明明发高烧还坚持说可以去上学；在老师家访的时候，只要老师对他上课的态度稍有批评的意思，父母就一起责骂他；有时候没有做错什么事却受到父亲严厉的呵斥，母亲也不为他辩护，等等。

秀树对过去发生的事情真的记得很清楚，他想到这些旧事就会怒火中烧，大声地责骂。这时候，如果有所回应，他就会立刻虎着脸吼道："你在啰嗦什么？"接着就开始动手打人。有时候，即使自己始终忍耐着保持沉默，他也会勃然大怒，骂道："你这混蛋为什么不发一言！"于是也会开始动粗。

竹村医生有一次这样回答昭子的苦恼："在你的儿子就要发生暴力行为的时候，请务必采取坚决的态度对他说'不许打人！'声音大一点也没关系。这时最重要的是在他还没有完全失去理智，歇斯底里没有大肆发作之前必须冷静地、明确地告诉他'不许打人'。如果这样也不能有效地制止他的暴力行为，那么请立刻从家里跑出来，你的儿子绝对不会在后面追你的，而且你在短时间内不能马上回家。"

此后不久，家里又发生了一次突发事件。那时的秀树以家里的染发剂用完了为由开始无端地发怒。接着又絮絮叨叨地说起高中时候想学弹吉他，父母就是不肯买的事来，他像念咒语似的反复念叨着，精神愈发亢奋起来。那时秀吉还没有下班回家，知美则躲在餐桌后面簌簌发抖。那是多么可怕的情景啊。不过仔细一看秀树，发现他突然哭了起来。根据竹村医生的说法，那时的秀树似乎是进入了和突然爆发式地哭泣的婴儿一样的精神状态。昭子以前作为母亲也许并不知道该从哪个方面来观察儿子的这种精神状态。但是有一点她还是记得很清楚，一旦秀树发泄了心中的怨恨之后，他一定会向母亲赔罪。有时甚至抱着母亲一边哭一边道歉。有的时候他还会头撞墙壁或者用拳头敲打门柱，直到满手是血才会停歇。这时，昭子心中往往浮现出婴儿时期的秀树。他饿了就会突然大声啼哭，当给他喂饱奶之后就会立刻露出满足的笑脸。昭子作为他的母亲，也许无意识地把已经成为大人的儿子和婴儿时期的儿子形象重叠在一起，不同的只是吮吸乳头后的奇妙感觉和被殴打后的伤痛。当母亲被殴打时，她也许就会察觉到"现在这孩子又哭了"。

"不许打人！"这样面对面地跟秀树说话有着双重的意味。但要做到这点，刚开始是很困难的。因为一则昭子害怕这样说反而激起儿子更大的愤怒。二则还需要有面对的不是儿子而是别人那种据理力争的思想准备。但是昭子最后还是觉得自己必须鼓起勇气，必须战胜那种"儿子不会远离自己吗？"的心灵空虚感。

在一次突发事件中，昭子鼓起勇气，看着秀树的眼睛，坚决地说："不许打人！"她没有说"拜托了"这种话。昭子明白在这种场合只能简单说"不许打人！"如果再加上"拜托了"这样的话，就会流露出母亲的温情，无法保持住坚决的态度。

昭子接着说："我被你打了心里很难受，希望你不要再打了。"她自己觉得好像在说剧本上写好的台词。

为了加重语气，昭子又坚决地说道："我现在拼命地保护你，你还打我，我心里真不好受。如果你再打的话，我马上就离开这个家！"

秀树听到母亲这样说，脸上顿时露出十分吃惊的表情。他着急地反问："你真的要离开这个家，要放弃做母亲的责任吗？"这时，他的脸气得变了形。

"你这样打我，和我履行母亲的责任有什么关系？难道做母亲的责任就是默默地忍受儿子的毒打吗？"昭子的语气越来越严厉。

秀树哭丧着脸，高高地扬起了他的右手。这时，昭子大叫："我真的走了！"秀树终于没敢对母亲动手。而且自那以后，秀树对母亲的暴力变得很轻微，至少没有踢打的动作。只是昭子隐隐感到母子之间从此产生了微妙的距离。处于一种不冷不热的状态。

"你的儿子对他父亲的暴力程度好像过于激烈了，如果真是这样，我觉得也许还是让他父亲暂时离家为好。"咨询结束时，竹村医生这样说道。

秀吉会离开这个家吗？昭子实在没有这个把握。虽然以前也对丈夫说过这样的话："在家庭内部暴力行为变得激烈的时候，当父母的最好暂时离开这个家。"但是秀吉根本不理睬这样的建议，反而冷冷地问道："我们能学那样的父母逃离自己的家吗？"

想到此，昭子有些犹豫地说道："我想我先生是不会离开这个家的。"

"为什么？"

"因为他对家庭有着很强的责任感。"

"责任感不是问题呀。"

"我向医生您当面请教了，现在也懂得了这个道理，但要我的先生弄明白，估计会很困难。"

"那么我找你的丈夫面谈一次怎样？他能来吗？"

"我曾经请他一起来您这儿，可是最近他公司的状况好像很不景气，所以我也不能强求他来。"

"你丈夫的公司是生产机械部件的厂商吗？"

"是的。他的公司是汽车配件厂家的承包商，目前状况很不好，好像正在进行资产重组。"

"哦，那确实有难度了。"竹村医生有些无奈地喟叹道。

听说附近有一所自由学校。学生可以不到学校学习，甚至还接受患了自闭症的学生，而且没有年龄限制。昭子得到这个消息真是高兴极了，她立刻前去拜访那所十分难得的学校。

自由学校坐落于小金井静谧的住宅区，拥有好大的一栋教学楼，显得十分气派。不过学生每年的学杂费要超过两百万日元。昭子了解学校的情况后觉得学杂费实在是太高了，于是直率地对学校的负责人谈了自己的想法。

学校的负责人笑道："这不能算高，夫人，您想想看。现在一个家庭，买私家车就要花三百万日元，买套公寓住宅至少三千万日元，如果自己盖楼房那就要花一亿日元以上。相比之下，一年只为自己的孩子花去两百万日元的学杂费怎么算高呢？"

昭子一时难以回答，但她心想：自己的孩子和私家车、公寓相比，任何一样都是很重要的。除了那些高收入者，对于我们这些收入极其普通的工薪家庭来说，任何一样都是重要的因素。现在支撑着秀吉的就是工作。他二十多年来为公司拼命工作，在时间上和精神上都没有属于自己的闲暇。如果要他前来拜访医生或医学顾问，必然会影响他的工作。现在他的公司正在进行资产重组，大量裁员。留任的员工的工作量已达到了满负荷。如果秀吉本身也被裁员，那么不仅付不起家庭的按揭贷款，就连知美升大学的学费也付不起了。

为了拯救患自闭症的儿子，父亲失去自己的工作，这二者的利弊该怎样掂量呢？即便首先考虑医治自闭症的儿子，也不能对秀吉说让他用带薪假期吧？再说，就算用了短短的十天带薪假期和医生面谈，其效果也是可想而知的。

昭子通过不断交叉咨询竹村医生和医学顾问，懂得了很多道理。但她明白，实际上，对于治疗秀树的病情而言，光靠自己头脑来理解道理是没有用的。比如说，医生一般都会说父母总是对患自闭症的孩子采用批评的语言，试图以此激励他的方法是极其有害的。这个道理就算你诚心诚意地想通过头脑来理解它，实际上和孩子对话的时候，你也还是不知道怎样具体运用，结果说出来的仍然是"你必须努力"等硬邦邦的话。所以说光是记住医生说的道理，甚至把它记下来背得滚瓜烂熟，把它当作教条认真地去理解的做法在实际生活中是行不通的。对于患自闭症的孩子，光通过批评来激励他是没有意义的。这个道理不能只靠头脑来理解，必须把理念渗入到整个身心中去，转化为发自内心的自觉行动。从这个意义上说，父母接受医生的咨询不是用头脑简单地理解这个道理，而是要融会贯通，心领神会，要达到这样的要求只通过一两次咨询是很难做到的。

　　从立川乘轻轨电车只需一站路就到了延江工作的现场。一般来说，木匠在一年里的成效十分显著，据说少的时候可造三间房，多的时候能造五间房。一栋楼房平均要花上半年的时间。而木匠在其间需工作三至五个月。昭子和延江认识以来已有四个月的时间了。

一条宽阔的道路从立川的南出口继续向前延伸，道路边上有一家牛排馆。他俩平时经常在那儿见面。这一带是新开发的住宅区，饮食店非常少，没有传统的拉面馆和寿司店，只有少数的几家郊外型的超市、影像出租店和便利店。因此在没有选择的情况下，他们只得把这家牛排馆作为约会和共进午餐的场所。

　　"我还是老规矩，来份墨西哥汉堡牛肉饼，小昭要点什么？"

　　延江是中午十二点零五分进入牛排馆的。他一坐下就亮开了粗大的嗓门。据他说，木匠的工作似乎远比那些办公室的职员规范。每天早上八点整开始工作，十点稍事休息，十二点到下午一点是午饭的时间。到下午三点再休息一会儿，五点准时下班。由于天色昏暗后就无法工作，所以一般不加班。延江称昭子为"小昭"，并要昭子叫他"小把式"。他说同伴们都是这样叫他的。此外，他也不喜欢自己的名字"清"。两人第一次喝茶时延江就提出这样的称谓要求。

　　"我们今天吃牛腰肉排吧。"延江又大大咧咧地说道。

　　这家牛排馆的内部装修充分体现了早期的美国社会风格，店内播放着低沉粗犷的西部牛仔音乐。作为餐馆象征的原木餐桌上铺着彩色格子花纹的台布。墙上张贴着过去美国西部电影的海报，房间的天花板上垂吊着诸如马蹄铁、古代农机具之类的饰物，牛排的烹制方法也体现出美国风味，并配上了玉米粒和脆薯饼。

"吃牛腰肉排的话，得搭配着喝一点葡萄酒的。"

延江一口干了杯子里的水，但他要换一只空玻璃杯喝葡萄酒，所以用手盖住空了的水杯，一边催促侍者去拿新的杯子，一边颇有经验地说道。

昭子看着延江，发现他今天来此相见虽然没有像往常那样穿着作业时的工作服和胶底鞋子，但是他穿的衣裤和鞋子上还是沾着不少细细的木屑，即使他坐在餐桌的对面，还是能闻到一股他身上发出的浓烈汗味。其实，昭子心中也明白，不论木匠还是泥瓦匠，无论消防员还是油漆匠，光看外表似乎没有细微的区别，但是一看延江的模样就立刻能知道他是个专职的木匠。

他们俩虽然在这家牛排馆已用过六次午餐。但是昭子还是乐此不疲，尽管延江这身土得掉渣的装束、无忌的谈吐和这家典雅、古朴且具有美国早期西部风情氛围的牛排馆是多么不相配，可在昭子的眼中都是绝妙的赏心乐事。

昭子听了延江对葡萄酒的推荐之后，急忙婉辞道："葡萄酒我就不喝了，待会儿我还得去医学顾问那儿，带着满嘴的酒气就不能直接面谈了。"

"那好吧。"延江理解地说道，接着又问，"我能抽烟吗?"

"当然可以。"昭子一边回答一边又把餐桌上的烟缸推到延江面前。他们自相识以来，已经有八次约会了，尽管延江心想，要是昭子知道他的嗜好并且能随便抽烟就好了，但真的到了那种场合，他却似乎不喜欢如此放肆。

于是，他对昭子微笑道："在我们这帮打工的木匠和其他的手艺人中，好人多着呢。他们个个纯朴、善良。当然也有不少不知天高地厚的家伙。在我看来，这些都算不了什么，现代的木匠不仅要有精明的工作能力，还需要有绅士的风度。"

最先上来的是汉堡牛肉饼。椭圆形的木框内镶嵌着一块炽热的铁板。铁板上的汉堡牛肉饼正发出滋滋的响声。

一个看起来像老板娘模样的中年女人亲自把菜送上餐桌，殷勤地笑道："让你们久等了，真对不起。现在铁板非常烫。吃的时候要小心。承蒙多次光临，不胜感谢。"

老板娘的感谢触动了昭子的神经：我们已经多次来这儿了，她们当然会像熟客一样对待我们。但是店里的人对我们两个年龄相差悬殊的男女是怎样看的呢？

上次见面的时候，昭子曾把自己心中的顾虑告诉了延江。延江有些满不在乎地答道："别人见了怎么想，和我们有什么关系吗？"昭子想想也是。虽然她想回避，但是不让别人注意实在是不容易的事。

延江似乎也看出了昭子此时的心事，他温和地安慰道："不管怎么说，我觉得在现在生活的世界里，要是有关心旁人说三道四的空闲，还不如多干点木匠活赚钱更实惠。今天我也和泥瓦匠们谈起过，像最近发明使用的自动加煤机之类的自动化机械，其实和我们手艺人是没有缘分的。不仅木匠没有，泥瓦匠也好像没有，所以我们只凭自己的手艺干活，没有这样的空闲去想别人的事。"

不一会儿，侍者送来了牛腰肉排，昭子颇有兴趣地看着延江大口啖食的憨态，自己也开始动起刀叉。看到延江吃得那么香，她心里也很快活。摆在面前的正是延江最喜欢吃的牛肉。延江的健壮体格正是从这些食物中得到了不竭的能量。无意中，昭子终于又想起了秀树在小学期间参加徒步旅行或者海水浴时大口吃着饭团的可爱模样。

"你在看什么?"延江有些不好意思地问道。

"没看什么，只是看到你吃得这么香真有点羡慕。"昭子有些窘迫地掩饰道。

"这算不了什么，我们以后还会吃到更好的东西呢。"

延江这样说着，他的脸上突然露出了有所察觉的表情，于是转过脸对着站在柜台里面的老板娘赞道："这汉堡牛肉饼真不错。"

老板娘笑道："这道菜不是用来填饱肚子的，只是让您品尝它的滋味。"

延江知道秀树的事情。当他和昭子在竹村医生的诊所相识，两人第一次喝茶聊天的时候，昭子就对他谈起了秀树的病情。当时的延江只是认真地听着，除了说上一两句"是的"这样简单的话语，其余时间都保持沉默。他没有当着昭子的面说出"这可不得了""这病能治好吗"这样的话来。

昭子有几次想对延江提出自己心中的疑问：你和我这样的大妈一起吃饭感到快乐吗？是不是只是一起吃饭就可以了？对我的身体有兴趣吗？

虽然几次都想"这次我一定得问问他"，但真的一见面却没有提出这些问题。当时能说出口的只是没有情爱成分的话。

"哎，小把式！"昭子有些亲昵地叫道。

"什么事？"延江略为惊异地抬起头来。

"你每天干着造房子的重活，快乐吗？"

"这和快乐是两码事。"

"那么是痛苦咯？"

"也没有痛苦，世界上并不是只有快乐和痛苦两种情况。当然我确实有过痛苦的时候，过去在当学徒的时候经常被人毒打。"

"被人毒打？"

"那是过去的事了。我们木匠的历史你知道吗？据说木匠这个职业是从日本的大和时代开始有的。大和时代是什么时候我也搞不清楚。不过现在的博物馆里还保存着平安时代木匠用的刨子和墨斗。"

"刨子，就是刨木头的家伙？"

"现在我们木匠干活都是使用机器的。可是我当学徒的时候还在使用传统的刨子，这样干活人的手就会直接碰到木头。刨木板时不仅要用手，还包括腰部的力量，主要是弯腰的力量。现在使用了刨木板的机器后，我终于感受到了过去手工刨木板的辛苦。不过过去的木匠生活也留给自己意外的收获，那就是我学到了不少有关木材的知识。"

延江吃完了汉堡牛肉饼后又要了一杯咖啡，喝之前他往咖啡里倒了点牛奶。昭子也把牛排全部吃掉了。她觉得和延江一起吃饭，好像增添了不少的能量。延江看了看手表，说了声"还早着呢"。接着，他又向侍者要了两份冰淇淋。

昭子换了个话题，说："听说现在木匠这个工作在小学生中很有影响力，是人气最旺的备选职业。我好像在哪本杂志上看过这样的报道。"

延江点了支烟，听了昭子的话后好像并没有产生什么自豪感，相反，他有些兴趣索然地淡淡回答："是吗？"

接着，他又回忆起往事："当时来当学徒的人确实很多，但结果又怎么样呢？来的十个人中有八个人半途而废了。"

"他们为什么要辞去木匠的工作呢？"

"就是感到太枯燥无味了呗。当学徒的时候只让打下手干一些没有技术性的活，周围的人都可以是他的老子，说话也只能顺着他们的意思，还经常遭到这些人的毒打。所以那时当学徒真苦，完全没有什么称心的好事，而且工资也少得可怜。"

"那你这小把式为什么没有辞去木匠活呢？"

"因为我喜欢木匠这份工作嘛。再说我一直有个理想，就是总有一天我要亲手造一栋大房子。如果半途而废了，自己就不可能造房子了嘛。木匠的好处就在于像我现在这样二十九岁的青年师傅，一个人也能胜任造一栋房子的工作。从制图到雕刻图饰以及建造方法，我什么都会。哦，我在工地上也是这样干的。像现在我们现场造的商品房大都是由一个大师傅负责完成的。我身边就有这样一个优秀的木匠大师傅，那家伙干起活来确实很聪明，他不是每天不停地傻干，而是自己决定工时程序，工作效率很高。"

"既然如此，那为什么十个人中有八个人要辞去木匠的工作呢？"

"那是别人的事，我也不太清楚。但是十个人都做木匠的话，我想木匠就太多了。为什么这样说呢？在战争和大地震时期，日本的房屋损坏得很严重，当时确实需要大量的木匠。但这只是特殊情况下的特殊需求，一般情况下木匠的人数是有规定的。"

"在当学徒期间就会被淘汰吗？"

"从结果来看是这样的。我们学徒期一般有六七年，那些看不到前景的人都在中途辞去了工作，所以留下来满师的学徒正巧适合工作的需要。"

"难道你这小把式一次也没想过辞职吗？"

"没想过。即使被那些师傅打了也绝对没有想辞职的念头。"

"过去你选择干木匠活是不是因为自己意志特别坚强的缘故？"

"这怎么说呢。其实我的意志并不坚强。再说因为怕疼也不喜欢和人打架。看看我小时候拍的照片，都是些哭泣的模样。最初我跟着叔叔来到板前是想当个厨师。如果真的当上了厨师，我可能会中途辞职的。这究竟是什么原因我也不清楚。就如我以前告诉你的那样，我的父亲在一家印刷厂当工人，每天重复干同样的工作，人也干傻了，在家里总是说一些傻话。所以我不喜欢当一名每天干着重复无味工作的上班族。"

延江兴致勃勃地结束了他的谈话，说道："我得走了，否则就要迟到了。"于是他急忙起身离开餐馆，返回工地去了。临走前他又对昭子说道："我们还会再见面的。"

昭子微微地点了点头。突然，延江把手放在昭子的肩上，并且慌慌张张地在昭子的额头亲吻了一下。

在这猝不及防的瞬间，昭子闻到了一种男人新鲜的汗味，同时感到从腰部到脚尖流动着一种异样的紧张和快感。

昭子深深感到在身体和精神双重疲乏的时候，外人一般的鼓励和安慰是没有用的。但只要有简单的一句"我爱你"或者相应的亲昵抚慰，就会激发起体内深处的一种奇异的力量来有效地支撑自己。

秀树

下午两点左右，秀树睁开了睡眼。他平时总在傍晚周边天色已经昏暗的时候才起床，但这次似乎感到房间里有什么异物，于是突然从睡梦中醒来。从窗口的圆孔中射入喇叭筒形状的光柱，在光柱的旁边有一架带有长焦距镜头的相机。秀树这才想起自己已在黑色窗纸上开了圆孔。

清晨，秀树通过相机的取景器向外窥望的时候，偶然看到了对面房子里的一个男子抓住一个女人头发的情景，至今回想起来还会有一种心跳不已、喘不过气来的感觉。于是他想到了对相机里的胶卷该怎样处理的问题。当时自己确实是在无意中按下了快门。要是真的拍下了这样的镜头该怎么办，还是干脆把它扔掉算了吧？

秀树的房间呈细长方形，面积有七张榻榻米那么大。虽然如此，他房内的书桌和地板上到处都杂乱无章地堆放着各种东西和垃圾。粗粗看来就有电脑的游戏软件，介绍漫画、电脑游戏和电脑的杂志，还有可乐和乌龙茶的空罐子、便利店使用的塑料袋，以及炸薯片的空袋子。此外，还有不少空罐和纸屑。书桌上还放着一台苹果笔记本电脑 iBook。

秀树从自己熟悉的房间里终于发现了异物的存在，那就是地板上显现的圆光点和装在三脚架上的相机。现在看来，最好还是尽快从三脚架上拆下相机，并把它重新装入相机盒里，然后再用纸片堵住开出来的圆孔，这样就能使房间回到原来的状态。自己也不会再有心跳、窒息的感觉了。

秀树这样想着，躺在床上凝视着相机和射进屋子里的那些光点。尽管他有抑制自我的想法，但头脑中出现的那一男一女的形象就是挥之不去。那女人张开着的好像在唱歌的樱口、丰满的胸部和两个乳房之间深深的乳沟……在他的脑海中越发明晰起来。

他们两人究竟在做什么？是在性交吗？也许是在调情吧？那儿应该是二楼，那一定是卧室吧？还能再次看到那个女人的胸部吗？如果把相机装入机盒，再撤掉三脚架，堵住窗纸上的圆孔，就不能再见到那个女人了。

"我现在去竹村医生的诊所，傍晚才回来，桃子罐头放在冰箱里。"

母亲写有这行小字的字条从房门底下的缝隙里被塞了进来。于是待母亲离家后，他顺着楼梯来到底楼，从冰箱里拿出那听桃子罐头。就在开罐头的时候，他突然产生了把那卷拍好的胶卷送到专业冲印店去的念头。他记得在车站的后面有一个营业到深夜的专业冲印店。于是他暗自决定今晚等全家人睡着以后就去那家店冲洗胶卷。虽然要有走过车站前大街的勇气，但是这值得一试，因为在拍好的胶卷里也许就有那女人丰满的胸部的镜头。

秀吉

秀吉现在终于明白公司已经完全不想再这样维持下去了。其实，自己早该明白这一点。

自从和公司的主要负责人齐藤会面之后，秀吉就不由悲哀地这样想着。现在自己的职务津贴中只有吃饭招待可以按公司过去的规定报销，但也只限于一次。第二次、第三次的招待则需要自掏腰包。

"反正公司现在生意清淡，业务招待能省就省一点吧。"

齐藤就是这样说的。仔细想想也确实如此。现在的一部分业务通过网络就能签订订货合同。此外，自从外资进入公司后，外资方也不喜欢这种传统的请客招待的习惯。可是以前销售部对那些主要的客户都采取定期宴请招待的方式。虽然在宴会上不能得到重大的订货合同，但是在觥筹交错之中能够融洽双方的情感和关系，这也是公司营销中的一种秘密武器。

秀吉至今还记得齐藤最后对他说的一句最要命的话："从明年

开始，公司的财务部会计和审计都将采取外聘的方式，就是所谓的外包。也就是说，从这一期的接待费开始，再也不能使用以前的老办法了，内山君，你明白吗？"

"这样的事还用说，连中学生都明白。"秀吉这样想着，恭敬地向齐藤低头说道："我明白。"

在和齐藤会面之前，秀吉曾和自己的部下商议过公司经营方面的事情，就是苦于不知什么时候能对齐藤当面提出自己的想法。

公司有很强的技术力量。特别是能对汽车散热器和油冷却器核心部的散热片表面称为散热孔的部位进行精密的加工，这是一项其他同类企业都无法得到的高新技术。所以如果能在汽车市场进一步扩大诸如赛车那样的营销渠道，承接其他机械厂家的加工业务，那么公司的生意一定能恢复景气，无需再作进一步的生产调整。

秀吉好容易才争取到和齐藤面谈的机会。当他开始谈起公司具有潜在的生产技术力量时，齐藤立即打断了他。

"这事我明白，不要再说了。"齐藤有些不耐烦地摆了摆手。

齐藤坐在这家拥有不到五百名职工的中小企业的专务办公室里。该办公室的面积只有八张榻榻米那么大，里面放着一张钢制的办公桌和一个像街区医生接待室里常使用的那种由防水布做的沙发。办公室的窗外就是相邻建筑物的墙壁。这里没有秘书，没有高尔夫击球练习器，也没有任何观赏植物。就在这样简陋的办公室里，齐藤坐在沙发上发出了无奈的叹息："我明白。"

"内山君，你要说的我都明白，你对公司的热情我也知道。但是，公司现在还不具备采取新举措的条件，不是还需要耐心等待嘛!"

在秀吉的思想里，公司应该再做调整。他之所以没有响应公司过去提出的提前退职的号召，是因为他还想再次为公司恢复往日的景气局面而取得新的订货合同。

齐藤又道："公司马上要实施新的改革措施。外包的不仅仅是会计部门，当然也不能说是公司的所有部门。但公司实施的外包政策并不是说说而已的。"

秀吉听了只感到鼻尖发酸，他暗忖："难道公司除了技术开发部门和工厂之外，真的要把其他部门都卖了吗?"

齐藤见秀吉沉默不语，又换了口气安慰道："话虽这么说，不过内山君要相信我们公司不会这样轻易垮掉。当然今后会是怎样我也没法预测。所以我刚才说了，经营上新的举措都需要耐心等待时机。这些都没有什么大不了的，想想七十年代的情况比现在还要苦得多。那时公司的情况你也许不知道。想想石油危机时的情况，现在这样的困难算不了什么。"

秀吉听了齐藤的这席话非但没有得到安慰，反而产生一股不平的怒气：什么石油危机，这老家伙就会谈过去的事情来搪塞我。

与此同时，一种令人灰心丧气的无力感袭上了心头。对于公司的现状，秀吉不具有独力支撑的能力。这时，他不由得想起一个已离开公司的后辈对他说过的一段话来。

"现在哪个银行都不会同意公司追加融资的要求了。从时间上来说，只是早晚的不同，这些银行都会着手处理不良的债权。请想一想我们公司带利息的负债额吧，这样算下来，公司还会有多少利润呢？你也可以把公司想象成一家濒临破产的宾馆，为了还债，宾馆不顾血本，每间单人间的售价仅为十万日元。在这样的情况下，还会有人来住这家宾馆吗？内山君，现在我们什么是该做的什么是不该做的，不是一清二楚了吗？今后你不管为公司怎么努力，都必须明白危机已在孕育之中，必须尽早地扼杀它。"

秀吉由此想到公司到了今天这样的地步也许是那些债权银行出手的缘故吧？就像报纸上报道的那样，公司一旦破产后，银行先把债权卖给政府机构，然后再分解公司。那些技术部门不愁卖不出去，而事务部门也许就被无情地分割抛弃了。在这样不可阻挡的潮流中，秀吉感到自己的渺小，所以他听了齐藤的话之后，顿时感到自己像只泄了气的皮球慢慢地萎顿下来。

齐藤又道："你和公司的技术部门有着长期的业务关系，所以我准备向上面推荐你，不过这也许会对你做一次职务调动，所以你必须振奋精神好好干。"

"这家伙究竟想对我说什么呢？"秀吉满腹狐疑地想道，"当企业重组后，原来的事务部门一定会被分割抛弃，新公司的人事权未必会在原来公司负责人的手里。不过，齐藤也许掌握了有关收购技术部门的情报吧？难道他会对收购方说技术部门需要这样熟悉营销的人才吗？从他说的话语中可能有拉我一把的意思，说不定他会为了我真的和收购方进行某种交涉吧？"

当他准备离开齐藤的专务办公室时，齐藤突然问他："你的夫人和孩子都好吗？"

"谢谢您，他们都好。"秀吉例行公事地回答道。与此同时，他的脑际倏地掠过一丝不安的思绪：难道他知道了秀树的病情？秀吉从没有对公司的同事们谈起过秀树的事，这并不是他刻意隐瞒，只是没有提起此事的机会。在公司的年会和慰劳会上，这些事不会成为话题，再说若对同事们平声静气地谈起秀树的事，也不符合自己做父亲的身份，反而会给人留下"他是不是秀树的父亲"这种奇怪的形象。

"是专务找你谈话吗？有关公司主体发展的事，他说了些什么？"

秀吉一回到销售部，一个名叫立花的直属部下就凑近身来关切地问道。其他部下也都抬起头来望着他俩。

"没有，这些事情他问都没问。"秀吉故意用全体部下都听得到的大嗓门回答，"他只是提起招待费的事，好像是说第二次、第三次招待都得自掏腰包。"

"啊?!"刹那间，全办公室里的人都发出了不满的声音。

秀吉皱起眉头，继续说下去："我过去多次对你们说过，以后不要去那些有好姐姐、好妹妹的餐馆了，我鼓励业务员去那些在宾馆的酒吧招待客人。今后都要这样，要对客人说有一家环境很好的宾馆酒吧，然后就带他们去那儿洽谈业务。所以你们有空的话，先找家宾馆酒吧喝杯啤酒混混，要事先成为酒吧的常客和他们搞好关系。不过要注意好的宾馆酒吧价格也不便宜。你只要一坐下，就是不开口，那些服务生也会按照人数给你送上啤酒，即使是在柏悦酒店的主吧台，那儿的生啤也要一千日元一杯。所以我劝你们还是去二流宾馆的酒吧，这样他们赚钱的阴谋就不会得逞。"

秀吉这样说着，部下们早已笑得前仰后合。

立花又悄悄地问道："专务真的没有和你谈有关企业的事吗?"

秀吉点了点头。他心里很清楚，一年以后或是半年以后，乃至一个月后，那些家伙就会知道公司被分割的事实了。尽管如此，秀吉现在还不得不采取守口如瓶的态度。专务的话说得很暧昧，自己也只能含糊其辞地对外敷衍。虽然公司像大学那样将不存在了，但自己似乎还是学到了大学所教的学生考试及格的秘诀。

秀吉进一步忖度着：也许专务也并不知道内中的详情吧？他对我说的只是通过自己的臆测和乐观的观察而得出的结论。如果真是这样，那么由于银行要从今年秋天开始进行不良债权的处理，已经不可能同意公司追加融资的请求。于是公司就会处于前途未卜的困境。如果能免除债务，也许精减二三十人就能应付过去，但也许不能排除公司倒闭的可能。不久的将来公司究竟会成什么样？对于这个问题可能谁都无法解答。刚才齐藤对我说："你和公司的技术部门有着长期的业务关系，我准备向上司推荐你。"如果真是这样，那么即使将来公司被分割，也一定还会留下来工作。这样就能放心了。实际上，现在也不得不这样想着聊以自慰了。

秀吉从办公桌上抬起头来，环视着办公室内四周的情况，他发现情况还算正常，那些销售员们有的在打电话，有的在交谈，有的在用电脑。不经意间他又突然想起了秀树的事。于是一种别样的烦恼油然而生，似乎连眼前的场景也顿时失去了现实感。

看来现在无法同时思考秀树和公司这两件事。秀吉觉得这样分心绝不是个好办法，现在必须先考虑当前自己工作的事情。如果仅仅是免除债务，公司也许还能维持现状。即使公司被分割，也还是绝对需要熟悉公司技术情况的销售工作，就算组建了新的公司，我还是必不可少的吧。

知美

午休时分，知美通过教室的玻璃窗聚精会神地眺望着操场上那些男同学们正在进行的足球比赛。

这时，同学夏美悄悄地走过来，从旁边小声地问道："你和近藤还继续保持来往吗？"

知美可能并不知道近藤和夏美之间已经到了直呼其名不加敬称的程度。夏美从知美的表情上似乎察觉到了这一点。于是她又煞有介事地说道："近藤真是个好人。"

"唔。"知美的两眼注视着操场的比赛，不置可否地回答。

她们两人虽然还没有达到亲密无间的程度，但知美还是把自己哥哥的病情告诉了夏美，夏美也对她说起自己的一个亲戚患自闭症的事。那个亲戚好像是强调自己的脸上出现了体质过敏的痕迹，所以决定不再外出。夏美颇为感叹地说道："不论是兄妹关系，还是亲戚关系，如果平均每个人都摊上一个自闭症患者的话，全日本该有多少这样的病人啊！"接着，她又进一步发挥道："要是说起这种事，我认为那些活着的自闭症患者都是天下第一号大傻瓜。"

知美和夏美的关系是很微妙的。虽然高中二三年级都在同一个班级，但并不是总在一起。她们没有硬性规定必须三天说一次悄悄话，只是想说什么话时才聚在一起说说，这样的情况到了三年级的时候却自然地消亡了。还在二年级的时候，同学间便有了一个总是形影不离的好朋友的小圈子，而夏美没参加这样的小圈子。这个小圈子的成员在学校的时候大多聚在一起，并且一起外出买东西，一起去逛公园，大家都是兴之所至，随意安排。至于相互间说了什么，谁都不记得了。

"高中毕业后你打算怎么办？"知美问夏美道。

"什么都没决定，大概是去外国留学吧。"夏美不无得意地回答。

"外国是指哪里吗？"

"是指美国。知美，你是怎样打算的？"

"我准备去上大学，但除了津田塾和上智外，其他都不考虑。"

"那学什么专业呢？"

"我想读文科的社会福利专业，那样在大学的学习生活一定会很快乐的。"

"那要看是哪一种快乐了。"

"哪一种?"知美有些迷惑地望着夏美。

夏美努了努嘴,暗指的就是现在学校里的那个常在教室或校园里一起欢聚聊天的朋友圈。

知美恍然大悟:"噢,小圈子的人聚在一起聊天也很快乐,不是吗?我想那种快乐大学里一定也会有的。"

"是这样吧。"夏美叹口气道。

和夏美这样一交谈,知美终于明白现在也有人和自己想着同样的问题。于是她不由得想起一件往事。还在上高中二年级的时候,她所在的朋友圈成员集体去了一家小酒馆聚会,由于是第一次,人人都十分珍惜这种难得的欢聚场面。只花了三十分钟填饱肚子后,大家便肆意地嬉闹起来。小酒馆里人和人的间隔本身就很狭窄,这样的集体相聚更显得人声嘈杂。大家一起无忌地大笑,相互间高声说话,在馆子里一起喝着酒,真是达到了物我两忘,人人都是同类的快乐境界。

夏美又道:"除了现在的集体快乐之外,我想应该还有别的快乐。虽然现在还不清楚,但这种快乐肯定是有的。"

知美十分清楚夏美说话的意思。其实在小学期间学校里就有这种类似的朋友圈,进了中学也有这种圈子的存在。好像每一个学期都会有一个新的圈子出现。但是,当时在一个圈子的朋友们现在都不再联系或者来往了。小学时的圈子进了中学后就立刻自动解散了，初中时的圈子进了高中后也即时散了伙。因为这些朋友都是天真烂漫的孩子，随着时过境迁，相互间的关系也就逐渐淡忘，没有什么十分重要的话非得要继续说下去。

尽管如此，这样的圈子对知美来说还是十分重要的。譬如说当自己为哥哥的病情而烦心的时候，只要和大家随意聊天就能暂时忘却心中的烦恼。因此，知美很喜欢在这样的圈子里和大家亲密相处，生怕自己处置不当而被圈子驱逐或受到圈子成员的欺侮。所以即使心中有什么不痛快的事，也只能一个人默默地忍受着。

一个人，也许从小学生到白发老人都要一直生活在这种不断产生且自然形成的圈子里。老年人往往喜欢到公园里聚集起来说说话，打打门球，以此形成自己的圈子。那些带着孩子的家庭主妇们也喜欢在公园里形成圈子。从电视剧里也能看到现在的办公室白领女性好像也有了这样的圈子。因此，知美感悟出这样一个道理：将来就算进了大学，或者参加了工作，或者结了婚，或者步入老年，自己也许注定要在这样的圈子里生活。圈子唯一的缺点就是自己必须要合群。于是，她决定自己无论如何要上大学。究竟为了什么要上大学呢？唯一的理由就是要得到像当年集体一起去小酒馆吃喝聊天那样的快乐。为了寻找这样一个新的同类的圈子，自己必须上大学吧。

上课铃声响了，夏美和知美分别回到自己的座位上。这时夏美突然对知美说道："我和近藤什么事都没有。"

　　知美立刻快捷地回答："这我知道，我和他也没有什么事。"

　　夏美听了，脸上露出了意味深长的笑容。

　　知美和近藤在茶馆见面后便一起去了印度咖喱店。这家店铺就在井之头公园旁边，从店铺巨大的玻璃窗向外望去，满眼都是公园里浓郁的绿色，甚至还能看到公园池塘的一部分。

　　今天是知美第一次和近藤在外面用餐。知美要了一份鸡肉咖喱饭和一杯冰茶，而近藤则要了份海鲜咖喱饭和拉西酪乳。

　　知美关切地问道："昨天又干了一个通宵吗？"

　　"不，我昨天没有熬夜，你怎么会问起这个？"近藤有些好奇地反问道。

　　"因为昨天收到你的短信已经很晚了。"

　　"哦，我发了短信后马上就睡觉了。"

　　"不过，近藤君你以前说过偶尔也有熬夜的事。"

　　"那只是在工作上碰到急件时不得已才这样做的。"

　　这时，店里挤满了客人。

　　近藤穿着一条棉布工作裤，上身是蓝色的衬衫，外面套着一件灯芯绒的茄克衫。知美在车站的卫生间里脱去校服，换上了便装。由于近藤平时总是穿着工作裤，为了和他的服装相配，知美下面穿着一条藏青色的针织长裤，上面穿着一件宽大的淡绿色衬衫。知美望着近藤略带羞涩的表情，不由得笑道："我从不熬夜，就算学习紧张的时候也不熬夜。"

"哦，是这样的。"

"所以我总是很佩服那些熬夜的人。"

"没那回事啊。"

"真没那回事吗？"

"是的，我也觉得最好不要熬夜，因为到了第二天，注意力就集中不起来。"

"你是一个人干活吗？"

"基本上是我一个人干的。"

两人刚见面时，近藤在一张纸上画了三个圆，借此说明自闭症的情况。

在这不同大小的三个圆中，最外圈的大圆代表社会，中间的一个圆代表家庭，核心的最小的圆则代表个人。自闭症的状态是三个圆互不连接完全分离。即社会和家庭没有连接点，家庭和个人也没有连接点，当然社会和个人之间更谈不上有连接点。如果让一个不相信他人的个人突然和代表社会的大圆接触是非常困难的。所以说首先重要的是要使家庭和个人、社会和家庭之间有连接点。近藤通过这样的比喻来进行深入浅出的解说。至于那个连接点似乎是指传达和沟通。

在社会上广为张贴的那些防止青少年非法行为的宣传画中常写着"你和自己的孩子交谈吗?"这样的字句。有时也写着"家人经常在一起吃晚餐吗?"的字句。

知美由此想到也许家人在一起吃饭就是一种传达和沟通吧。

近藤对此侃侃而谈:"关于这事该怎么说好呢?我认为所谓的传达主要只是指一种信息的传递,但以此为前提也许会有突然间无法传达的情况。认识到这一点是极其重要的。我曾经在书上看到有关的描述。为什么会突然间无法传达呢?如果心中产生了这样的疑问,就会促使自己开始思考怎样做才能有效地进行传达的事来。也许我不该谈自己工作上的事,但我还是要作这样的比喻。我想珠宝设计其实也是一种传达。通过自己的设计也是要向那些参观者和顾客们表达自己的某种理念和信息吧?如果一味追求奇特的设计造型,即使引人注目也无多大的意思。我的设计并不是为了被人说这个指环形状有点奇特,而希望得到的别人的评语是'这个指环很漂亮或是这个指环很有魅力'之类的。所以我坚持认为自己设计的理念如果无法传达就没有意义,推而广之,自己的想法没有传达给别人就没有意义,这应该是个普遍适用的原则。"

"那么你怎么看和家人一起吃饭的事呢？它究竟有没有好处？"知美听了他的一番宏论后，有点迷惑地提出了这样的问题。

"那当然是好事咯。是大大的好事。想想看，通过一起吃饭，我们要想传达什么呢？吃饭对于我们来说，应该是非常重要的吧？如果不吃饭，人就会死亡，肚子饿的时候就是吃杯泡面也会感到十分鲜美。所以自己必然想和家人一起吃这样重要的饭。但是，如果这种意愿没有传达给家人，也会失去它的意义。我想，不管怎么说，谁都想和自己喜欢的人一起享受美餐吧？知美，你觉得这儿的咖喱好吃吗？"

"特别好吃，因为我平时就喜欢吃辣的。"

经知美这么一说，近藤不由得开心地笑了。他平时总皱着眉，表情也有些可怕，但化作灿烂的笑容以后，却使人看到他那善良可爱的另一面。

近藤继续说道："如果想通过一起吃饭向你传达什么意思的话，就会考虑带你到什么餐厅去吃饭。而像今天这样你说这儿的饭菜好吃，是向我表达什么意思呢？哦，不！你说饭菜好吃，也许是故意恭维我吧？"

"我才不会恭维你呢。"

"嗯，明白了。重要的是，我认识到我们吃一顿饭也是一种传达沟通。"

"那样说岂不是对有钱人更有利吗?"

"为什么这样说?"

"因为只有有钱人才经常吃到美味佳肴。"

"对有钱人来说,他不仅能吃到美味佳肴,而且还总是处在有利的地位。什么有钱饮水饱,那是胡说八道。所以我想最好是既有钱又有爱情。"

知美依然缠着原来的话题不放:"可我想,像我家里那样规定全家人必须一起吃饭真是不太好。"

"你说不太好吗? 也许是重要的事无法传达。但你要明白,一起吃饭不是目的,只是手段而已。"

不是目的是手段。真是那样的吗? 于是,知美又提出朋友圈的事,再次向近藤提问。近藤思索了片刻,徐徐地回答:"那个所谓的朋友圈确实是有的,大家经常待在一起,可是相互间说过的话事后几乎都记不得了,那算什么呢?"近藤说着,眼光朝下,猛地拿起放在海鲜咖喱中的汤匙,把它放在撕碎的馕饼上,轻轻地说了声"这就是朋友圈"。

接着他解释道:"我和你说话的时候这样做是理所当然的事。因为我要向你传达某种意思。现在假定在你的旁边出现了另一个女孩,我的话一定也会传到那个女孩的耳朵里。假定说我的旁边出现了另一个男人……"

"那样的话不是成了四人约会了吗?"

"是这样的。在这种状况下,谁要说话时,必然会选择四人都能同样理解的话题吧?如果圈子是五十人,那么说话就会变成演说了。说实话我是非常讨厌那种演说家的。"

"你是说听话的对象越多,说话的意味就越淡薄吗?"

"在人多的时候,是不太可能说出大实话的。"

这时,天色渐暗,附近的街灯亮起来,照在公园的树林里,辉映在公园池塘的水面上。近藤把馕饼撕成一小块一小块的馕片,蘸着海鲜咖喱大口吃着。

知美痴痴地看着近藤吃饭的样子,心想近藤的话不无道理,但是在此之前从没有哪个大人告诉过我这样重要的话。

晚餐后,他俩一起回到近藤那间兼作工作室的房间里。

这间房间和通常的珠宝设计师的工作室有很大不同。这是一幢由灰泥砌造的普通公寓里的一间房间,面积和知美住的房间差不多大小,在房间的一边放着一张狭小的睡床,人在上面翻个身就有可能掉在地板上,其他的空间则被各种东西塞得满满当当,里面放着两张进深很浅的工作台,以及各种各样的专业机械和工具。

近藤一回到家就露出了兴奋的表情,他指着房间里的各种器具对知美热心地逐一介绍道："这儿的工作台只是用于研磨作业的，这个叫宝石加工机，这个叫电解研磨机，这个叫碎石机，这个称之为提升马达的，就像牙医使用的电动马达，转速的情况非常好，极其适合石材的研磨，这个是研磨材料……"

知美循着近藤的手指方向看去，见到一只箱子里放着七块像巧克力那样的块状物，每块的颜色各不相同。这些研磨材料有的用于金银器的抛光，有的用于不锈钢的加工，有的用于青铜和黄铜的处理，有的用于铬或钴材料的精细打磨，还有用于各种加工的贵金属，等等。此外，还有一百多种不同用途的小锉刀、测量宝石大小的各式各样的测量仪器以及测试重量的电子天平、电子比重仪、电炉和离心铸造机等。工作台下面放着液化气的储气瓶，还有两个表面上写着很大的"氧气"两个字的细长的双联式氧气瓶。

两张工作台之间有延展贵金属的滚筒，上面装着两边带有齿轮的手柄。椅子后面立着一根在户外体育活动中常见的圆木，圆木的中心部位嵌入了一块拳头大小的铁砧。圆木的周围绕着铁丝，上面挂着难以计数的锻工钳、夹钳和剪钳。

知美很喜欢那只漂亮的镀银的小勺子，它好像被称为钻石勺。曾听近藤说起过这只勺子专门是用来舀宝石的。看到这些精美的器具，知美觉得自己仿佛进入了童话世界中医生的房间。

"非常抱歉，这个地方脏乱不堪。"

站在只能容身一人的厨房里烧水的近藤略带歉意地说道。

"我没有这样的感觉。"知美微笑着回答。

知美进卫生间方便时发现里面还放着瓦楞纸、药品和其他的器具。

近藤冲了两杯速溶可可，两人便一起坐在一张床上，开始慢慢地啜饮。知美觉得这张床非常小，如果在床上有什么亲昵的动作，人一定会掉在地板上的。

"近藤君真不愧是读过宝石设计学校的。"知美发出一声由衷的赞美。

"是专科学校。"近藤特别补充道。

"东京也有这样的学校吗?"

"当然有。我读的学校就在东京的新宿。"

"从专科学校毕业后就能成为珠宝设计师了吗?"

"你说什么呢? 我是被在校学习时的老师收为弟子的。很早就开始在他的手下干活了。我学习的那个学校共有两个班级，学生有七十人左右，但据老师讲，毕业后真正成为设计师的只我一人。"

"那竞争可真是激烈呢。"

"这和竞争激烈还是有点不同的。主要是放弃还是不放弃的区别。"

"那近藤君就没有放弃嘛。"

"唔，我的情况和没放弃还是不一样的。知美，你知道那个著名篮球运动员丹尼斯·罗德曼吗？"

"啊，我对那些体育明星从来就没有兴趣。"

"就是那个把头发染成绿色或者桃红色，身上有着文身，耳朵上穿戴着耳环的家伙你也不知道吗？他可是美国著名影星麦当娜的男朋友呀。"

知美还是茫然地摇了摇头。

近藤站起身来，离开床沿走到一张工作台边，对知美说道："有一件工作我忘了做，现在做一会儿可以吗？"

"当然可以。"知美毫不犹豫地应允道。

两人虽然分开了，但是近藤待的工作台和知美坐着的睡床其实相距还不到一米。

近藤又径直说下去："现在美国已把说是罗德曼的自传、实际上是他的前半生经历拍成了电影，我曾经特地租了这部电影的录像带仔细地看了一遍。罗德曼上过美国的俄克拉何马大学。当时美国农村的种族歧视特别厉害，罗德曼在大学饱受那些白人学生的侮辱，所以他只能和一个喜爱篮球运动的白人少年成为朋友。由于那个少年平时特别孤僻，所以当他父母知道自己的儿子有了朋友后自然非常高兴。少年的父亲拥有一个很大的农场，于是罗德曼就寄宿在他们家里，就像他们家的一名成员一样开始了新的生活。尽管如此，罗德曼在打篮球时还是经常和那些信奉种族歧视的白人发生争吵，每当发生这种事情后，罗德曼总是对那个农场主叔叔赌气似的说"我以后再也不打篮球了"。其实，罗德曼是在不知其父是谁的情况下长大的。"

近藤一边说着，一边仔细地检查着工作台上的各种器具。那些器具林林总总地放了一桌子。有像喷洒杀虫剂的喷雾器那样前端装着喷嘴的燃烧器，有像理科实验中使用的坩埚，还有少许有点变色的钳子。

近藤继续说下去："有一次，那个农场主勃然大怒地对罗德曼申斥道：'我再也不想听到你说不打篮球的鬼话了。'他命令罗德曼大声说'我决不放弃打篮球！'罗德曼遵命说了几次，但是农场主依然不满意，总是要求他'再大声一点！再大声一点！'结果罗德曼被迫大声说了好几遍。在日语的字幕中虽然写的是'我决不放弃！'但是我听到的电影人物的英语对白中却是说'They can't make me quit'。"

近藤从工作台的抽屉里取出一个长约十几厘米看起来像银棒的白金块，把它放在坩埚上，然后用廉价的一百日元打火机在气体燃烧器上点了火。接着他戴上了圆框的墨镜。近藤特意多准备了一副墨镜，并把它递给知美，嘱咐她也戴上。这种墨镜在视域里比普通的太阳墨镜更暗一些。知美听近藤说过，当白金熔化的时候会发出像太阳日冕那样的强光。

近藤又道："意思是他们不能让我放弃自己喜爱的工作。如果我自从开始工作以来吃尽了苦头，并对这项工作产生了厌烦的情绪，也许也会想到要辞去这项工作吧？不过这两者之间是不同的。当我看了罗德曼的电影时我就是这样想的。也许会有谁或者什么事会让我辞去这份工作，但提出这个要求的不会是我自己，也许是学校里那两个班级的七十名学生。也许就是经常说珠宝设计师不是男人的工作的我的父亲。"

燃烧器发出的声音越来越大，从前端喷出的火焰颜色也发生了变化，知美轻轻地推了推墨镜，目不转睛地注视着火焰颜色的变化。此时火焰先由红色变成橙色，再由橙色变成蓝色，到最后变成了不见任何颜色的透明状态。

"白金的熔点温度是一千七百度到两千度。"近藤这样说着。

知美逐渐靠近近藤，由于燃烧器发出的声音很大，所以很难听清他的话音。

近藤没有理会知美的感觉，又说下去："我跟师父学艺的时候并不感到特别有趣，那时做白金材料的加工要使用圆头刮刀，我每天只是用刮刀研磨材料的表面，对我来说这是一件已经到了厌恶程度的单调乏味的工作，如果再继续干下去，我想谁都会撒手不干的。要是没有这种感觉，那简直不是正常的人了。不过，我并没有放弃。只要一想到有人要我放弃这份工作，心里的想法就会不一样了吧？"

近藤把燃烧器的前端靠近放在坩锅上的白金材料，通过墨镜可以看见火焰已变成橙色，在那一瞬间白金材料的颜色也开始变化。从墨镜中看到的白金材料变成了纯白色。此时近藤只感到自己的手在微微地颤抖，这是一种在看到比金银更贵重的贵金属发光时产生的震颤，实际上也是一种畏惧的感觉。知美轻轻地推了推墨镜，亲眼见到了刹那间白金材料燃烧的情景。其后视野里一片白色，人只感到头晕目眩，什么都看不见了。知美不得不闭上眼睛。此时她听到的是近藤和燃烧器发出的双重的声音。尽管闭上了眼睛，但是眼睑内还是留存着白金材料燃烧时的景象。知美此时的思绪有点混乱，模模糊糊地不知自己身在何处。这时，她终于听清了近藤的说话声："自己想放弃和别人要我放弃是完全不同的吧。所谓的自己要放弃，就是对自己曾经选择的工作一时感到有点迷惑，会觉得这并不是自己最初就想干的事。这也只是每天尽干着单调的工作，产生厌烦情绪时的一时想法，其实自己还是想干这份工作的。不过如果想到谁想让我放弃这份工作，那想法就完全变了。"

秀树

　　走出家门，该穿什么衣服好呢？秀树感到左右为难。待在房间里的时候他总是穿着单薄的运动衫。现在一旦要外出，他便担心外面会如何寒冷呢？他第一次外出是去便利店购买电池和胶卷。确切地说那是十天前发生的事。秀树心里也是这样想："大概是十天前吧？至少是过了一个星期了，应该没有超过两个星期。"由于他长期闭居在房间里，已失去了对具体时间的感觉。甚至连那天晚上他是穿什么衣服去便利店的记忆也都没有了，记不清楚那晚是否是穿着一身的运动服去的。

　　便利店和车站前面大街的情况完全不同。一般来说，便利店里顾客比较少。秀树患病之前，曾经随母亲一起去买电脑游戏软件时顺便逛了逛住宅小区旁边的市场。在一个开放的露天空间里到处摆设着各式各样的摊子，有肉摊、蔬菜摊和鱼摊，还有干货摊。许多没有包装的商品依次整齐地排放着。那时，市场的扩音器里不停地播放着哪处正在出售哪些便宜商品的消息。当时母亲对秀树说她还想走到稍远的地方去买一些既便宜又新鲜的东西。

　　由于秀树跟母亲一起去买电脑游戏软件时，已经感到相当疲劳，所以产生了一种厌烦的预感。后来跟着母亲进入了这个嘈杂的市场时，不知何故他的心情变得更加焦躁起来。那"牛排便宜，快来购买"的叫卖声，那几十尾排放整齐的头尾俱全的肥胖鲜鱼，还有那些用铁钩吊着的大块的猪肉，以及在混凝土做成的摊位上杂乱地遗留下来的蔬菜的切屑，塞在木桶里的那些梅子干和其他酱菜散发出来的特殊气味，摊贩们和顾客之间大声讨价还价的声音，这些都使秀树产生了不堪生存的绝望感。当他进入市场的简易厕所方便时又看到那些排泄物把便器弄得污脏不堪。于是，他对母亲借口说人不舒服要提前回家。回家的路上他又似乎觉得路途太长，总是走不到家。从那时起，母亲就开始怀疑他是否病了。和市场相比，便利店是个完全不同的地方。市场里，鱼、蔬菜、肉等都是非常新鲜的，就是那儿的大块猪肉和整条的鱼也和那些放在苯乙烯泡沫塑料容器里并用保鲜膜密封的鱼肉切块是完全不同的。因此秀树一联想起市场里的那些新鲜的生物，就会感到一种令人窒息的痛苦。

　　这次出门要在车站前面的大街上步行，最好还是先洗个澡吧？秀树刚患上自闭症时，一天足足要洗十几次澡。因为那时总觉得洗完澡不久自己的身上又会马上产生那种难闻的汗味。不过这样的状况没有持续多久，终于有一天他自己也对过多地洗澡感到厌倦了，所以自那以后就不常洗澡。他记得在自闭症患者网站的论坛上也写着"要定期洗澡"的字句，他之所以后来不常洗澡不是嫌其麻烦，实在是厌倦了过去老怀疑自己有汗味而立刻洗澡的做法。

秀树来到浴室，对着镜子看了看自己的面容。他发现胡须已经长得很长了，于是赶紧剃去了胡须，心想就好好地洗个脸吧。

最后，秀树决定外出时下身里面穿运动裤，外穿斜纹布裤，上身穿一件后背绣着骷髅标记的运动衫。但是当他从运动裤上闻到了一点洗涤剂的气味，又开始害怕穿着这样裤子在车站前的大街上行走。因为他切实感到自己马上就要外出了。为了稳定情绪，他又脱下了已经穿好的运动裤并把它扔在床上。之后他不由得松了口气，心想就这样好了，现在不外出就没事了。直到现在都是这样想的，他已经对做各种各样的事情丧失了信心。清扫大楼的工作也是刚开始不久就马上辞去了，他感到就是辞去这份工作，也不会有什么问题。

秀树坐在床上看起漫画来。他打算就这样消磨时光。只要连续看完四五册漫画，天就马上亮了。这样的话还可以重新钻进被窝里美美地睡上一觉。他虽然看着新出版的漫画，但感到自己的注意力老是集中不起来，在他视野的一角，总是看到那只窗户上的圆孔。对面的房子里此时似乎还亮着灯。他告诫自己现在绝不可以通过相机窥伺外面。要是再用相机偷窥到那个女人，又会不由自主地按下快门。接着，马上又会产生拿胶卷去冲印的念头。他明知道不能再通过那个圆孔朝外窥望。但是一个疑问老也挥之不去：既然如此，我为什么不把那个圆孔堵掉呢？堵塞那个圆孔应该是十分简单的，只要把剩下的黑色肯特纸剪下一小块贴在圆孔上就行了。那我为什么不这样做呢？

秀树这样想着，胸中的骚动油然而生。那个女人丰满的胸脯和性感的乳沟就像永无尽头的录像带那样不断反复地展现在脑海里。他此时很明白，漫画中的故事是无法追求的。自己被什么迷住了心窍只有自己才明白。好像就是那天聚焦相机镜头时无意中看到的景象。想到此，秀树又好像走了神，手中的漫画也在无意中掉到了地板上。

秀树感到外面要比预想的还要清凉。空气中带着一种嗖嗖的寒意。现在刚过了午夜一点。站在外面看自己的房间，只见那窗口的一只小圆孔里泄露出一点灯光。望着这圆圆的亮孔使他不由得想起过去在学艺会时所制成的手工"满月"之类的东西。

对面柴山家的四周被一堵约一米高的围墙和许多高大的树木紧紧地围护着，中间还有一扇雕饰迂曲繁复的大铁门。门柱上有一块黑色的石头铭牌，上写着"柴山定之"四个镀金大字。秀树知道柴山只有三十岁左右，原是一家大制药公司的少爷，但他现在好像在一家广告代理公司里工作。有一次，秀树曾经听到父母谈起过柴山的事。当时父亲有些不屑地说道："这不过是他老子为他盖的房子罢了。"秀树注意到铭牌上没有那女人的名字。透过树木的间隙,他看到那栋房子的一楼和二楼还亮着灯。一看到这些灯光,秀树就不由自主地悸动起来,于是他急急忙忙地离开了现场。

秀树走过住宅街,又从便利店的前面穿过,来到了宽阔的公共汽车行驶的大街上。他从邮局的左边拐个弯,又进入了有着拱顶的商业街。一路上有一家漫画咖啡屋兼冲印胶卷的DPE店。此时,路上几乎没有行人,但商业街里依然灯火通明。在一家二十四小时营业的药店里,秀树看到一个左手提着篮子,正在购买灭虫喷雾器的中年男子,还看到一个骑着自行车的男青年正停在自动售货机旁按动键钮准备买一罐咖啡。街边并排放着三只自动售货机,机内亮着荧光灯,给人一种耀眼刺目的感觉。

秀树来到那家漫画咖啡屋兼DPE店的门口。刚踏上自动门前的写着"欢迎光临"字样的垫子,门就自动打开了,紧接着响起了表示有客来临的铃声。秀树进入店堂后立刻看到门口就是柜台和楼梯。柜台上有个呼叫的电铃。楼梯的墙壁上横挂着有关漫画咖啡屋的大幅广告画:"小吉之家,请上二楼"。

秀树按了按柜台上的呼叫电铃,一名长发男子立刻从楼梯上走下来。他收下了秀树的胶卷后,热情地说道:"胶卷的冲印需要四十分钟左右，您就到楼上看看漫画等着吧。"

　　秀树上了二楼后，要了一杯乌龙茶，然后慢慢地看着一本名叫《北斗神拳》的连环漫画集。这时他才发现楼上除了自己还有另外三组客人。有正在通过电脑浏览成人网站的高中生，有一边吃着炒面喝着啤酒，一边在看成人女性漫画杂志的两名从事服务业的女人，还有正在交替观看手机显示屏和漫画的青年职员。秀树刚上楼时，大家不约而同地抬头望了望他，但不一会儿人人都埋头忙自己的事，没有人再向他投去关注的一瞥。

　　"这卷胶卷什么都没有显像出来，只是一片漆黑。"那名长发男子对秀树抱歉地说道。

　　秀树一听，不由得失望地说了一声："是吗?"然后便付了冲印的费用。

　　那名长发男子道："只需付显像费就够了，因为刚才没有放印照片。请问那些冲过的底片怎样处理呢?"

　　"都给我吧。"

　　"光线太暗了，您拍的是什么呀?"

　　"风景。"

　　"您以后还是选择用灵敏感光度高的胶卷吧。这样的胶卷拍夜景最合适。"

"这儿能买到吗?"

"这儿有 800 和 1600 两种,你需要哪一种?"

"这两种有什么不同吗?"

"1600 的感光度更高些。"

"那就给我 1600 的吧。"

秀树好久没有这样和人面对面地说话了。他的心情由此兴奋起来。那个长发店员的说话态度既和蔼又亲切,使他产生了几分好感。拍下的那个女人照片虽然没有显像出来,确实有些遗憾,但现在买了感光度高的胶卷,以后该不会再有问题了吧?这儿喝茶看漫画的氛围特别好,还放着不少老的连环画册,况且环境也很安静,店员和顾客互不干扰。将近两年前,秀树曾去过自己大学旁边的一家漫画咖啡屋,那儿的顾客几乎都是常客,所以他的感觉很不好。

秀树想在拱顶商业街出口处的自动售货机处买些饮料。由于他有点兴奋,走得也快,所以突然感到有些干渴。这时他看到一个卡车司机正从自动售货机里买了一罐热咖啡,有几个零钱掉到了路面上。秀树赶紧捡起零钱交给卡车司机。

"谢谢。"那名司机道谢后便回到驾驶室发动了卡车。

秀树目送着卡车驶离,通过自动售货机买了一罐低糖的可乐。

然后他吹着口哨，喝着低糖可乐，快乐地行走着。这时他突然看到路边的电线杆上贴着一张告示，上面写着"寻找迷途小狗"的字样。他停下来，仔细看那张告示。告示上写着一条两岁的波美拉尼亚狗在九月底突然走失了，它的名字叫萨尼。两只耳朵上好像还系着桃红色的丝带。告示上还附着一张彩印的狗照片，并称一旦有人发现这条狗的行踪，主人一定重金酬谢等等。

当秀树走过柴山家门前时，突然听到了几声像是小动物发出的鸣叫声。就像是鼹鼠或是田鼠穿过草地那样，发出沙沙的响声。

秀树爬上了柴山家的围墙。这是一道粗糙的石墙，只要抓住围墙上的铁栅栏就能很容易地爬上围墙。秀树发现围墙里面种着许多经过精心修剪的杉树。只要轻轻弯折树枝就能顺利地顺着树干进入庭园。在坡度平缓的草坪上到处种着这样的杉树，此外还能看到位于草坪尽头的建筑物，那白色的墙壁和橙色的屋顶格外醒目。在有台阶的家门口排列着两尊圣母的雕像，还像小宫殿那样在门口立着两根雕饰精细的立柱。秀树看着这一切，不由暗叹道："这座庭院真精致，充满着少女的情趣呀。"于是他十分小心，尽量不发出声音地轻轻地跳落到这座小院里。这时他看到建筑物里的灯光都已经熄灭了。

秀树低着头没走了几步，突然发现就在旁边的树荫下蹲着一个裸体的女人。他吓得几乎要大叫起来，慌乱之中急忙用两手捂住了自己的嘴。借着月光和街灯的亮光，秀树看到那个裸体女人正抱着膝盖蹲在树荫下，她似乎目不旁骛，麻木地看着眼前的地面。长长的头发散披在背后，显露出一种别样的风情。秀树一看就知道她正是自己在黎明时分在相机取景器里看到的那个女人。于是，一种从未有过的好奇心和惶恐涌上了秀树的心头：在这夜深人静的时候，那个女人在干什么呢？刚才跳进院子里应该有一点声响，她怎么会没注意到我呢？现在必须立刻逃离现场，要是那个女人叫出声来，我就犯下私闯民宅罪了。

秀树准备伏下身子悄悄地绕过那女人后面时，那个女人突然抬起头看见了秀树。

这时，秀树紧张得心脏就像被冻住了。他从正面清晰地看到那个女人的容貌，发现她的眼角周围有一些像黑线一样的东西，他立刻明白这些黑线样的东西就是血迹。那个女人看到秀树后并没有什么异样的反应，她闭上眼睛几秒钟后，又睁开眼看着地面。也许是寒冷的关系，秀树感到那个女人正在发抖。他也不知道自己为什么会对那个女人这么敏感。他慢慢地靠近那个女人，脱下运动服把它盖在女人的肩上。这时，他又看到那女人抱着膝盖的左手手指似乎有所求助似的动了一下，那个颤抖的手指好像要抓住什么东西。秀树赶紧伸出双手抓住了那只手指，这时他才发觉女人的手指是冰冷的。与此同时，那女人突然使出绝大的力气从秀树的手中抽出自己的手指。而秀树这时从运动服的下面清楚地看到了那个女人洁白的大腿和臀部的轮廓。

"雪儿，外面很冷吧，你反省好了吗?"

突然，家门打开了，传来了一个男子的声音。

秀树急忙甩开了女人的手，迅速逃离现场。

"是谁?!"

秀树听到后面传来那个男子的大声喝问，但是他不敢回头，只是拼命地遁逃。后来才发觉自己忘了带走那件运动服，把它留在了现场。

第三章　二〇〇一年十一月X日・
内山家的晚餐

知美

　　知美回到了家里。她的内心还是有些忐忑不安：要不要马上把这事告诉妈妈呢？

　　"你回来了？"厨房里传来了母亲的声音。

　　知美进而想道：再过四十分钟就要吃饭了。父亲现在还没回来，最好还是趁这个空儿，把近藤所说的话和妈妈商量一下吧。

　　知美今天也去了近藤住的公寓。自从那次去近藤住处看到他熔化白金材料的过程以来，她几乎每隔三天就要从学校回家的半路上顺便去近藤那儿看看。今天她提前一个小时从学校逃学出来。知美认为提前逃学一个小时就能在近藤的房间里多待一个小时。不过近藤几乎没有作为，她自己也不明白和近藤在一起想做什么。

只是在今天离开近藤的住处准备回家的时候，近藤在狭小的玄关处突然笨拙地一把抱住她的身子。那时她从近藤的身上似乎又闻到了那种熟悉的熔化金属时留下的特殊气味。

"真的不想让你回去。"近藤松开手后，有些恋恋不舍地说道，"不过这儿也实在太狭窄了，自从和知美小姐认识以来，我就感到了这一点，所以我无法趁机向心爱的女人提出过分的要求。现在，我也不想对知美小姐说出过多的甜言蜜语。"

知美虽然未能清楚地理解近藤这番话的含意。但她明白如果近藤提出什么要求的话，她也许即时就会答应的。尽管她知道了近藤的住所是那样完全出乎想象地脏乱，尽管她也看到近藤的睡床狭窄得单人也难以翻身，但她每次来此之前总是经过精心打扮，并穿上性感的成人内衣。

"你明白我这话的意思吗？"近藤有些疑惑地问道。

知美尽管还未能真正明白近藤的意思，但她还是羞涩地回答："明白了。"

于是，近藤有些激动地回忆起过去的一段往事："在我患上自闭症的时候，并不懂得该怎样向母亲撒娇。有一次，母亲带我一起去百货商场买一台盒式收录机。母亲随口在那儿说一句'不要那种大的立体声收录机'，我就以全商场都能听到的声音大声怒骂起来：'混蛋！你要是不答应，我还要骂几次！'商场里的营业员以及其他的顾客听了都不由得大吃一惊，大家不约而同地看着我们母子俩。当时我清清楚楚地看到母亲的眼眶里满含着泪水。或许她感到格外羞耻，因为儿子的粗鲁举止使母亲陷入了被周边人嘲笑的窘境。那时，母亲突然堆起笑容对我柔声说道：'不要这样，别人会笑话我们的。'母亲那时的笑脸我到现在也绝对忘不了。由于我的冲动和自私，使母亲满含着羞辱的眼泪还不得不勉强装出笑脸来劝慰我。这真是无法原谅的错误。我到现在都无法原谅自己。我知道，现在在我们周围，在那些没人注意的地方，一定会充满着各种孩子的撒娇和情人的诉求。或许我不想让知美小姐回家也是这样一种诉求吧？知美小姐现在是高中生了，一人在外家里人一定牵挂，所以不想让你回家只能算是一种诉求。有的人说'为了我'，就要求对方作出牺牲。而我则不同，说是为了我要知美小姐不回家并借此来确认你的真实心意，那是错的，这纯粹是一种诉求。"

近藤说完话就毫不迟疑地送知美回家，一直送到车站。路上他几乎不发一言。分手的时候，他突然郑重地说道："请认真考虑一下我们一起去意大利的事吧。"

"我会考虑的。"知美肯定地回答说。

知美决定先去洗个澡。当她准备进入浴室时，正巧碰见从旁边卫生间出来的秀树。

"哎，知美!"秀树低沉地叫了一声，"你被他打过吗?"

兄妹俩已经好久没有面对面地说话了。所以知美一时没有反应过来，不过她很快就镇定地回答说:"没有。"

"是吗?"秀树说了一声就匆匆回到自己房间去了。

"哥哥说的话怎么这样怪呢?"知美在浴室里一边脱着衣服一边这样想着，其实她也明白秀树患病之后当然会有这样的怪诞之举。如果在患病之前他应该不是个会轻率地向妹妹打听男朋友的人。那么，哥哥为什么会突然问起有没有被他打过的事呢? 究竟发生了什么事才使他问出这样的话来?

知美脱去内裤时又想起了近藤的事来。好色和诉求这两者是什么关系呢? 其实我并不是不想满足近藤的色欲，如果我们一起去意大利的话，也许就会发生男女间的情事吧? 知美想起今天两人相见时，近藤突然对她说:"一起去意大利好吗?"知美问:"是去旅行吗?"结果近藤却回答说不是去旅行。他胸有成竹地说:"我现在有了一笔积蓄，所以想去意大利的学校上学。打算刚开始三个月先去位于佩鲁贾的意大利语言学校补习意大利语，然后再去热那亚的珠宝设计学校，知美小姐也愿意一起去吗?"

知美刚开始听到近藤这样的要求，心中不由倏地一惊，心想他说这样的话究竟是什么意思呢? 尽管两人最近一直频繁接触，但自从认识以来也不过才两个月的时间，连接吻都未曾有过，难道这样就能住在一起了吗？

近藤又道："佩鲁贾是个小城市，那儿的房租想必不会很高。如果我一个人去，总要和别人租住在一起的，因为租房子时两个人比一个人更容易找到好的住处。现在，日本人在那儿好像大多是和韩国人或者中国人以及其他的亚洲人住在一起。如果真是这样，我倒希望和知美小姐一起在那儿租住。"

"等一下，等一下，我去意大利能做什么呢？"知美有些茫然地问道。

近藤继续颇有自信地回答："你去那儿先补习一下意大利语不是很好吗？之后学什么都可以。不管怎么说，意大利是各种精美设计的发源地。珠宝设计当然不用说了，还有家具、女包、服装以及皮革工艺品、银饰品加工、书画艺术设计、建筑，甚至各种工业设计等，真是数不胜数，况且那儿最近还很流行城市和环境的设计，据说意大利还是音乐和美术的发源地呢。"

"那我这样跟你去不就是要考虑结婚的事了吗？"知美还是有点忐忑不安。

"哦，你想错了，我并没有要你马上和我登记结婚，我现在不会提出这样无理的要求。当然知美小姐可能也在考虑将来的计划，希望你能把和我结婚作为一种可能性来考虑。"

听了近藤的这番解释，知美才知道近藤只是把结婚作为将来的计划，其实到现在还根本没把它当作一回事。她进而想到了自己过去设想的升学打算。津田塾、上智这两个都是首选的合适的私立大学。还有上大学文科的福利系，这些升学的思路究竟是由谁在什么时候决定的呢？也许是父母，是老师，或者是自己来决定的。因为我一直想着要上大学。以前曾问过夏美上大学是否快乐的问题，自己觉得上大学首先要感到快乐。那么我是否考虑了学习什么、选择什么职业、将来要成为什么样的人这些问题呢？

其实什么都没考虑。说什么都没考虑也许有点自欺欺人。自己曾胡思乱想过将来要成为什么样的人。甚至也想到如果能考入大学的话就想离开这个家庭。当然，父亲是否会同意，自己也不知道。由于近藤问了自己"一起去意大利好吗？"，所以自己必须周密地思考与此相关的各种事来。说起海外，依稀记得只是自己在念小学的时候和家人一起去塞班岛游玩过，至于意大利是个什么样的地方则根本想象不出来。尽管如此，现在近藤既然提出了一起去意大利的事，自己当然也得认真对待。别的还好说，只有一件事使得知美还是有些担心。于是她如实地问道："我睡惯了家里的大床，睡这样的小床是不行的。"

近藤听了不禁莞尔一笑："不用担心，我们到那儿最低程度是租有两个房间的公寓房。理想的话公寓里最好还有起居室。这个起居室和厨房以及浴室卫生间是共用的，而卧室则每人各有一间。知美小姐不能选择现在自己睡的那种大床。不过，意大利的家具很漂亮。在日本的话价格非常昂贵。而在意大利就便宜多了，因为他们的国货是'意大利制造'嘛。"

知美进而继续回想着当时的情景。

"会有那样漂亮的意大利床吗?"当时知美轻轻地嘀咕着。近藤从书架上取出两本图册。其中的一册是热那亚的城市介绍。打开图册的第一页便是热那亚城市的全景，我当时简直是看呆了。金色的阳光照耀在蓝色的大海上，大海的对岸是古老的巨石建造的城市，那起伏的山丘上耸立着有着大钟和塔楼的教堂，现在看着仿佛也能听到从教堂里传来的悠扬的钟声。下一页是沿海的咖啡馆和餐馆的情景。在各种色彩斑斓的遮阳伞下，人们悠闲地喝着葡萄酒，吃着海味美餐。再下一页是古老城区的街景。那儿还保留着中世纪的石板路和围墙，还有那些有着精美雕塑和水池的公园，以及街心广场、喷泉和白鸽。接下来的各个页面内容同样精彩，有停泊着各种游艇的码头、修道院的庭院、种植着橄榄和葡萄的田地、市政马路和林荫大道等。

第二本图册主要展示了宝格丽的各种珠宝。打开第一页是一条有着白雪晶状体形状的项链。项链以黄金围边，中间还镶嵌着精美小巧的钻石。"真美啊!"我当时见了忍不住发出一声惊叹。

后面的页面是一些老照片，看来都是些长着胡子、目光敏锐的叔叔辈摄影家拍摄的。

"这是索里奥·宝格丽拍摄的，他是宝格丽的缔造者。"近藤热心地介绍说，"宝格丽原来是个希腊人，他出生于靠近阿尔巴尼亚的一个小山村。那时希腊和土耳其两国正在交战，而且当时在巴尔干半岛上，俄国和土耳其也在打仗，处于极度混乱的状态。宝格丽出生后，父母带着他逃到了意大利。尔后他在那儿长大、经商，获得极大的成功，你知道他为什么会成功吗？"

"一定是他特别聪明吧？"

"这当然也是一个重要因素，但最大的理由是他是一个技艺精湛的银匠。其实，不论到什么地方，有好手艺的工匠都能生存。"

听着近藤眉飞色舞的介绍，我不由感到他是和我从前交往的男友们完全不同类型的人。过去虽然曾和两名同年龄段的男子有过亲密交往，但印象最深的却只是在去年和前年的圣诞之夜向父母撒了谎，在位于立川和西新宿的市中心旅馆过了夜。他们中的一名男子是初中时代的同班同学。另一名男子是大学生物系的学长，是个英俊的男子，我常常被他亲吻或者抚摸头发，甚至脱去衣裤。虽然很紧张，心里却很快乐。我终于明白，在这个世界上确实存在渴求于己的男子。明白自己虽然不是个人见人爱的女人，但是一旦想到和英俊的男子携手去迪士尼乐园游玩，而其他的女孩对此露出羡慕不已的神情时，心里就像吃了蜜似的格外香甜。

近藤不是这样的男子。首先他不会带我去迪士尼乐园和市中心旅馆。而且他只要见到白金材料熔化，就会感到紧张。直到现在，我还清楚地记得那白金材料发出白光时的景象。那一边发光一边抖动着的白金材料简直像外星球的生物，使人有一种凄美的感觉。近藤说的话里常常有令人费解的地方，但是唯一绝对不会错的是：迄今为止，我对父母、老师、朋友，包括情人，都没有像对近藤那样认真地说过话，而且也没有谁像近藤一样说的话使我如此着迷。因此，近藤对我来说，难道不是个十分重要的人物吗？

洗完澡，走出浴室，发现父亲已经回家了。知美十分后悔错过了和母亲提起这事的机会。此时的父亲正坐在餐桌对面的一把椅子上。

"爸爸，您回来啦？"知美礼貌地说道。

"嗯。"父亲有气无力地应了一声。

知美发现父亲连领带和衬衫都没脱掉，显露出十分疲惫的状态。

"要不要先去洗个澡？"母亲关切地问道。

父亲没有回应，只是嗓音低沉地说："给我拿瓶啤酒来！"

父亲的脸色很难看，大概是在公司碰到什么烦心的事了吧？知美心想他每天这样辛苦地工作，也许是心情不佳吧？但愿他不要把公司里发生的那些不顺心的事带回到家里来。父亲的这种不悦的神色使得知美和昭子都开始紧张起来。

父亲开始一边看晚报一边喝啤酒。母亲则开始忙着把各种菜肴放到餐桌上，知美也知趣地做着母亲的帮手。今晚的菜肴很丰盛，有麻婆豆腐、炸鸡块、意大利通心粉、色拉等。炸鸡块上放了少许香料，正散发出阵阵诱人的香气，看来十分的鲜美。母亲特地把炸鸡块放在父亲的面前，知美把一大盆麻婆豆腐端上餐桌。她看到父亲只是盯着那盘炸鸡块，并没有马上动筷子。于是知美忍不住说了声"让我尝一下"，用筷子夹了一块鸡放进嘴里。"嗯？"父亲有些不满地看了一眼知美，但他的眼光失去了往日的威严。

"知美，这种吃相很难看，快不要这样。"当母亲数落知美的时候，大门门铃突然响了起来。

"谁？"母亲说着便去打开大门，走了出去。

"在用餐的时候打搅了，真是对不起。"门外传来一个男子的声音，"我是住在对门的柴山，刚搬来时曾到贵府拜访过。"

接着传来母亲的声音："哦，是柴山先生。那时您那么客气，真是十分感谢。"

知美发现父亲一边喝着啤酒，一边关注地望着大门口。

又是柴山的声音："其实，我是有话要对您说的，那就是贵府少爷的事。"

父亲听了脸色大变，他把手里的啤酒杯重重地放在餐桌上，整个身子都朝大门方向倾斜。

"您是说我家的秀树吗?"母亲问道。

知美感到妈妈的声音有些颤抖。她的心也迅速悸动起来。

柴山又道："贵府的少爷对我的家中……唉，这怎么说呢? 是一种偷窥的行为吧? 他好像有一次在深夜进入我家的院子，并且有样东西忘了带走，所以今天特意来还给您。我绝不会想到贵少爷有什么恶意，只是内人感到有点害怕。内人有神经过敏的病症。虽然我一直对她说贵少爷是无心的，不用担心，但她还是说心里发慌。最近这种病症更加严重，晚上经常失眠。所以我不得已只好失礼了，把这个东西还给您，并报告一下事情的经过。"

"给您家添麻烦了，真是对不起。"又是母亲的声音，"我回去一定向他本人问个明白。不管怎么说，总是让你们受惊了，实在是不好意思。"

紧接着，院子里传来了关上大门的声音。知美心想："大事不好了。"她看见父亲已经怒气冲天，满脸涨得通红。

不一会儿，母亲怀揣着那件后背绣着骷髅标记的运动服回来了，她对着父亲慌乱地嗫嚅道："刚才来的是对门家的柴山。"

"我全都听见了。"父亲狠声说道。接着他站起身，咬牙切齿地吼道："秀树！"知美吓得急忙用手捂住自己的耳朵。只见父亲用手一抹嘴上留存的啤酒泡沫，立刻直冲二楼。知美心有余悸地想道："哥哥真的会去偷窥对面的柴山家吗？他深夜去人家的庭院里干什么呢？"

"秀树！"已上二楼的父亲再次大声吼道。母亲怀揣着那件运动服，惊慌地仰视着二楼。

"什么事啊？"楼上传来了哥哥的声音。

"你真的去偷看对面的柴山家了吗？是你在深夜跑到人家的庭院里了吗？为什么要做这样的事？秀树！你这是在犯罪。是想给警察添麻烦吗？"一连串像连珠炮似的发问是父亲气呼呼的声音。

"你在说什么？我什么都不知道。"秀树仍然在抵赖。

"刚才柴山已经来过我们家，我已经听到他讲的全部经过。快，跟我走！现在就去柴山家道歉，我叫你走你听不听？"父亲依然不依不饶。

接着传来了两人推搡的声音。二楼的走廊上又是一阵呱嗒呱嗒的脚步声。

知美心想父子俩此时也许正在厮打吧？

"那家伙打自己的老婆你知不知道?"哥哥的声音还是那么倔强。这时知美突然想起哥哥的问话:"你被他打了吗?"

"你到底是相信自己的儿子,还是相信别人?"哥哥的声音里充满着愤怒。

"难道我会相信你吗?啊?你做过值得我相信的事吗?啊?这一年半来,难道你做过一件让我相信的事吗?"父亲的嗓门越来越大,似乎已经到了暴跳如雷的程度。

知美待在楼下听着两人的叫骂声,胆战心惊地想着:"也许正在打架吧,他们两人的说话声越来越凶了。"

突然,父亲从楼梯上滚落下来,知美和母亲哭着冲过去。只见哥哥站在二楼的楼梯口,脸上露出呆呆的神色。转眼一看倒地的父亲,只见他样子古怪地倒在地上一动不动地躺着,额头上的鲜血汩汩不息地涌出来。

"知美,快去打电话叫救护车!"

母亲的声音里充满恐惧和悲伤。

秀吉

还没有说"我回来了",妻子却已迎了上来应答"您回来啦"。一定是发生了什么事了吧?尽管昭子没有这样问,可是凭着夫妻俩二十二年一起生活的经验,只要看一眼自己的脸色,也许就能察觉到这一点吧？迄今为止，几乎没对妻子说起过公司的事情，因为过于急着露底反而会引起她的不安吧？

"工作上没什么事吧？"

昭子果然露出了几许不安的表情。秀吉知道现在不论是谁见了他这张脸一定都会感到不安的。

"没什么事，不用担心。"秀吉淡淡地说道。他嘴上虽然这样说，心里却自嘲地想道："我这样说话，岂不是和齐藤说的台词完全一样了吗？"平时即使见了齐藤，问他"没什么事吗"，齐藤也只会回答："不用担心。"接着又安慰道，"内山君，我正在想办法，不用担心。"至于为什么不用担心，秀吉根本不知道其中具体的原因。

"要去洗个澡吗？知美现在快洗完澡了。"昭子体贴地问道。

"待会儿再说吧。"秀吉不耐烦地说着，在餐桌边的椅子上一屁股坐了下来。

"那好，马上就要开饭了。"昭子说完话后，用围单擦拭着湿漉漉的双手，又急急忙忙地回到厨房去了。

秀吉坐在椅子上，烦乱的心绪久久难以平息：看来这事早晚要对昭子说的吧，从现在的情势来分析，公司已经没有靠自己的力量进行重组的意思了。今天从部下那儿听到了公司要成立第二销售部的传言。现在部下听说的传言大多会不幸言中的。当秀吉有些忐忑不安地找齐藤确认时，却被他没好气地一口拒绝了："别听他们胡说八道。"迄今为止，秀吉只知道从入秋起，银行似乎要开始减免实际利率，这是减免营收下降、利润减少的公司债务利率，接着便会确认公司的不良债权了。秀吉对此心存侥幸地想道：如果公司被分割只能出售技术部门的话，公司销售部门的职员就会拿不到一元退职金被迫离开公司。而像自己这样资深的销售员，即使公司出现了这样最坏的结果，现在至少还存在被接受单位吸收留下的可能性。因为只是出售公司的技术部门，公司还是需要销售的吧？

秀吉这样想着，于是开始认真地学习通过网络系统介绍产品、接受订单和执行汇款的有关技能，同时为了开拓新的交易市场，不断地和部下们举行各种业务会议。但是这些努力收效甚微，不管怎样对齐藤说明，他就是不给一分钱的预算。秀吉为此忧心如焚，他问齐藤："在这样的情势下，难道不该实施一些新的举措吗？""不用担心，正在想办法。"齐藤老是重复着这样的话来敷衍。秀吉气愤地想着：他真的在想办法吗？正因为他自己都不知道公司未来的命运，所以只能说"正在想办法"来搪塞，这个问题也许连社长都没有解决的良策吧？说不定连银行都束手无策呢。

当秀吉缓过神来时，突然发现知美正坐在餐桌对面的椅子上。她的头发还是湿的，看来刚才她确实又去洗澡了。他不明白知美为什么有这样的举动，现在又不是炎热的夏天，为什么非得早上和晚上各洗一次澡呢？只听到知美轻轻问道："您回来啦。"但秀吉没有回答"我回来了"。他只是有气无力地"嗯"了一下。他明白，现在就是见了知美，也只能让她看到刚才昭子所见到的自己那种满脸疲惫的神态。这也是没办法的事，因为他毕竟无法在短时间内转换自己忧郁的心情。

"要不要去洗个澡？"昭子关切地问道。

秀吉有些迟疑地想道："这也许是个不错的主意，但是现在痛痛快快地洗个澡，心情真的会舒畅吗？"

"哦，要不要呢？"秀吉正要说出这句话时，突然又想起了有关第二销售部的事来。所谓的第二销售部主要是为了集中那些公司重组后留下的业务骨干。归根到底这只是个过渡形式，也许就是为了将来人员的配置转换而特意设立的。他记得齐藤也曾经对自己说过"你必须振奋精神好好干！"这样的话。

想到此，秀吉又感到意兴阑珊。

"给我拿瓶啤酒来！"秀吉高声说道。他明白昭子和知美听到这样的声音一定会吓一跳的。

这时，从厨房间里飘来了饭菜的香味。秀吉的脸上不由得漾起一丝难得一见的笑纹：我就是喜欢看到昭子和孩子们津津有味地吃饭的样子。有时为了生意不得不向那些讨厌的客户屡屡低头鞠躬，但只要一想到自己这样做就是为了家人的笑脸，干什么都觉得坦然自若了。我现在担负着家庭的幸福和安定的重任，要是自己不安定，那昭子和孩子们肯定是不会安定的。

秀吉一直这样想，现在也没有改变自己的想法，最后他决定不让家人看到自己不安的样子，不再对他们提起公司的现状。

秀吉漫不经心地看着晚报，突然，他看到一个版面上登着"政府高层终于开始着手处理各大银行的不良债权"的新闻。新闻中说，政府估算失业者最终为十二万人，但据民间专家智囊团预测，失业者将达到一百五十万人。他不无忧虑地感到：不管十二万人还是一百五十万人，在报上都只是个数字概念。实际上，对失业者而言，处于这样的境地无疑是下到了地狱，和战死者没什么两样。

他眼前的桌面上开始摆放上各式各样的饭菜，但他喉咙里像塞了团乱麻似的，实在没有食欲。菜肴中最突出的是那盆炸鸡块。看得出，昭子确实是下了苦心，她把生鸡块放在拌入蒜姜的料汁里浸了半天，然后再沾上淀粉，在油锅里精心煎炸，终于制成这盆金黄香脆的好菜。秀吉心想，炸鸡块是我平时最喜欢的，今天昭子特意做这道菜，是为了让我美餐一顿，恢复元气吧？正这样想着，冷不防餐桌对面的知美早就忍不住口欲，说了声"让我尝一下"，就夹了块鸡块放进了自己的口中。突然，大门的门铃响了。昭子赶紧朝大门口走去。

秀吉不快地皱起眉头，大声说道："又是来募捐的吗？来募捐的话让我去对付。"

这时他听见门外传来一个男子柔和的声音："在用餐的时候打搅了，真是对不起。"

接着，那人又道："我是住在对门的柴山，刚搬来时曾到贵府拜访过。"

一听来人的话语，秀吉立刻想起来：是那个家伙吗？唔，对了。就是那个号称喝酒醉了两天，吃药就能止泻的药厂老板的儿子。这家伙靠着老子的关系进了一家广告代理公司工作，而且在父亲留下的九十坪的宅基上专门设计建造了一幢漂亮的宅院。

柴山和昭子在大门外的说话声很快传入了秀吉的耳朵。好像是说秀树深夜进入他家的宅院，并且常在自己家的窗口偷看他们的事情。那个声音像播音员一样柔和的柴山不紧不慢地说着。秀吉听着他的语调和用词，感觉就像一根根钢针深深刺进了自己体内。

"给您家添麻烦了，真是对不起，我回去一定向他本人问个明白，不管怎么说，总是让你们受惊了，实在是不好意思。"

秀吉听到了门外昭子向柴山道歉的声音。他不满地想道："用得着向这样的家伙反复道歉吗？"

不一会儿，昭子怀里揣着秀树的那件后背绣着骷髅标记的运动服走进屋内，说道："刚才来的是对门家的柴山。"

他没好气地白了昭子一眼，说道："我全都听见了。"

秀吉曾看过自闭症的书籍。里面写着父母对待自己孩子的各种问题。有的书警告说对待孩子绝不能放任自流，但也有的书也说不能过度干涉。实际上，秀树和父母争吵时就抱怨说自己在念小学时和老师合不来很苦恼，而父母都没有搭理他。此外，他还指责在没进入报考的大学之后想一个人待着，而父亲却无理地要他和家人们一起吃饭。"没有搭理他""不让他一人待着"，秀树说出这样的话来究竟是想干什么呢？书上写道："对患了自闭症的孩子，首先要表示理解，这一点是极其重要的。"秀吉心想书上的道理自然是不错的，但要我怎样来理解他呢？他今年已经二十一岁了，整天无所事事，对辛勤工作的父母一点都不尊敬。现在好了，还学会偷看对门家庭的内部情况，甚至在深夜偷偷地溜进人家的庭院里，这样的孩子我该怎么理解才对呢？这个混蛋！

"秀树！"秀吉爆发般地发出一声怒吼。

知美吓得赶紧用双手捂住自己的耳朵。秀吉气呼呼地冲上了二楼。

"什么事啊？"

秀树极不情愿地开了房门。房间里一片漆黑，什么都看不见。

"你真的去偷看对面的柴山家了吗？是你在深夜跑到人家的庭院里了吗？为什么要做这样的事？秀树！你这是在犯罪。是想给警察添麻烦吗？"秀吉一见秀树就怒不可遏地向他倾泻了心中的所有怒火。

"你在说什么？我什么都不知道。"秀树不满地斜视着自己的父亲。秀吉见他没有悔过的意思，更加暴跳如雷："刚才柴山已经来过我们家，我已经听到了他讲的全部经过。快，跟我走！现在就去柴山家道歉。我叫你走你听不听？快走！"

"那家伙打自己的老婆你知不知道？"秀树终于忍不住说出其中的原委。

"你这家伙在胡说什么？"秀吉的嗓门越来越大。

"你到底是相信自己的儿子还是相信别人？"秀树依然倔强地反驳道。

秀吉还想再说什么，突然感到自己肩膀被秀树重重地推搡了一下，于是他想必须要拧住秀树的手腕。但当他正要抓住儿子的手腕时，没想到秀树机灵地反过来用手一把抓住了他的领带。这时的秀树似乎又显露出魔鬼的本性，他一边低声地咒骂，一边紧紧拉着领带，把秀吉的脖子勒得喘不过气来。秀吉拼命想分开儿子的手，但领带被秀树紧紧地攥住，根本无法分开，这时他感到自己的气息快要断了，一种混合着恐惧和愤怒的感觉从心头直往上冲。于是他用左手一把抓住秀树的衣襟，把秀树的身子一下子拉到面前，然后再腾出右手攥成拳头，试图直接殴击秀树的鼻子部位。由于领带被秀树紧紧地抓住，自己的行动受到他手臂的阻碍，所以没能强力打击，拳头只打在秀树的嘴唇上。自己攥成拳头的硬硬的手指触及到秀树柔软的唇部，立刻感到秀树的嘴唇开裂，直接碰到了里面的牙齿。受到这一沉重的打击后，秀树的眼神陡然变色，露出几许骇人的凶光，他一边紧抓住领带不放，一边贴近秀吉的身子用膝盖猛击父亲的腹部。当坚硬的膝盖击中秀吉的心窝处时，秀吉只感到两眼一黑，一下子什么都看不见了。紧接着整个身子失去了重心，人不由自主地向后摇晃。秀树趁机松开抓住领带的手，猛击父亲的脸部。这时，秀吉感到身子再也无法支撑下去了，只觉得天花板在旋转，他想抓住楼梯的扶手，但双手软绵绵的没有一点力气，身体像一只沉重的麻袋，横着倒了下来，他顿时感到自己的肋腹和膝盖部位受到硬物的撞击，难言的创痛遍布全身，就在这一刹那，他看见了昭子的面容。但是昭子的面容也在三百六十度地旋转。不一会儿，视野里一片黑暗，什么都看不见了。

昭子

　　上午特意去拜访了提供咨询服务的非营利性组织。具体场所是在荻窪车站北出口附近的一座小型杂居大楼里的一间房间。它的全称是"长谷川团组咨询所"。据说一次访问面谈的费用为五千日元。如果一周咨询一次或两次，每月的总金额将达到三万日元以上。昭子每月去看竹村医生的门诊和参加患者亲友会举办的座谈会等活动已经要花费两万到三万日元，还没算上交通费。所以昭子听到非营利性组织一次咨询要收取五千日元后，脸上不由得蒙上了一层为难的阴影，该组织一名负责的女性咨询师见到昭子这样的窘态，和蔼地说道："这点费用不算高，我们要不断持续开展各种活动，这点收入勉强够我们维持下去。"

"这个我知道。"昭子轻轻地说道。

在昭子的印象里，凡是和治疗自闭症有关的人员中，她没有遇见过令人讨厌的人物。也就是从没见过那种盛气凌人或者过分修饰自己的人物。今天在这"长谷川团组咨询所"里遇到的这个女职员看来也是个稳重的值得信赖的医生。那些治疗和照料自闭症患者的医生们都深深懂得，对于自闭症患者而言，什么说教、命令、批评，什么激励、惩罚，都是毫无意义的。这些并不都是从书本上看到或是向别人请教获得的知识，而恰恰是他们在实践中，通过和病人面对面的谈话所得到的基本经验。

昭子现在也开始懂得自闭症患者就像婴儿一样。如果对婴儿也进行说教、大声咆哮，或者因婴儿不听自己的命令而无端发火，抑或因婴儿不听劝告而加以惩罚，这样的人肯定不是正常的人。

母亲们正是在实际养育的过程中学会了和婴儿交流的方法。那些育儿的书籍只能作为参考。母亲们往往通过和婴儿实际的接触才能开始掌握有关育儿的感性认识。

一年多来，昭子通过不断向竹村医生、精神保健福利中心的咨询师以及患者亲友会的医学顾问求教，终于开始注意到秀树的态度和言语的背后隐藏着的精神因素，而以前面对秀树的发病，除了干着急，其他什么都不懂。

昭子从那个女咨询师手里拿到一张病情调查表。那人对她说有好几个需要调查的问题，需要认真地用书面回答。

昭子拿起那张病情调查表，只见上面密密麻麻地写着诸多问题：

"请尽量详细地写下孩子的优点。"

"请写下孩子的兴趣所在及喜欢的事情。"

"今天有没有表扬孩子的什么行为？"

"请写下孩子的理想。"

"请写下你想和孩子一起做的事情。"

昭子认真地看了看那张病情调查表。发现"孩子的优点"这道题目下，答案栏有二十个，即自己必须写下自己孩子的二十个优点和特长。

"秀树的特长?"昭子有些迟疑地想道。她稍思片刻后就在这道题目下只写了"意外地有温和的表情"。其他的她实在想不出来了。

"这张调查表就给你吧。"那名女咨询师颇为理解地说道,"回去后请把这张调查表复印多份。如果有可能,请和孩子的父亲一起一周填写一次。如果你们父母对自己的孩子不加以肯定,那么患病的孩子也绝对是得不到别人肯定的。你刚才在填写答案时,写过意外两个字。这意外究竟是什么意思?在什么时候发现他的优点?这些都请写下来。"

昭子感激地点着头,心中却在想:现在看来要去打一份短工了,只要每月能确保几万日元的外快收入,就能拜托咨询机构的医学顾问给秀树看病了。

中午时分,昭子又去了立川。

"今天不去牛排馆了。由于工作时间的关系,我的午休时间有将近两个小时,所以我们还是一起坐车去深大寺吃荞麦面吧。十二点零五分你在我们经常见面的店门口等着,我会开车来接你。"

早晨,延江给昭子发来了这样的短信。于是昭子依旧在那家富有美国早期风情的牛排馆门前等着。果然,延江开着一辆轻型卡车准时前来迎接。昭子还是第一次看到延江开的车子。

昭子穿着一件衣襟上带着毛皮的深藏青色的针织连衣裙，外面还罩着一件相同颜色的大衣。连衣裙是去年买的，到现在为止一次都没穿过。

延江的轻型卡车显然是刚从工地上开来的，副驾驶席上似乎被木屑和油漆之类的东西弄得脏兮兮的。所以在昭子上车之前，延江赶紧说了声"请等一下"。接着，他用干净的卫生纸小心地擦去了椅子上的污迹。

上车后，昭子有些好奇地说道："我乘这样的卡车好像是今生头一回呢。"

延江不无得意地回答："对我们这些在大城市打工的木匠来说，铃木牌轻型卡车是最好的车子。你看，它的四个轮子都能驱动呢。"

车子开到甲州街道时，前面亮起了红灯，轻型卡车旁停着一辆德国产的保时捷，车体的大小和铃木牌轻型卡车差不多。保时捷的副驾驶席上坐着一位戴着太阳镜的女人，不经意间正巧和昭子打个照面。

昭子望着那辆车，忍不住笑道："小把式也想开这样的外国名车吗？"

"当然想。"延江不假思索地回答。

"你羡慕开那种车的人吗？"

"唔，很羡慕。"

"不过你不是说不要拿别人和自己相比吗？"

昭子说这句话是别有深意的。因为他俩刚认识时，延江曾经很认真地说过"我从不拿别人和自己相比"。他俩在茶馆碰面时，延江在一张体育报上看到介绍美国职业棒球甲级联赛的青年球星铃木一朗的事迹。当时他有些惆怅地说："铃木一朗比我还小一岁呢。"昭子本打算劝慰他说："不要这样想，向上比是没有边的。"谁知延江却很认真地回答道："姐姐，你错了，我从没有拿铃木一朗和自己相比，我们只是不同的人从事不同的职业罢了。"

延江的语调虽然不是很重，但昭子听了总有些不大受用。昭子平时很羡慕那些拥有健康孩子的自己过去的同学，总是拿她们和自己相比。她觉得一个人不管怎么说，不都是拿自己和别人比谁更幸福吗？那些认为自己是自己，和别人不一样的人，应该是特别坚强的人吧？

当时，延江还对自己的观点作了进一步的发挥："自己和别人哪个更幸福呢，我觉得就算两者相比也是没有用的。我之所以这么想是因为木匠这个职业是我自己选择的，没有人劝过我，完全是自愿的，所以我从没想过要成为铃木一朗那样的球星，从没有想过。"

昭子清楚地记得延江是这样说的，那么他为什么现在却要说很羡慕开着德国名车保时捷的人呢?

延江见昭子困惑的样态,又开始解释道:"我说不能和别人比谁幸福跟说羡慕开保时捷德国车的人的话是不矛盾的。虽然羡慕开保时捷的家伙,但并不意味着我要做那样的人。"

昭子心想延江的想法还是始终贯一的。他只在乎自己木匠的身份,并不想仿效别人。想到此她忍不住问道:"如果你成不了木匠该怎么办呢?"

"这种事我从没有想过。"延江平静地回答。

"在深大寺吃荞麦面时,你在想什么啊?"延江疑惑地问道。

昭子听延江这么一说,就拿出了那张从女咨询师那儿得到的患者病情调查表给延江看。

延江看了看,不由得揶揄道:"嗬,还有这种东西呀,看起来蛮有趣的嘛。可惜我没有那样的'孩子',该怎么办呢?"

"你就把自己当作那个'孩子'回答试试看?"

"是吗? 那么,先请你把我的优点写下来。我在刨木头方面是个天才,打墨线也是又快又正确,椽子上的雕刻比谁都拿手,在接头技术上也是一流的。这些都没得说。接下来再请你写写我的兴趣和爱好。这当然是造房子咯,我只会干这个。最后写下我的理想,我要成为全日本最好的木匠,如果要成为世界一流的木匠可能就不行了，因为各国造房子的方法是不同的。"

昭子听了延江调皮的回答后，开心地笑了。一笑之余，顿时觉得郁结于心中的愁闷似乎在顷刻之间消失了，人也感到特别轻松。

此时，她听到了从神代植物园方向传来的鸟鸣声，这儿只有她和延江两人愉快地散着步，四周都是火焰簇拥般艳丽的红枫树。和延江在一起的时候总是这样消磨时光的。昭子深有情意地想道："虽然不可能，但我还是希望这美好的瞬间能够永远继续下去。"

傍晚时分回到家里，正巧和下楼吃晚饭的秀树碰了面。昭子从内心悄然地产生了一种难言的负罪感。

在打开家门之前，昭子一直想着和延江的谈话。两人吃完荞麦面后，昭子突然问道："想不想和我亲热？"

延江听了大吃一惊，刚喝下去的茶水差点喷出来。

"你说什么呀？"延江有些含糊地问道。

"我可不是对谁都能这样说的女人。"昭子正色地回答。

"如果对谁都能这样说，那可是变态的怪人。"

"你不想回答就不回答好了。"

"我想着呐。"

"你说谎。"

"如果是一个不想与之亲热的女人，男人是不会和她约会的。"

昭子听了心里像吃了蜜似的，此时她对延江产生了情欲的冲动。但她嘴上还是佯佯地说道："说这样的话让你受惊了，真是对不起。"

"道什么歉，我爱听。"

"是吗?"

"说实话，我特别喜欢姐姐这样的女人，也想和你亲热。但是这次和你约会并不是为了亲热。我这个人也许有点怪。每当和姐姐相会时就感到这是神给我的赏赐。你今天也一定很辛苦了，和你这样漂亮的姐姐在一起该是多么快乐的事。你可知道神就在太阳和大地之间，我感到神就是这样告诉我的。"

昭子听了延江的这番心里话，很受感动。她知道自己已经不年轻了，在将近四十岁的时候她就已经开始有了这种迟暮的想法。和自己的丈夫秀吉已经很久没有发生性关系了，这似乎并不是因为上了年纪才这样想的。自从秀树得了自闭症后，在家里已经很久没有想到夫妻间的性事了。从二十岁时和秀吉第一次约会以来，她对秀吉始终没有性的欲望，只是把秀吉看作一个做事认真的男人，对他充满着尊敬，所以两人未曾有过热烈的恋爱。时至今日，昭子总是感到怅然若失。"对我来说，以后还会有什么快乐的事吗?"她每次这样想着，心里就会感到一阵莫名的不安。一想到秀树和秀吉的事，就感到自己不该有什么快乐的妄念。家里人都这么苦，我怎么可以自己一人光想着快乐呢？

延江把昭子送到立川车站，临别时再次吻了吻她的额头，轻声地问道："什么时候和你亲热呢？"

"你说什么呢？"

"先说的不是姐姐你吗？"

当昭子和车窗外面的延江作别时，延江又固执地问道："你肯吗？"

"再说吧。"昭子有些含糊地回答。

回家的路上，昭子在心中反复回想起刚才和延江的谈话。直到进了家门才稍稍收敛了有点恍惚的神思。原以为秀树还在二楼待着，谁知他此时正在餐厅里打开冰箱，似乎在寻找什么吃的东西。见到孩子的这种样态，昭子不由得一阵心跳脸红，难言的罪恶感油然而生。

"你想吃什么？"昭子有些心疼地问道，"要不要妈妈为你做？"

"不，我自己解决。妈妈这么忙，我只要喝点酸奶就可以了。"秀树说着便从冰箱里成打的酸奶中取出一杯来，然后坐在餐桌旁的椅子上，拿出夹在腋下的书本，一边看书一边津津有味地喝起酸奶来。昭子本想秀树会拿着酸奶回到自己房间里喝的，没想到他竟然赖在餐厅里不走，内心着实有些慌乱。她知道自己的身上和脸上还残留着与延江痴迷相见的余韵，只要和秀树对视一眼，就会感到忐忑不安。

"妈妈这么忙。"秀树刚才是这样说的。

昭子有些心虚地暗忖：难道他对我的事有所察觉吗？

"妈妈没有特别忙。"昭子竭力掩饰着说道。这时她才发现儿子没有像往常那样穿着运动服，而是下身穿着一条斜纹布裤，上身穿着衬衫和羊毛衫。

"是真的吗？你向精神科医生和医学顾问咨询，不感到辛苦吗？"秀树似乎随意地问道。

"向他们咨询是要花费不少时间，不过都是些热心的好人，所以和他们见面我感到很高兴。"昭子真诚地回答。

"是吗？"秀树轻轻地叹了口气，他的视线离开书本，抬起头看一眼母亲，脸上露出了些许真诚的微笑。

"你在看什么书？"昭子故意转移话题问道。

秀树拿起书本，让昭子看了看书的封面，上面写着书名：家庭暴力。

"这本书好看吗？"昭子惴惴不安地问道。

"这不是本有趣的书。"秀树说着，脸上露出了好像在思考什么问题似的表情。

"父亲打过妈妈吗？"秀树的声音有些异样。

"没有呀。"昭子有些困惑地回答。

"那些毒打自己老婆的人大多是一些有地位有魅力的家伙。"秀树若有所思地喟叹道。

"你爸爸确实不是那么有魅力的人。"昭子有些性急地插了一句。

听母亲这么一说，秀树朗声大笑起来。昭子吃惊地看着自己的儿子，在她的记忆中已经很久没有听到秀树这样欢畅的笑声了。

"那么，我回自己房间去了。"秀树终于止住了笑声，慢吞吞地说道。

昭子关切地问道："晚饭还吃吗？待会儿知美和你爸爸就要回来了，只喝点酸奶是吃不饱的吧？"

"半夜里我还会再吃一点东西的。"秀树说着便上了二楼。在刚才和秀树的对话中，昭子身上残留着的和延江约会时的余韵自然地消失了。她没有想到秀树竟然还有这样稳当处事的一面。秀树知道母亲去拜访竹村医生以及患者亲友会的医学顾问的事，他好像很在意。昭子想起了竹村医生曾说过的一段话：那些患病的孩子会敏感地知悉父母的痛苦和焦虑，从而陷入自我嫌弃的感情之中，他甚至会进而对自己的"罪恶"追究不舍。所以看到家里的亲人安定且富有生气地生活，他会感到无比快乐。

昭子终于有了新的感悟：通过我与精神科医生和患者亲友会

医学顾问的定期交流，确实促使秀树有了一些变化。秀树听说我和精神科医生等人定期联系，一定感受到我是多么重视他的病情。虽然以前自己曾经对他大声地说过："妈妈是多么担心你的病，你难道不知道吗？"但也只是自己大声地说说而已，实际上儿子根本没有听进去"妈妈是多么担心你的病，你难道不知道吗？"的意思。

秀树现在也在看书了，这是本不同一般内容的书。一定是他自己去书店买的吧？车站前的书店要营业到深夜。由此来看，就是到了深夜，他也能一个人外出去便利店或者影像制品店去买东西。这是一个好兆头。他的放声大笑、对母亲的关心，以及单独一人外出购物，都是些好的征兆。这也充分说明他的病情好转已经到了这种程度。

昭子曾经听那些患者亲友说起有的患者会有十年或者二十年长期自闭的情况，因此她也担心秀树会有这样的事情，尽管十年间一步都没离开屋子的患者是十分罕见的。如果这种好的征兆能持续下去，这些患者就能够外出打工或者上班。但听说很多患者在工作场所往往因不能维持良好的人际关系而受到伤害，结果反过来又会造成患者自闭症状态的进一步长期化。因此，那些和父母亲、兄妹以及医学顾问无法很好沟通的患者要在打工的地方顺利地工作下去绝非易事。

昭子还记得秀树小时候住在花小井两房公寓时的事情。那时偶尔也带他去附近的公园玩耍，但是这给秀树留下的却可能是痛苦的回忆。那时公园里聚集着十几个经常带孩子来的母亲，和她们相处真是十分困难。她们决定了住宅区公园里坐在长椅上的顺序，其他人根本无法插足，其中好像还有一个领头的人，非常蛮横。由于受到她的歧视，母子俩再也无法进入那个公园。所幸就在那个时候，秀吉制定了自己买房的计划，而昭子也出去当了一名小型商事公司的职员，于是就把秀树寄托在保育园里，他们终于离开了公园里那个可怕的母亲世界。

　　人们常说自闭者患者不能保持良好的人际关系。其实和他人的关系并不是单一类型。就昭子而言，和延江的关系以及和公园母亲们的关系就是完全不同的两种类型。像公园母亲世界那种性质的集体到处都有。昭子无法想象秀树能够在那种集体里顺利地生存下去。

　　知美回来了。不一会儿，秀吉也立刻回家了。两人的表情形成了鲜明的对照。知美不知遇见了什么开心的事而容光焕发。秀吉却沉默寡言地阴沉着脸。昭子早已看惯了秀吉因工作忙碌而显得疲惫不堪的面容。过去，秀吉不管怎样疲劳，总觉得他还具有男子汉的能量。而现在却完全不相同了，不仅有一种能量耗尽的疲惫感，而且整个人死气沉沉的没有一点精神。

"工作上没什么事吧?"昭子关切地问道。

秀吉没想到老婆会问这样的问题。于是他看也没看昭子一眼就随口回答："正在想办法。"其实秀吉心中想的却是现在的公司已经到了相当危险的地步了。现在的电视和报纸上几乎每天都把所谓的结构改革和不良债权的彻底处理作为重要话题。就是在一周之前他就听到确切的消息说公司的结构改革一定要搞。所以他一想到此，就感到心情黯然，并喟然长叹道："软弱的家伙只有死路一条了。"

此时，从二楼的浴室里传来了知美洗澡的声音。知美直到上初中一年级的时候，还承认父亲有使用浴室的优先权，认可首先让父亲洗澡的潜规则。但是从四年前开始，知美便不那么循规蹈矩了，在她高兴的时候就会无所顾忌地先去浴室洗澡。而作为母亲的昭子并没有加以指责，竟然默认了知美的做法。

"要去洗个澡吗? 知美现在快洗完澡了。"昭子体贴地问道。

"待会儿再说吧。"秀吉淡淡地说着，然后脱下外衣，放松了领带后一屁股坐在餐桌边的一把椅子上。

"这个人现在怎么会变得这样虚弱呢?"昭子想着秀吉那副颓废的模样，拿起他脱下的外套和上衣，走入夫妻俩的卧室，把衣物仔细地挂在壁橱里。她想到马上就要开饭了，心里又有别样滋味。今天晚上，她特意为秀吉做了他平时最喜爱的炸鸡块和麻婆豆腐。原打算在吃饭的时候告诉他自己想外出做钟点工补贴家用的事，又准备拿出那张从"长谷川咨询所"得到的患者病情调查表给他看。但是现在看来，今晚吃饭时好像没有这种融洽的气氛。

知美洗完澡，走出浴室后立刻知趣地来帮母亲做饭前的准备工作。

"你快去洗个澡怎么样？"昭子又小声地催促道。

秀吉听了好半天没有搭腔。正当昭子犹疑之际，他突然高声说道："给我拿瓶啤酒来！"

昭子明白丈夫为什么会这样无名发火。他那怪诞举动并不能只是简单地认为是身心疲惫所致。她凭直觉感到定然是秀吉的自尊心受到伤害的缘故。一般说来，只是感到疲惫的人是不会轻易发火的，而当自尊心受到伤害，即感到生存也有困难的时候，则很容易动辄发怒。她去咨询时，医学顾问曾告诉过她这样的道理。

昭子把炸好的鸡块装上盘后放上餐桌，知美趁机拿了一块塞进嘴里。

"你这孩子，吃相怎么这样难看？"

当昭子不满地提醒知美的时候，大门口的门铃突然响了起来。这时昭子正忙着往盘子里盛着通心粉色拉，在旁的秀吉尽管见她一时脱不开身，仍然一边自己倒着啤酒，一边扬起下巴对昭子示意道："你快去看看。"

昭子不得已放下手中的活计出去开门，她心想来人肯定又是什么募捐的，现在吃饭的时候来按门铃真是麻烦。谁知一开门后，昭子不由惊讶地愣住了。面前站着的是对门的柴山，他的手上好像还拿着一件运动服。

"我是住在对门的柴山。刚搬来时曾到贵府拜访过。"

昭子这才想起他刚搬来时曾经上门送来过一条拉夫·劳伦牌的浴巾，当时自己还认为他是在有意摆阔呢。现在这个男人就站在旁边，身上有一股浓烈的科隆香水味。此时昭子才看清柴山留着一头长发，并在后脑扎了个小辫。他是个高个子，有一张轮廓鲜明的脸。身上穿着一件柔软的皮茄克，显得有几分帅气。略事寒暄后，柴山就把秀树的事告诉了她，昭子顿时产生了一阵轻微的眩晕感。

"您是说秀树吗?"

"是呀，贵府的少爷对我的家……唉，这怎么说呢，是一种偷窥的行为吧?他好像有一次在深夜进入我家院子，并且有样东西忘了带走，所以今天特意来还给您。"

柴山说着便把秀树的运动服交给了昭子。

昭子默默地收下这件绣着骷髅标记的运动服，就像接受了什么屈辱的象征物品，她感到自己的胃部开始不规则地痉挛，这种痉挛很快就传遍了全身。她本想问柴山您真的没搞错吗？但话到嘴边又不得不咽了下去。因为她知道现在不是争辩的时候，如果惹怒了柴山，说不定他会找警察前来查究的。

昭子进而又想："柴山的夫人虽说有点神经衰弱，但对秀树应该是没有恶意的。"

此时柴山又喋喋不休地说了起来，但昭子已经心烦意乱，几乎没有认真听进去。她只是有些怨愤地想着：如果柴山告状的事发生在秀吉晚归的夜晚就好了，并不是要刻意隐瞒这事，但秀吉从我口中听到的和直接从柴山口中听到的反应会有很大的不同。如今，柴山说话的声音这样大，自己的家又小，从家门口到餐厅还不到三米，秀吉肯定听到了柴山的说话声。

昭子怀揣着秀树的运动服返回餐厅时，发现秀吉的脸色变得非常难看，此时她也不知道该怎样向秀吉提起这事，也不敢说"请不要发火"的话，秀吉已经怒气冲天了，对他说"请冷静一点"这样的话是否好，心里也没把握。其实这时的昭子自己也无法冷静。

"刚才来的是对门家的柴山。"昭子竭力保持着平静的语气说道。

"我全都听见了。"秀吉大声吼着。随即站起身来，对着二楼用震撼屋宇的暴声，怒喊着儿子的名字。知美吓得急忙用手捂住自己的耳朵。

秀吉离开座位，从昭子的面前穿过，直冲二楼而去。昭子本想抓住秀吉的手腕不让他去，但自己心惊胆战得无法挪动身体。此时她心里也明白，就算抓住丈夫的手腕也不是个办法，甚至连自己也会遭到怒骂，而且还会进一步激起秀吉心中的怒气。

秀吉上楼之后，再一次怒声叫着儿子的名字。

"什么事啊？"二楼传来了秀树不耐烦的声音。

"坏了，坏了，这事已经无法收场了。"昭子心里暗暗叫苦。只感到心跳加速，手心冰凉，"该怎样来制止父子俩的怒火呢？没办法，暴力又要开始了。"

想到这儿，昭子的头脑里一片混乱。随后她听到了二楼传下来的父子俩争吵的声音。其中丈夫的声音特别响亮："快，跟我走，现在就去柴山家道歉。我叫你走你听不听？快走！"

昭子心里清楚父子俩的争吵已经发生好几次了。那时候虽说能制止住秀树的暴力，但现在要制止父子俩相互间的暴力就不是那么简单了。

接着，又听到了两人互相扭打的声音。

突然，秀树哭喊道："那家伙打自己的老婆你知不知道？"

昭子不由倏地一惊：那家伙到底是指谁呢？秀树最近也在看

《家庭暴力》这样的书了，说这话和看书之间有什么关系呢？

楼上又传来秀树的声音："你到底是相信自己的儿子，还是相信别人？"

"难道我会相信你吗，啊？"是秀吉的声音，"这一年半来，难道你做过一件让我相信的事吗？"

昭子听着两人的争吵声，只感到一种锥心之痛。不一会儿，二楼的楼梯上面出现了秀吉摇摇晃晃的身影，接着秀树也出现了，他正使劲揪住秀吉的头部。

"不要打了！"昭子着急地想大声劝阻他们，谁知喉部就像被什么东西塞住一样，无论如何也发不出声来。

这时，她突然看见丈夫从楼梯口仰面倒下，并横着从楼梯上滚落下来。紧接着身后传来了知美惊惧的哭叫声。只听得一阵短促的肉体和坚硬的木头摩擦的声音，秀吉的身体侧面倒下，又在楼梯上打了个滚，最后终于落在一楼的地板上，此时他似乎已经失去了意识。昭子急忙奔上前去，大声吩咐知美赶快去叫救护车……

秀树

也许是精神过于疲乏了。当他通过相机的取景器窥看对面的房间时，有好几次竟然觉得和那家伙的目光碰个正着。此时，窗纸上的小孔已增加到四个。如果还是原来一个小孔的话，角度上就拍不到对面的房间。秀树到现在为止已经拍了三卷胶卷。起先他使用1600的超高感光度的胶卷，亮度是够了，但画面的颗粒太粗。而且相机上使用的是80－250mm的镜头，这样只能拍到人物的上半身。有时对方的房间里拉上了窗帘，见到的只能是房间的一部分，加之取景框内的人物时常活动，这样就很难对准焦距。而使用颗粒较粗的超高感光度的胶卷是无法清晰地拍下这些镜头的。再加上光源在房间里面，所以产生了逆光，使得调整快门速度和光圈都变得十分困难。

"你在家里拍的什么呀？"当胶卷洗出来后，冲印店的人这样问道。

"是我看见对门的人家里有个男人正在打女人，所以才拍的。"秀树老实地回答。

店里的人告诉他这种情况就叫家庭暴力。于是秀树在回去的路上到一家书店专门买了一本书名叫《家庭暴力》的书籍。翻开书匆匆一看，很快就被吸引住了。书上开头第一章的标题就是"什么叫家庭暴力？"书中论述说亲密关系会产生暴力。特别在夫妇或恋人这种程度的亲密关系中很容易产生暴力。而那些使用暴力的男人往往在外面显得十分老实，只是对家里的妻子或恋人滥施暴力。

接着，书上具体地描述了使用家庭暴力的实景。那些施暴的男人不仅采用拳打脚踢的手段，有时还会用刀子抵住受害者的喉咙，威胁说"要杀你全家"，有的人还使用强奸的手段强行和受害者发生性关系。有的人会把女人豢养的宠物肆意欺凌虐杀。听说还有的人会当着女人的面把她所喜爱的鹦鹉"斩首"。书中还写到了剥光女人的衣服，把她裸体赶出屋外的例子。秀树回想起那天见到那个名叫雪儿的裸体女人的情景，她和书上说的简直一模一样。他甚至还想起那个男人的说话声："雪儿，外面很冷吧？你反省了吗？"书中又说夫妇和恋人间的暴力看来是有周期性的。先是紧张感蓄积时期，尔后是暴力爆发时期。最后是所谓的"蜜月期"，因为那些男人施暴后会出现丑态百出的现象：有的人会跪在地上求饶，有的人则哭着道歉，有的人会买来价值几十万日元的珠宝作为赔罪的礼物，有的人甚至会写下今后决不再实施暴力的保证书。由于在这短暂的时期内受害的女人会得到某种程度的抚慰，所以这段时期也被称为"蜜月期"。

书上第二章的标题是"为什么会引起家庭暴力？"最后部分是救援遭受家庭暴力妇女机构的说明。书上写道：受害人在向警署或法院上告时，如果有对方施暴现场的照片，那无疑是有力的证据。有可能用作证据的照片应该能显示发生暴力时散乱的房间状况或者是显示带有伤痕的被毁坏的家具，或者显示暴力痕迹的受害者的创伤等。书上说由于家庭暴力主要是发生在家庭密室里，所以几乎没有第三者目击的机会。

"我可亲眼目击过。"秀树看到这儿不由自信地笑了。

这些照片能用作证据吗？秀树看着自己手中的几张六寸照片暗忖道。雪儿和那家伙在一起的照片总共只有四张，一张是柴山正在追赶穿着条纹睡衣向后逃跑的雪儿，虽然看不清面容但从人后脑梳的发髻来看估计能判定就是柴山吧。照片里雪儿只有一个背影，她是否受到暴力的侵害还看不清。第二张照片是雪儿的正面照，她好像正在叫喊着，由于是逆光，画面不是很清楚，但毕竟是正面照片，所以一看便能知道她就是雪儿。不过她的脸上并没有流血，所以即使看到这张照片，或许也不能判定她是在遭到暴力侵害吧。另一张是柴山正在扬手举起的照片。他的脸部放得很大。是否正在殴打雪儿不得而知，照片里只露出雪儿的头发。最后一张照片主要拍下了雪儿丰满的胸部，柴山那家伙就站在她的背后并把两手搭在雪儿的肩上。

从照片上看，雪儿是想逃跑的，但由于所有的照片都比较模糊，而且颗粒很粗，所以对于第三者来说，她处于什么样的状况也许并不清楚。这四张照片都是秀树在上周三的夜晚拍摄的。

自从那天深夜潜入柴山的庭院见到雪儿之后，秀树增加了通过相机取景器窥视的时间。在柴山家的房间里拉开着窗帘并有灯光的时候，他有时会连续窥视一个晚上。在这将近一个月的时间里，他曾三次看到雪儿被打的情况。当然，他见到的只是在二楼一间房间里的局部情况，实际上雪儿遭受暴力的情况也许远远不止这些。秀树很想救助雪儿，他认为雪儿也在向自己发出求救的信号。回想起那个惊心动魄的夜晚，当秀树握住雪儿震颤着的苍白的手指时，虽然雪儿立即用力把手指抽了回去，但是，那种女人素手玉指的柔弱感以及那样的冰凉细腻是秀树有生以来第一次感受到的。雪儿丰满的胸部，还有那在月光下隐约可见的白腴的大腿和臀部的轮廓，这些充满魅力的女性特点在秀树的脑海中构成了雪儿的整体形象……

在这本家庭暴力的书籍中有一部分专门介绍了有关家庭暴力的新的法律条文，这些条文的法律用语和措辞都比较难懂，有的段落反复看了几遍还是未能理解其中的意思。

在书的第四章全面阐述了保护令。

命令中明确地写道："当被害者因遭到自身配偶的暴力，其生命或身体极有可能受到重大的危害时，法院应根据被害者的申诉，防止受害人的生命和身体受到重大的危害，对其配偶强制实行下列各条分述的命令事项。"

秀树看了这些命令条款，终于明白如果按照这些保护令，柴山那家伙至少在六个月内不能接近雪儿。而且还必须离开现居的住宅两周以上。看到此处，秀树用心记下了书中末尾所记载的作为家庭暴力咨询窗口的东京都妇女中心和民间女性避难所的电话号码。因为他记得法律的第六条是这样写的："如果有人发现某个妇女遭到其配偶的暴力行为，必须迅速向配偶暴力商议救援中心或者警方报告。"

秀树看了这些法律条文后感到很振奋，但没有向警察报告的勇气。因为他担心警方也许会怪罪他深夜潜入柴山家庭院的事。况且救援中心的工作人员和警方接到报告后一定会问："你是谁? 你是在怎样的状况下目击这种家庭暴力的?"

想到这儿，秀树着实有些沮丧，尽管他有确凿的证据，但对着警方或者那些专业机构总不能说："我是个自闭症患者，在窗纸上开了小孔，每天通过小孔用相机的取景器偷窥到这样的情景。"

秀树在通过取景器窥视的时候，脑海中总会浮现出那样一种情景：他赶走了柴山，救出了雪儿。雪儿紧紧地握住了自己的手。这个丰满性感的女人就在身边，那突起的胸脯，被衣裙和长筒袜紧紧裹着的白腻的大腿和迷人的臀部仿佛都展露出成熟女人特有的魅力……这时，两个人的手紧紧地握在一起，必然显得特别亲热。雪儿一定会对自己表示由衷的谢意，她那冰凉的手指也会在自己的手中逐渐地温润起来……

秀树今天没有像往常那样穿上运动服，而是穿着衬衫和斜纹布裤子。他知道手里的胶卷已经拍得差不多了，所以必须马上去买新的胶卷。

傍晚时分，秀树在底楼餐厅里偶然碰见了刚从精神科医生诊所回来的母亲。两人随意地讲了几句话。他发现由于经常和精神科医生和医学顾问打交道的关系，母亲已经改变了不少。至于有哪些具体的变化，自己也说不上来。总觉得母亲变得坚强了，但似乎也和自己有了一些隔阂。她虽然说和精神科医生见面后感到很高兴，但也像过去那样，绝不会说出"想带你一起去看病"之类的话来。过去秀树无法忍受母亲去咨询精神科医生的举动。他常想，母亲去找精神科医生难道不感到羞耻吗？被那种医生絮絮叨叨地问这问那，难道不感到厌烦吗？

半年前的一天，母亲从精神科医生的诊所回来后，对秀树郑重其事地说道："今天医生对我说了，对于自闭症的患者一定要多加关心。作为他的亲人，一定要好好体谅患者本人最痛苦的事情。"秀树听了母亲的这番话后心头不由得一热，感到长期压在头脑中像一块铅板那样沉重的东西正在慢慢地熔化……

"是吗？"当时秀树听后有些生硬地回应着，然后高兴地回到自己的房间里，躲在一角喜极而泣。以后又碰到好几次类似的情况。秀树终于认可了母亲去精神科医生和医学顾问处咨询病情的事。同时也对母亲产生了感激之情。有时他偷偷拿出藏匿起来的

138

镜子端详自己的面容时，也明显地感到自己的脸上开始有了生气和活力。

楼下传来了烹饪中华料理的香味。秀树心想也许是父亲回来了吧？刚才在浴室附近和知美不期而遇。由于在反复阅读有关家庭暴力的那本书，所以知道所有的女人都有遭受丈夫和情人暴力的危险。没有哪个特定的女人可以幸免。所以见了知美后，自己便不自觉地脱口问道："你被他打过吗？"

"没有呀。"知美的脸上露出惊奇的表情，有些不屑地回答。

大门的门铃好像在响。秀树的心头倏地一惊："有客人来了吗？"

对面柴山家的房间从傍晚开始便紧闭着窗帘。他家的窗帘有两层。一层是质地厚重的淡绿色窗帘，还有一层是绣着复杂花纹的薄窗帘。以前曾有过突然拉开那两层窗帘的情况。就在窗帘开启的当儿会露出雪儿和那家伙的人影。如果不是经常守候在相机的取景器旁边，就无法在这样短的瞬间里按下快门。取景框的左侧几乎全被茂密的树叶挡住了视线。每天清晨，小鸟会停留在绿树的树枝上精心地梳理自己的羽毛，有时两只小鸟一起停在树枝上，互相亲热地用嘴啄理着对方的羽毛，那些可爱的小鸟在清晨的蓝天下留下了自己娇小的身影，秀树见了常常感叹不已。秀树由此想到那个名叫雪儿的女人。在日语的发音里，这个名字的发音有多种汉字的写法，秀树曾殚精竭虑地想出许多汉字的组合。有：有纪、雪儿、由纪、有希、由贵、友纪、夕喜、幸、由希等。当然他最希望的还是叫雪儿。但不管怎么说，他发觉任何一种汉字组合都能很好地表达这个可爱女人的特征。

正当秀树一边看着取景器，一边微调镜头时，突然听到父亲在楼下大声地叫喊着自己的名字，这种声音简直像来自地底下的闷雷，秀树惊得手一哆嗦，差点把相机架子也推倒了。这样的咆哮声使雪儿的形象在自己的头脑中刹那间荡然无存。只剩下激烈的心跳声。秀树不满地皱起眉头，心想这难道又是叫我下去一起吃晚饭吗？这事不是早就该结束了吗？他转念一想，看来今天父亲这样暴跳如雷不是什么好事情，还是暂且把相机藏起来吧。他正想搬动相机的三脚架，突然从房间门口又传来了父亲的咆哮声。秀树立刻感到这绝不是为了晚饭的事，一定是发生了更坏的事。

"什么事啊？"秀树把相机架搬离窗台后，开了房门，随即不耐烦地冷冷问道。

此时他发现父亲满脸通红，大口喘着粗气，并且一嘴的啤酒臭气熏人。

"你真的去偷看对面的柴山家了吗？是你在深夜跑到人家的庭院里了吗？"

父亲一见儿子的面就怒眼圆睁，连珠炮式的发问毫不留情地向儿子砸去。

秀树已经听不清父亲后面所说的话了。这突发的变故所引起的极度惶恐导致心脏剧烈悸动，就像敲响了洪钟大吕般嗡嗡地压迫着秀树的耳膜。

"你这是在犯罪，是想给警察添麻烦吗？"父亲又在一个劲地怒叫着。秀树漠然地对着父亲。不知为什么，听到父亲的这番叫骂，他从内心本能地产生了反感。

看着父亲像机器人似的只是张合着嘴巴说话，秀树的内心感到了一种前所未有的回声，是一种巨大而又奇妙的恐惧。

"你在说什么？我什么都不知道。"秀树机械地抵赖，他觉得发出的声音好像不是自己的。

"刚才柴山已经来过我们家，我已经听到了他讲的全部经过。"父亲继续气呼呼地说着。这声音仿佛从很远的地方传来，从秀树的内心深处引起经久不息的回声。过度的愤怒和恐惧已使秀树对这话失去了现实感。

"你这家伙是存心要给警察找麻烦吗？"父亲渐渐地逼近身来准备抓住秀树的手腕，"快，跟我走！现在就去柴山家道歉。我叫你走你听不听？快走！"

秀树听到父亲气急败坏地说要把自己带到那家伙的住处道歉，

知道这次是动真格的了。于是一种前所未有的迟钝感遍布全身。头脑中虽然响着声音，但不觉得是现实中产生的声音，肩头像承受着重压，手腕上也感到十分沉重。

父亲的手渐渐地碰到了秀树的衬衫。

"不要碰我，我不会跟你去柴山家的。"秀树愤怒地尖叫，他那沉重的手臂像电影中的慢镜头那样慢慢地伸出来，准备抓住父亲的领带。这样的动作虽然缓慢，但是动机异常准确，就像受到了某种神秘力量暗中操控。秀树此时似乎有些清醒了，他的怒火像火山爆发一样奔突而出："那家伙打自己的老婆你知不知道？柴山对你这家伙又说了些什么？你根本不知道那个毒打老婆的人在胡说八道！你到底是相信自己的儿子还是相信别人？"秀树哭叫着，趁机一把抓住了父亲的领带。他觉得自己理直气壮，好像在什么地方真的见过这样的场景。

"难道我会相信你吗，啊？你做过值得我相信的事吗？啊？这一年半来，难道你做过一件让我相信的事吗？"

父亲的脸涨得通红，他依然大肆地咆哮着，说话声缓冲着延迟传入秀树的耳中。父亲试图掰开秀树抓住领带的手，但他的手指显得那样软弱无力。

"住手！"秀树尖声叫喊起着，他眼看就要哭出声来。

这时，父亲冲动地抓住秀树衬衫的衣襟，扬起右手，对准秀树的嘴唇就是沉重的一拳。

秀树拼命地抓住父亲的领带，同时用自己的膝盖猛顶父亲的腹部。

秀吉被动招架着摇摇晃晃地向后仰去，眼看就要屁股着地倒下。秀树趁势松开父亲的领带拉开间距，用脚猛踹父亲的面部，他根本没注意到父亲的身子此时正处在楼梯口的边缘。于是，在秀树的强击下，秀吉的身子立刻横着摔下去，很快就从秀树的视野里消失了。

一会儿，楼下传来了知美的哭喊声。秀树顿时从迷乱的状态中挣脱出来，又恢复了现实的感觉。这时，他惊恐地看到父亲正俯伏着倒在底楼的楼梯下面。木制的阶梯上留下了父亲的斑斑血迹……

第四章 二〇〇一年十一月X日·夜～深夜

秀树

难道父亲死了吗？秀树亲眼看到母亲和知美随父亲一起乘救护车去了医院。

虽然秀树说："我也去。"但母亲一口回绝："不行!"并且嘱咐他必须一个人守候在家里。

秀树记得救护车刚开来时，随车的一名医院职员曾惊奇地问道："他怎么啦?""是不小心从楼梯上掉下来的。"母亲沉着地回答道。那人听了也就深信不疑了。尽管这事凭借着母亲的机智从表面上遮掩过去了，但是秀树心里很清楚，不管怎么说这是一种犯罪行为，如果父亲真的死了，自己也许就是犯了谋杀罪吧？

救护车离开时，附近的邻居都从各家的窗口探头出来看个究竟。那个柴山也躲在自家大门的背后偷偷地看着父亲被担架抬出去的情景。只是那时没见到雪儿的身影。秀树故意避开柴山的视线，而柴山也没有执意想看到秀树。

秀树留在家里像热锅上的蚂蚁般坐立不安。他一直在打知美的手机，知美就是没有应答。而母亲又没有手机，所以根本无法联系。这真是急死人，秀树的心情简直糟透了。现在他亟于想知道的是自己能向父亲赔罪吗？他心里十分清楚。当父亲身体失去平衡向后仰倒下去的紧急关头，自己非但没有及时救助，反而趁机用脚猛踢父亲的面部，这是很严重的犯罪行为，父亲也许决不会原谅他的。

现在秀树很想跪在地上向父亲谢罪。他想起刚才看过的那本有关家庭暴力的书，突然感到自己的行为和那些施暴的男人竟然是完全一样的。那些男人对妻子拳打脚踢之后往往会一边流泪，一边向妻子赔不是，或者干脆跪地求饶，写下今后决不再实施暴力的保证书。没想到现在自己竟然和那些最无耻的男人们同流合污了。

秀树心烦意乱地打开那本书，再次阅读那段题为"家庭暴力本质"的章节，书中写道："男人施暴往往是在自己处于不利的情况下开始的。"他细细想来觉得这句话写得不无道理。所谓的不利情况，通常是指两种场合：一种是自己的意见没有得到同意的时候，另一种是自己的谎言眼看要被揭穿的时候。为了逃避亲人对自己恶行的指责或者故意混淆是非，于是采用了家庭暴力。此时此刻秀树对这段话的含义有了更深刻的理解，但同时也悲哀地感到自己的行为无疑和柴山的暴行如出一辙。"说什么要拯救雪儿，简直是天大的笑话。我是柴山的同类，还能成为和那家伙不一样的好人吗？"秀树有些疑惑地想着。

想到此，秀树准备先撕掉那张雪儿的正面照，然后再烧掉那张底片。从那张照片上看，雪儿张开着嘴，到现在似乎还在呼叫着。那是一张粗颗粒的照片。雪儿好像在用右手防护着自己的脸，看到这张照片，秀树又想起自己刚才猛踹父亲面部的可怕场景，只觉得浑身无力，恨不得立刻去死。与此同时，他终于沮丧地感到现在就是把这张照片撕了扔了也改变不了什么，因为就是把照片毁掉，自己也不能够成为和柴山不一样的好人。况且撕毁照片和施行暴力也没什么两样，只不过是想掩盖自己犯下的恶行而已。

手机终于响了，是知美打来的电话。

"是哥哥吗？"知美小声地问道。

"父亲怎么样了？"秀树急急地大声反问。

"现在正在做脑部检查。"

"不要紧吧？"

"现在还不好说。刚才医生说父亲只是脚扭了一下，没有骨折。噢，妈妈来跟你说。"

"喂，喂，是秀树吗？"昭子的语气有些急促。

"妈妈，我去向警察自首吧，判我死刑好了。"秀树带着哭腔说道，想到自己今天犯下了大罪，应该向父亲和家人好好地谢罪。他的眼泪止不住地夺眶而出。

"你说什么哪？"昭子的语气有些变了，"你父亲没什么大问题。刚才医生检查过了，他的内脏也没出血，只是头部受到强烈的撞击，所以现在正做核磁共振，就是用磁性来检查脑部。"

"父亲在什么医院？我也想去医院。"

"不行。我不是说过要你留守在家里吗？现在家里只有你一个人哪。"

"那我把房门锁上不就行了吗？我想向父亲谢罪，所以一定要去医院，请告诉我医院在哪儿。"

秀树声泪俱下地说着，他的固执逼得昭子略微提高了嗓音说道："秀树，你要听话，现在必须老老实实地待在家里。"

秀树没想到母亲会这样严厉，一时有点不知所措。

"秀树，"昭子又放低声调，慢慢地说道，"你父亲今天大概是不能回家了，我们也要过会儿才回来，所以你得好好地留在家里看着，明白吗?"

"明白了。"秀树乖乖地说道。

昭子

当秀吉被担架抬着送上救护车时，昭子看到了躲在对门后面窥看的柴山。于是，心里不由得产生一种难以言喻的憎恶之情。"这就是那个男人的德性。"昭子愤愤地想着。接着她又想起刚才父子争吵时秀树说的那句话："那家伙在打自己的老婆。"秀树也许真的看到了什么吧？老实说，直到现在自己几乎没有直接碰见过柴山的老婆，那天他们搬来时那个女人也没随柴山一起来打招呼。只是常常见到她和柴山一起乘着小轿车来去进出。昭子依稀记得那是个娇小纤秀的女人。

救护车里秀吉渐渐地恢复了意识，他有些后悔地自责道："要是没闹出这么大的动静就好了。"

"不要紧，已经没事了。"那个医院的职员好言劝慰道。

秀吉固执地要起身，那职员急忙说道："小心，您的头不能动。"说着，他用手轻轻地按住了秀吉的双肩。

市立医院就在所泽市的郊区。秀吉到医院后先是接受外伤治疗。诊断的结果是外伤似无大碍，只是脚部扭伤有些红肿，额头也碰破了点皮，看来打架时幸亏身子是横着倒下的，否则会引起严重的后果。医院的负责医生叫来了昭子，对她说病人的头部侧面和腰部都受到了强力的撞击，所以需要做进一步的精密检查。他还郑重其事地说明道："先用超声波检查内脏，然而再通过核磁共振检查脑部，这些费用不在医疗保险范围之内，所以请先缴十万日元预付金吧。"

昭子听了赶快走出医院，在附近一家便利店里通过自动取款机取来了预付金。

秀吉听说还要进行超声波和核磁共振的精密检查，不由着急地嚷道："这要花多少钱哪?"

昭子慌忙劝慰道："这个你就不要多操心了。"

但是，不管昭子怎样劝说，秀吉仍然固执地想知道到底要花多少钱。昭子不得已只好说出十万日元的数字。

"看这点小病就要花这么多钱吗?"秀吉听了，竟然当着负责医生的面发起火来。

昭子看着丈夫这副心痛的模样，感到很不是滋味，心想这个人怎么这样好赖不分，连什么是最重要的都不知道。于是她也有些不耐烦地对着秀吉大声说道："你不要那么操心了，如果脑部受伤不马上动手术，真的就会死的，知道吗?"

秀吉听昭子这么一说，终于不再吭声，但仍是带着一脸不满的表情进了检查室。

昭子用知美的手机和秀树通了电话，秀树在电话中几度失声痛哭。昭子由此又想起竹村医生说过的那句话来："看来您的孩子对父亲的暴力手段越来越激烈了。也许身为父亲的最好还是暂时离开这个家庭。"听到秀树这样的哭声，昭子感到医生的话也未必尽然。如果秀吉现在回家的话，秀树也许会哭着谢罪吧？那秀吉也一定会原谅儿子的过错吧？昭子仿佛亲眼看到了这样感人的一幕：父子俩一边流泪，一边和解，终于互相原谅了对方。昭子想到此，露出了会心的微笑。这样的事情在她和秀树之间已经反复发生几十次了。做了这样严重的坏事，还能得到父亲的原谅，他一定会深受感动，认为父亲还是很珍惜自己的。同时，看到儿子这样诚心诚意地赔罪，父亲一定也会大受感动，感到我的儿子终究还是需要父亲的。

　　这样和解和感动的场景在小说、漫画以及电视连续剧中是经常出现的。互殴之后，打架的双方终于得到和解，而且彼此感动。这就是所谓的最后一幕。在电视连续剧中，一般不再描写和解以后的情景。但在生活中，必然还会再发生暴力行为。其实，暴力行为后的和解和感动是不会长久的。所以生活中就出现了这样一种奇特现象：为了互相再度和解和感动就需要有再度的暴力行为。昭子又想到了竹村医生说过的另外一段话来："在双方还未能保持适当的距离之前，暴力行为是绝对不可能避免的。"

"秀吉必须要离家一段时间。"昭子这样想着，就问负责医生道："我丈夫需要住院吗？"

负责医生笑道："经过检查，他的内脏没有受伤，脑部也没什么异常，所以完全可以回家了。"

昭子无奈地对医生解释说丈夫的受伤是由儿子的家庭暴力引起的，希望今晚最好住在医院。但是医生并没有同意昭子的请求，他借口医院里的空床很少，仍然坚持让秀吉回家。

秀吉接受了核磁共振的脑部检查。结果表明父子间的打架并没有引起脑部受伤，但是发现了脑动脉上有细小的血瘤。医生说："这大概是工作上的压力所造成的，今后务必多加注意。"

昭子最后只得同意陪丈夫回家。

头上扎着绷带的秀吉和昭子就这样站在医院的大堂里说着话。

由于秀吉的脚部受伤后有些红肿，医生在他的脚部上了药，裹上湿的纱布，然后在外面再包上一层厚厚的绷带。这样一来，秀吉便不能穿鞋走路了，于是不得不向医院借了一双橡胶拖鞋。

此时，知美正站在离父母稍远的地方，静静地看着这对老夫老妻絮絮地谈话。

昭子不无感慨地说道："刚才我和秀树通了电话，那孩子哭着要向父亲道歉呢。"

"是吗？"秀吉听了颇感意外。

昭子叹了口气，又道："我想你还是暂时不回家的好。如果能住医院那是最好的了，可惜医生说医院里没有空的床位。"

"什么住院？不许你再胡说八道！我要是今天住院了，不就倒大霉了吗？"

秀吉一听到住院气就不打一处来。他的脸颊涨得通红，双目怒视着妻子。

"啊呀，你这个人真是犟，我要说什么你才明白呢？"昭子赌气地看着秀吉，她刚想找到合适的语言来好言相劝。谁知这个倔老头却冷笑着说："难道要我离开自己的家吗？"

昭子默默地不发一言，秀吉仍然感到意犹未尽，他进一步发挥道："生了一个自闭症的儿子待在家里，你还嫌不够乱，硬要把一个辛辛苦苦赚钱买房子，每个月还要拼命还贷的孩子父亲赶走吗？反正你说的那些话都是那些什么精神病医生和医学顾问说的吧？他们连秀树的面都没见过一次，怎么能了解秀树的心思呢？我告诉你，秀树是我的儿子，不是精神科医生的孩子。"

昭子不满地瞄了秀吉一眼，道："你说的倒好听，说什么秀树是你的儿子，难道你就知道秀树的心思吗？"

昭子这么一说，倒把丈夫驳得哑口无言。她本想说，这一年半来，你和儿子说过几次话？但看秀吉不悦的神色，最后还是打住了话头。这时，秀吉也不再言语，只是低着头，深深地叹着粗气。

"唔，我可真的不了解自己的儿子。"秀吉低着头，憋了半天，总算说出了一句心里话。

这时，大堂走来了医院的清洁工和保安。

"医院看病时间结束了。"那个保安善意地提醒道。

秀吉抬头一看，大堂时钟的指针正指向九点半。于是，他有些尴尬地望着那几个正在使用电动清扫机扫地的清洁工和正在检查大门是否上锁的保安人员。

"你要回去吗?"保安热心地走上来，用自己的肩膀托着秀吉，搀扶着他慢慢朝门外走。

知美在后面急忙提醒道："爸爸，外面很冷，你要小心身子呀。"

秀吉这才发觉自己的身上只穿着一件单薄的衬衫。救护车来家的时候从家里走得忙乱，结果连外衣也忘了带来。

"我现在去哪儿好呢?"秀吉坐在出租车里有些茫然地问道。

刚才在出租车的候车站候车时，秀吉冷得浑身发抖。知美要把自己的外衣披在他身上，却被他一口拒绝了："你还是自己穿上吧，要是得了感冒就不得了了。"

昭子小声地建议道："到八王子你姐姐那里住一晚上怎么样？"

"那可不方便。难道我对姐姐说因为被儿子打了所以要来借住一晚吗？这种话怎么说得出口？再说她的小儿子现在正在参加学校考试，我去了不就妨碍他们了吗？姐姐的家是市营的公寓房，比我们家小多了。"

昭子听后也不再说什么了。这时，坐在前面副驾驶席上的知美突然回过头来问道："爸爸真的要离家吗？"

"我想还是这样好，只是家里会冷清一点。"昭子有些漠然地回答。

"唔。"知美懂事地点了点头，又把头转了回去。

行车中途，秀吉突然有了主意，他急急地对司机说道："我今晚就住在所泽的商务旅馆吧。司机，请把我送到所泽北口的艾雷艾尔旅馆去吧，你知道那个地方吗？"

"您说的是在北口的吗？我开过去试试看，要是快到了，请告诉我一下。"那个中年驾驶员口气沉稳地说道。

秀吉又有些不放心地说道："过去电车公司罢工的时候，我曾在那儿住过。后来公司和客户签好订货合同后，只要那儿有空房间，我们就把客户安排在那儿住。今天晚上你们乘电车回去行吗？"

"知道了，你放心吧。"昭子耐心地回答。

"不过，明天我可不能住在那儿休息，"性急的秀吉又道，"你们要把我眼下替换的衣服、我的公文包，还有放在书桌上的手机都一起给我带来。噢，对了，不要忘记带一双大号的皮鞋来。不管怎样，我总不能穿着橡胶拖鞋上班呀。"

"您不用担心，只要把旅游鞋的鞋带拿掉就可以穿了。"知美自以为是地说道。

商务旅馆恰巧还有空房，昭子把秀吉安顿好后，急忙带着知美乘电车回家。因为回去事还有很多，她还必须要把秀吉的行李再送到旅馆来。

当母女俩和秀吉分手后乘上电车，知美突然变得饶舌起来。

"妈妈，我的肚子快饿扁了。"

"家里还有麻婆豆腐，回去重新热一热再吃好吗？"

"让爸爸暂时住在外面可真是个好主意呀。"

"你哥哥虽然已经道歉了，但要是你爸爸还住在家里的话，说不定还会再次发生同样的事呢。"

"不过，我总觉得哥哥有些变了。"

"你也是这样想的吗？"

"我是这样想的嘛。到底有哪些变化我也说不好。噢，对了，妈妈，对面的那个人真的会打自己的老婆吗？这是怎么回事啊？"

"这个我也不清楚。不过，妈妈也很不喜欢那个人。"

"我也很讨厌他，那年我去参加一个日光浴沙龙，看到他也在那儿，还梳着个怪模怪样的发髻，看起来像傻子一样。不过，哥哥真的去过他家的院子吗？"

"他的运动衫掉在人家那儿，也许就有这种可能吧。"

"可是哥哥平时连便利店都不敢去，他怎么会有那么大的胆量呢？"

昭子也充满疑惑地叹息道："过去我只是担心你哥哥什么地方都不敢去，但没想到他竟然会私自走进人家的院子里。"

昭子内心里其实还存在着另一种忧虑：秀树深夜潜入对门柴山家的院子里，这事该怎么对竹村医生说呢？一个患了自闭症、平时不敢出门的孩子在深夜大胆进入邻家的院子，作为他的母亲对这事该高兴还是悲伤呢？从情理上说，自己的孩子不论处于何种状态，父母亲总是为他担心的。昭子由此想起了自己的母亲。于是她又缓缓地对知美开口说道："过去，你住在板桥的外婆也一直为妈妈担心呢。有一段时期她担心我对男人没有兴趣。后来，我从女子短大毕业后认识了你父亲。当我把这事告诉你外婆后，她又担心我会不会被坏男人骗了。直到我把你父亲带到家里，说他是个态度认真的人，你外婆还是不敢马上相信。其实你父亲的优点主要就是这一点。我们恋爱之后，你外婆又开始担心我太任性，会不会结婚后马上离婚。"

知美听了，惊奇地瞪大了眼睛："照那么说，作为父母要永远为孩子的事操心吗？"

"你这孩子，等自己有了儿女就会明白了。"

"我才不要呢，如果有了像哥哥那样生病的孩子就糟了，那不是要一直担心下去吗？"

"那也不能这么说。"

昭子本想说孩子也能给父母带来快乐，但她犹豫了一下，还是没说出口。例如，现在只是和知美一起乘电车回家，对昭子来说也是一件快乐的事情。尽管如此，昭子还是不想把自己此时的感受告诉女儿。直到今天，她还清楚记得秀树刚开始学会走路的日子。那时候是多么快乐啊。秀树和知美在婴儿或孩童时期的情景还历历在目，那稚嫩的小脸蛋，胖嘟嘟的小手小脚，作为他们的母亲，当时抚摸孩子后留下的柔嫩的幸福感是永远不会忘记的。只有抚摸着他们的手脚和脸蛋才会油然产生那种"这就是我的孩子"的极度喜悦的母亲心理。当年，手挽着幼小的秀树和知美一起去儿童乐园游玩的时候，常听到孩子们嬉闹的笑声，那时昭子的心里就像灌了蜜似的格外甜蜜，只觉得孩子们的笑声比任何美妙的音乐都动听。但是到了今天，她居然找不到能把自己当年的感受告诉十八岁女儿的语言。这不是说母亲没有感谢自己女儿的理由，而是现在并不想对她表示谢意。

知美听了母亲的一番感叹后，不由好奇地问道："妈妈，我要怎么做才能使你不担心呢？如果上了大学，你会不担心吗？"

"要说不担心是不可能的，不是还有什么交通事故之类的各种令人担心的事吗？"

"那么，要到什么时候才能让你的担心减少到最低呢？是上大学呢，还是结婚呢？"

昭子听着女儿这样天真的发问，心里暗自觉得好笑。多傻的孩子呐，她怎么会了解妈妈的全部心思呢？即使要考大学也未必没有担心的事。如果没有考上自己志愿的大学，孩子受不了打击，就有可能像秀树那样辍学变成一个自闭症患者。就算考上了志愿的大学，父母也会担心她在那些优秀的学生群体中会不会丧失自信。如果她选择结婚这条路，又会怎么样呢？她是和一个有信誉的男人结婚吗？现在所谓的有信誉的男人又是什么样的呢？难道是像对门的柴山那样的男人吗？那个出身制药公司的少爷，又在大型广告代理公司就职，搬家时向邻居们广发拉尔夫·劳伦高级浴巾的公子哥算得上有信誉的男人吗？跟了这样的人，即使结了婚，也许马上就会离婚，这样的人，在外面再有信誉，在家里也会丧心病狂地毒打自己的老婆。知美看着母亲沉思的模样，脸上又露出了无邪的微笑。

昭子见到女儿开心的样子，又想起了今天傍晚知美和秀树两人见面时相互说笑的情景。于是，她充满深情地说道："其实妈妈我呀，特别想看到自己女儿开心微笑的样子。"

听到母亲的夸奖，知美更加得意，但她表面上却噘起小嘴嗔怪道："妈妈就是喜欢拣好听的话来哄我，"接着她又作神秘地问道，"妈妈，你知道我在什么时候，为什么事最高兴吗？你一定不知道了吧？"

说着，知美的脸上露出淘气的表情，笑嘻嘻地看着母亲。昭子果然一脸的迷茫，完全不知道她的用意。

昭子记得知美小时候只有在看电视里的动画片或者玩游戏和小朋友说话的时候才会发出快乐的笑声。如今她已长成十八岁的大姑娘了，她该在什么时候、什么情况下，才会开心地微笑呢？想到此，昭子突然想起了延江。延江也总是乐呵呵的样子，为什么延江总是那样快乐，那样精力充沛呢？

"告诉我，你这孩子。"昭子颇有兴趣地问道，"我的女儿现在做什么事情的时候是最快乐的？"

"我现在正在寻找这样的乐事呢。"知美调皮地对母亲卖了个关子。

母女俩回家后把饭菜重新热一下，简单地吃了晚饭。

饭后，昭子急着把秀吉替换的衣服、旅游鞋以及洗漱用具等日常用品放入网球包里。秀树听到楼下的动静后，立刻下楼来向母亲详细地询问父亲的病情。当听说经过医院精密检查，脑部没有发现异常情况后，他总算放下心来。

不过，昭子又郑重其事地说道："为了慎重起见，医生还是决定让你父亲今晚住在医院里继续观察。"昭子一边说着，一边用报纸把带着咖啡电动研磨机的烧煮器具和咖啡豆小心地包扎好并放入网球包里。她知道煮喝咖啡是秀吉唯一的乐趣。于是又想到光有烧煮器具是不够的，还得要个咖啡杯吧？秀吉平时喜欢的杯子有好几个，昭子决定选用一个哥本哈根产的专供丹麦皇室使用的高级咖啡杯，因为它看起来很结实，不容易损坏。但是当她用报纸细心地包扎杯子的时候，又突然感到这是一个颇为棘手的问题：只拿一只咖啡杯行吗？当然，昭子也知道不可能把全部的六只杯子都拿去，况且秀吉今后在那里也只能是一个人喝咖啡了。但是，如果只拿一只咖啡杯去的话，对于离家的秀吉来说会产生某种象征意义的联想。这简直会让他感到是我把自己的丈夫从家里赶出去了。

昭子最后决定把咖啡杯等咖啡器物放入另一只网球包里。她小心翼翼地把这些丈夫的宝贝放进去，生怕自己一不小心把东西弄坏了。秀树在旁边看着母亲的动作，脸上露出了惊奇的神色：

“你在做什么呀？”

“你父亲今晚住在医院里，我在为他准备行李呢。”

“这个我知道，那为什么还要带那些烧咖啡的家伙呢？他不是在医院住一个晚上吗？不需要咖啡器具的吧？”

昭子看到儿子这样奇怪的表情，心想这事迟早要让他知道的，还是干脆先告诉他吧。

于是，她放下手中的物品，对秀树正色说道：“秀树，你好好听着，你父亲要有一段时间不在家里住了。他不是讨厌这个家，也不是怕你、恨你，这些都不是理由。你父亲说他已经原谅你了，我想待会儿他会打电话给你的。不过他决定了，在你不消除暴力之前他暂时不回家了。”

“这是谁决定的？”秀树惊诧地大声问道。

“当然是你父亲喽。不过你妈妈和妹妹都赞成他这样做。”

秀树的脸色陡然大变。昭子心里很清楚，当事情不遂自己的心意时他必然发怒，然后在秀树的身上会散发出某种特殊的气息，就像汽油的气味那样，在这种情况下，一碰到触火点就会立即爆发，变成凶恶的家庭暴力。

尽管如此，昭子还是不得不硬着头皮继续问道：“你是怎么想的？不管怎样都可以吗？”

果然不出所料，秀树身上散发出的怒火气息碰到了这个触火点，终于爆发了："今天晚上我说的话父亲一点都没听进去吗？他刚才硬要把我拖到柴山家里去，难道我说什么他都不听吗？"

昭子暗自庆幸秀吉今晚没有回家来住。"我说的话父亲一点都没听进去吗？父亲硬要把我拖到柴山家里去。"这些话反正都会向秀吉说的吧。儿子流着眼泪表示和解后，这样的事情迟早都会发生的。

"现在还能说什么？你这个混蛋！"

昭子还没说话，秀树突然暴怒起来，他咒骂着，一脚踢向和室的隔扇。随着一声钝响，隔扇上被踢开了一个大洞，剧烈的声响使昭子的嘴唇和肩部都感受到细微的震动。

"秀树，你不要乱来！"

昭子急得大声喊道。此时，她正面对着秀树，已经无法逃离现场了。

秀树睨视着母亲，眼看着一场新的家庭暴力又要开始。昭子虽然有些发慌，但头脑还是清醒的，她心想如果儿子真的动手，我就必须大声警告他："如果你打我，我就立刻离开这个家！"于是她毫不畏惧地对着儿子可怕的目光。她知道自己必须坚持住，如果现在为了避免冲突而逃离现场的话，秀树肯定会来追打，不过也没有什么可怕的，在那危急的时刻自己也可以住进那家旅馆里。

昭子打定主意后，更加坚定信心，勇敢地看着秀树。不一会儿，秀树自己却避开了母亲的目光。

"我知道是父亲下定决心离开这个家的，所以就让我把东西给他送去。这事就交给我吧，告诉我他住的地方。"秀树终于放缓了口气改口说道。

昭子看到秀树的态度有所转变，紧张的心情稍稍松弛下来。但她此时依然不敢怠慢，警惕地对着儿子："我刚才不是说了吗？待会儿你父亲会直接打电话给你的。他住在哪儿现在还不能告诉你。"

"他住在哪儿现在还不能告诉你。"当秀树听到这句话时，瘦削的肩膀抖动着，露出了一副愁眉苦脸的哭相。

"知道了。"他的声音细若蚊蚋。说完后，便怅然若失地回到自己房间去了。

看着儿子走向二楼的背影，昭子感受到了一种无名的寂寥。她知道自己和儿子再次拉开了距离。儿子已经远远地离开了自己的母亲。

晚上十二点左右，昭子再次来到旅馆。旅馆的大堂显得格外冷清，只有两只悬挂着的日式大灯笼还在发出柔和的光芒。借助灯光，大堂里能见的是所泽市的地图和写着"请在九点前用早餐"

的告示。昭子在大堂和秀吉通了电话，秀吉叫她快到房间里来。

于是昭子赶紧去客房楼区。她乘上电梯，看见总台一名四十岁左右的男服务员正呆呆地看着她。

进了房间，看见秀吉正穿着浴衣坐在床上。这间客房过于细长，窗台边放着小小的书桌和椅子，墙上挂着电视机。房间里暖气很足，进门不久就感到热汗从皮肤里渗出来。

昭子脱下外套，然后把它和放在纸袋里带来的丈夫外套一起挂在壁橱里。

"我把你的咖啡器具也带来了。"

昭子说着，开始寻找放置网球包的地方。她觉得桌子太窄无法放，而壁橱又太小了。

"先把它放在这儿吧。"

秀吉指了指床上，说道。接着他从包里取出烧煮咖啡的器具。又对昭子道："你从冰箱里给我拿瓶矿泉水来。"

昭子取来矿泉水后，秀吉便熟稔地把咖啡器具放在桌子上，小心地从包里拿出咖啡豆，用电动研磨机研磨后放入烧煮器里。不一会儿，小小的客房里充满了咖啡特有的香味，而昭子却一时感到呼吸有点困难。

秀吉颇为感慨地说道："你把咖啡器具也给我带来了。我现在当然是回不去了。你能帮我把咖啡杯洗一下吗?"

昭子拿着咖啡杯应声而去。

浴室门口有台阶，昭子一不留神差点被绊倒。组合浴室的盥洗台实在太小，洗杯子很不方便。刚拧开水龙头，飞溅起的水花就把昭子身上的连衣裙打湿了一片，浴室里的毛巾质地单薄，用它很难把咖啡杯上的水迹擦拭干净。

"你瞧，像这样的房间每天也得花上五千五百日元呢，所以不能总是住在这儿，我什么时候能够回去呢？"秀吉有些心痛地说道。

"等秀树改变了态度再说吧。"昭子说着把咖啡杯交给秀吉。

"态度改变会是个什么样子呢？"秀吉满腹狐疑地问道。

昭子无奈地把回家后秀树所说的话告诉了丈夫。她道："秀树又恢复了先前凶暴的样子，嚷嚷说：'今天晚上我说的话难道父亲一点都没听进去吗？父亲硬要把我拖到柴山家里去。'所以我想待他不再说这种话了再作打算吧。"

"那要等到什么时候？一周还是十天？我们根本无法知道这小子哪天会闭上这张臭嘴。"秀吉听了不由得焦躁起来。

"估计要三个月吧。"昭子的态度有些暧昧。

听妻子这么说来，秀吉的手猛地一颤，咖啡壶里的咖啡也差点泼撒出来。

他小心地把脚移放在床上，一边咕哝着"要三个月吗？"一边要昭子拿来两个咖啡杯，然后亲自往杯子里注入咖啡。他把咖啡壶放回桌上后，就从妻子的手上拿过一杯咖啡来。

此时，房间里弥漫着暖气和烧煮咖啡时散发出来的水汽。窗玻璃上也泛着水珠。空间是那样的狭小，椅子和睡床都靠壁相接，中间几乎没有空隙。所以如果要改变椅子的方向，不得不先把椅子高高地举起来。昭子为了便于说话，只得把手里的咖啡杯放在地板上，然后再举起椅子换个相反的方向。

昭子又道："从现在的情况来看，我们必须要去找一间公寓房住了。后天是星期六，我想去找找看，你虽然身体不好，能陪我一起去吗？"

"那是当然的。"秀吉不假思索地回答。

昭子决定让丈夫直接和儿子通电话。因为她记得竹村医生说过的一句话："父亲离家出走的当天，必须给本人打电话。"

秀吉拿起手机径直和秀树通了电话："是秀树吗？我是你父亲。噢，现在已经不要紧了。我想你妈妈一定对你说过了吧，我要离开家一段时间。"

昭子听到手机里传来了秀树微弱的声音，具体讲什么听不清楚。

秀吉又道："我没有责备你的意思，只是最近家里经常发生家庭暴力，所以只好先在外面待上几天。"

秀吉把手机靠近昭子让她听见秀树的声音。果然，昭子听见秀树愤怒的声音："你在说什么？不是开玩笑吧？为什么就是不肯听我想说的话呢？难道你对我是抱着无所谓的态度吗？我的事反正都无关紧要吧？你不是一次都没有听我说的话吗？父亲总是自己说了算，我的话不是根本听不进去吗？"秀树在电话里尽情地发泄着他对父亲的不满。

"没关系，你就把电话挂了吧。"昭子在旁对丈夫小声地说道。

"秀树，对不起，我现在要休息了，挂电话吧。"秀吉挂上电话后，不无伤感地对妻子说道："这孩子怎么还是这样，正如你刚才说的。"

昭子也忧心忡忡地回答："如果你现在回去的话，两人马上又要打起来了。"

话音刚落，手机的铃声又急促地响了起来，而且长时间地叫个不停。

"那一定是秀树打来的。"秀吉轻声说道。

"就不要去接了吧。"昭子提议道。

"好，我知道了。"秀吉说着就关了手机。

昭子心想丈夫似乎确实是想忘掉秀树所说的有关柴山的事。因为他自己生活已不宽裕，烦心事够多的了。并不是对柴山殴打妻子的事不关心，实在是自己没有这个能力和精力。现在由于生活费用越来越高，迫使他刚才甚至不想去做脑部的检查。而且对今晚五千五百日元的房费也耿耿于怀，这都是公司不景气造成的。现在秀吉的收入实际上是几年前收入的一半。家里不得已提前支取了两张定期的存单，存款也下降到过去的一半。昭子心想：秀吉精神紧绷是经济状况恶化的缘故吗？只是这个缘故吗？

"快看，下雪了！"突然，秀吉指着窗外说道。

昭子循声看去，果然见到窗外正飞舞着白色的雪花，心想这应该是提前来的初雪。

"那还是秀树念小学时候的事了，那天也正巧碰上了像今天这样下起的初雪，我当时也不知为什么唱起了《在白雪飘落的小城》[1]那首歌来。那首歌你知道吗？"秀吉触景生情地回忆起来。

"我当然知道那首歌。"昭子受到了丈夫的感染，心情也有些激动地说道。

秀吉继续回忆似的喃喃说道："那真是首奇怪的歌，唱到一半时我会莫名其妙地跑调。当时秀树也说那是首奇怪的歌，因为他是第一次见到我唱歌，感到特别有趣，结果我为他唱了五遍。"

昭子从没见过丈夫唱歌的情景。但她似乎也想起了《在白雪飘落的小城》这首歌，只是想不起它的歌词和曲调。

---

1 1952 年在日本当红的歌曲，内村直也作词，中田喜直作曲。

之后，夫妇俩凝视着窗外的白雪。久久没有说出话来。

昭子回去的时候，秀吉问她家里还有多少存款。昭子回答说由于九月份进行了车检，所以存款只剩下四百万日元左右了。

"哦，还有车检啊。"秀吉若有所悟地轻声说道。

昭子本想把自己准备出去做兼职的想法告诉秀吉，但看到已是晚上十二点了，于是咽下了话语，心想等下次有机会再说吧。

秀吉

当昭子说最好还是不要回家的时候，秀吉心想这也许是妻子个人的想法吧。

其实，在他的潜意识中还掺杂着不能发生这种事情的想法。听昭子说秀树已有反省的表示，并说要向父亲表示歉意。因此，秀吉很想用一种宽容的口气对已有悔悟的儿子说："我没事了。"他认为在这种情况下至少今晚能和秀树进行平静的对话。

但是，昭子并没有那么乐观，反而讽刺道："虽说是自己的孩子，难道没有对他不了解的地方吗？"

经昭子这么一说，秀吉顿时感到自己像一只泄了气的皮球。他悲哀地想道：为什么我非要离开自己的家呢？这简直是不可理喻的怪事。自己那个患了自闭症的，每天骚扰对面邻居的儿子待在家里，什么工作都不做，游手好闲地过着舒适的日子。而我，作为他的父亲，却从没有享受到这份安逸。为了省钱，每天特意步行到车站去买用外国大米做成的廉价便当，还要辛辛苦苦地把每月的奖金省下来去还住房按揭。但就是这样一个辛苦持家的父亲，现在却要被迫离开自己的家庭，这样的事不论对公司的哪个同事说起，又有谁会相信呢？

但是，他不得不承认，正如昭子所说，自己对秀树的情况很不了解。父子俩将近一年半左右没有进行过认真的谈话，他确实不了解自己的儿子。

昭子说出这种话的时候，医院的大堂里出现了保安和清洁工。由于夜晚灯光微弱的关系，看不清对方的面容，只觉得两个人的形态非常相似。从年龄上看，他俩可能都是五十岁刚出头，如果估测有误，至少也将近五十。秀吉不由得想起十年以前的往事。那天他正和公司的部下们一起喝酒。一个在旁喝酒的在高速公路收费站工作的中年男子突然惊诧地说他觉得他们几个人都有相同的面容。不知是立花还是其他哪个同事也附和着说道："内山君，这话没错，每天都在一起干同样的工作，面容就会逐渐相像的。"当时大家听了，一阵哄堂大笑。

至今想起往事真是别有一番滋味。秀吉沮丧地想到：如果公司资产重组的话，就不能自由选择工作了，我的脸也许就会像那两个家伙那样苍老了。

秀吉别有心思地看着正在大厅里忙碌的保安和清洁工的面容，只感到胃部产生了痛苦的痉挛。

"爸爸真的要离开家吗?"

出租车里，坐在前排副驾驶席上的知美突然回过头好奇地问道。

"我想还是那样的好，只是家里会冷清一点。"昭子有些漠然地回答。尽管如此，她还是非常担心秀吉是否会说："知美才不会感到寂寞呢。"

说实在，至少现在面对着父母的知美是不会那么想的，她的表情根本没有一丁点会寂寞的感觉。原先，秀吉曾制定了全家必须一起用餐的规矩，但最早破坏这严厉家规的就是知美。因为她振振有词地说我肚子饿了没办法呀，秀吉竟然对此也没有多说什么。

昭子说秀树现在的暴力行为主要是从小时候起就对他溺爱的缘故。秀吉对此充分理解。今晚和秀树扭打在一起的时候，他明显地感到仿佛是在承受一个娇纵的小孩在无忌地撒娇，这一定也是溺爱的流弊吧? 一般来说，父母总喜欢溺爱孩子。而知美上了中学之后，父母便几乎不再对她过度宠爱，他们和知美之间有着明显的距离，但和秀树却没有这种生疏感。

秀吉在医院听到脑部和内脏的检查费要超过十万日元时，不由得大吃一惊。在公司，即便是每年例行的员工全身体检也不需要如此高昂的费用，况且这些检查又不在保险之列，因此他感到格外心痛。从医院到这家旅馆，光出租车费就不止三千日元，而这家旅馆的房费若包括税金和服务费，三个晚上就会轻易地花掉两万多日元吧？秀吉进而更加忧心忡忡地想道：从现在的情势来看，这也实在是迫不得已的事，至少到后天星期六之前我还不得不住在这家旅馆里。不过以后一定得去找更便宜的公寓房了。要是今后知美考上津田塾或者上智大学，即使能维持现状，家庭的生活水平也必然大幅下降，不管如何控制开支，光知美四年的大学费用恐怕就承担不起。再者，为了治疗儿子的病，精神科医生和医学顾问的咨询费又万万不能省去。

秀吉在心里反复地计算着各种费用。那些脑部和内脏的检查费、出租车费、旅馆费，还有今后居住的公寓的押金和房费，像众多黑色的蚂蚁在无情地吞噬着他的心灵。虽然以后可以降低自己喜欢喝的咖啡品牌，但这样小打小闹的节约恐怕也于事无补。在与他同年岁的同事中曾有一人特别节约，即使去麦当劳也不肯喝饮料，在外面跑业务时也有一年多不敢进咖啡馆。由于舍不得掏钱去路边的自动售货机买饮料，他宁肯在水壶里藏入自己在家里烧煮的咖啡带着上路。秀吉心想：即使这样，一天也只不过能节省两百四十日元，这还远远抵不上公寓里一天的房费。

秀吉躺在客房的大床上，又想起了刚才的夫妻对话以及和秀树通电话的事来。

"是秀树吗？我是你父亲。"

"爸爸，你还好吗？"

"噢，现在已经不要紧了。"

"可是我一直在为你担心呀，也不知道该怎么办才好。"

"我想你妈妈一定对你说过了吧，我要离开家一段时间。"

"你生气了吗？"

"我没有责备你的意思，只是最近家里经常发生家庭暴力，所以只好先在外面待上几天。"

"你在说什么？不是开玩笑吧？为什么就是不肯听我想说的话呢？难道你对我是抱着无所谓的态度吗？我的事反正都无关紧要吧？你不是一次都没听我说的话吗？父亲总是自己说了算，我的话不是根本听不进去吗？"

"秀树，对不起，我现在要休息了，挂电话吧。"

秀吉未及儿子有所反应便自行挂上了电话。那时，他心里真有一种欲将秀树一人弃之不顾的想法。他再也不想看到那个称自己为父亲的儿子，只想远远地离他而去。

记得秀树小的时候还是个十分可爱的孩子，每次父亲到外地出差他都会感到寂寞，想念自己的父亲。"孩子，爸爸马上会回来的，你乖乖地等着吧。"每到临行前，秀吉总会充满慈爱地说，然后紧紧地抱起小秀树亲吻。

刚才，秀树其实是在向我求助的，而我却要将他弃之不顾。此时的秀吉怀着极其复杂的心情，思考着自己和儿子的关系。秀吉是很少做梦的，但他偶尔也梦见过孤独的儿子一个人哭丧着脸在玩耍的情景。秀树也许想和谁一起玩耍吧？四周却空无一人。梦境中，秀吉亟想走到他的身边去，可是自己的身子不能动弹，再怎么努力也无法靠近。

秀吉不无怨艾地继续想下去。叫我给儿子打电话的是昭子，叫我挂电话的也是昭子，我简直成了依言而行的傀儡。刚开始，那个还带着哭腔的儿子说要向我赔罪时，我被他说得心头痒痒的，简直有说不出的快活，这个悲伤的自感十分寂寞的秀树现在终于向我请求原谅了。但是我才高兴没几秒钟，这小子竟然开始怒吼起来，他的语调和声音在刹那间完全判若两人。还是昭子聪明，她好像已经预想到会发生这样的事情。想到这儿，秀吉心有余悸地自语道："如果今夜回到家里，也许又是一场恶斗呢。"

请求原谅的是秀树，发出怒吼的也是同一个秀树。这并不能说明他的人格发生了变化。当这小子还小的时候，自己是多么盼望他能尽快长大。甚至还想象到他长大后能和自己一起喝咖啡、喝酒，或者和公司的男同事们一起外出旅行。但是至今想来，这些想法还是太简单了，秀吉此时似乎有了新的感悟。虽然满心希望儿子能快点长大，但是对于与长大的儿子该怎样对话却没有充分的思想准备。秀吉又想起自己也曾经和在群马县的老爹喝过几次酒，但并不是只有两人待在一起，而且当时说了些什么话自己也记不清了。

断续的思绪又回到了秀树的身上。我想必也是想和儿子说些什么吧？他会谈起我公司的事来，并说那些上司特别讨厌而且不会认可你的意见，我会说，这就是公司的特点。大概通过这样的谈话，我就能在儿子的心目中树立起自己的形象。秀吉记得自己从父亲或是前辈以及公司的上司那儿几百次地听到这样的忠告：所谓的公司，就是具有这样的特点。虽然公司里经常有着各种不公正、不合理的现象，但只要你对它尽忠尽责，公司也能照顾到你。这就是公司的魅力。但是现在的情况完全不同了。

现在已经无法想象自己和儿子一边喝酒一边促膝谈心了。即使秀树提起公司的事，我也不能做出任何的回答。一年前，通过昭子，看到了医学顾问对父亲提出的问题。具体内容是：作为父亲，希望秀树君成为一个怎样的人？其实这个问题还是不难回答的。当时我的回答是：作为父亲并没有对秀树有过多的奢望。对于儿子，我认为能在普通公司里干一份普通的工作就已经足够了。作为孩子的亲人，谁都会这样想的吧？

昭子对我这样的回答好像并不满足，还一个劲地问道："你说的普通公司是什么样的公司？你说让孩子在公司里干一份普通的工作，是希望他当一名正式社员，还是去做临时工，或者只是当一名钟点工呢？"

秀吉记得当时没有回答妻子的问题。因为他对所谓的普通公司到底是什么样的公司，确实也没有认真地想过。虽然自己待的公司无论怎样变化都不足为奇，但是它算不算普通公司呢？实在没有把握。如果不是，那么像索尼或者丰田那样的大企业算普通公司吗？秀吉还是一片茫然。

儿子刚出生时，秀吉的心里充满快乐，心想我一定能保护好这个小宝贝。他甚至想到不管将来发生什么样的事，我都能保护好自己的家人。

难道我的想法中有什么不对吗？他真想这样问问妻子。但是当他醒悟到自己过去的想法中有对儿子过度溺爱的成分时，很快就打消了这种念头。自己的想法有错误，这是确实无疑的。但是究竟错在哪儿并不是谁都会明白的。如果向昭子提起这个问题，她一定也会感到困惑吧？

秀吉转念一想，公司的事和家事也十分相似。

"我为了公司的利益，一直在拼命地努力着。我究竟哪儿错了？内山君，你是怎么想的？"

秀吉设想如果明天公司的专务齐藤对自己也这样说的话，我该怎样来回答他呢？

"专务没有错，大家都没有错，这是时代造成的。"

秀吉仿佛亲眼看到了自己这样回答的情景。也许这样的回答并没有错，到现在为止公司一直这样运转着，没有发生任何改变。比如说，在十五年前，公司采用的也是和现在完全一样的方法，却把各项工作搞得有声有色。

家人的情况该是怎样呢？如果能理想地守着这个家，现在自己会在什么地方干些什么呢？当然至少不会发生家庭暴力，也用不着跑到外面去住旅馆的吧？除此之外，还会发生什么事则完全不知道了。秀吉第一次意识到自己无法想象什么是所谓的理想家庭。

知美

当父亲被救护人员用担架抬走时，知美偶然发现对门的那个叫柴山的男子正躲在门后偷偷地窥看着。他身穿黑色的灯芯绒运动裤和色彩鲜艳的毛衣，外面还套着一件皮茄克。他的皮肤被阳光晒得黝黑，知美猜想也许是这家伙参加了日光浴沙龙的缘故。

"难道毒打自己老婆的就是他吗?"知美看到他这副斯文的打扮,不由得疑惑起来。

救护车把父亲送到医院后,经过医生仔细的检查,很快就有了结果。父亲只是额头上有些皮外伤,脚部也扭了一下,没有什么大碍。于是知美立刻在医院用手机打电话给在家里等待的哥哥。哥哥在电话里似乎有向父亲道歉的意思,但是知美后来才明白父母已经决定在哥哥停止家庭暴力之前,父亲暂时不回家了。

"我想还是这样好,只是家里会冷清一点。"母亲在出租车里这样叹息道。

知美并不完全同意母亲这样的说法。她在家里经常亲眼看到哥哥和父亲的厮打和怒骂,这样的情景无疑是家庭的悲剧,世界上难道还有比这更让全家人悲伤的事吗?当看到父亲从楼梯上滚落下来失去意识的时候,知美如同受到雷击一般,吓得几乎喘不过气来。

"快去叫救护车!"母亲的叫声终于使知美清醒过来,但她一时还是没有完全反应过来,只是慢慢地深呼吸。此时她才知道过度的惊吓和悲伤会导致一个人短暂地失去自我意识。虽然寂寞并不好受,但至少不会失去自我意识,从这一点来说,人的神经还是很脆弱的。两者相比,寂寞终究不会使人喘不过气来。按照家里的状况,由于家庭暴力的持续不断,家人终将无法长期忍受这样的局面。造成这样的结果只是时间的问题。而寂寞不会产生这样的结果。因此，从知美的立场来看，与其惊吓悲伤，她宁愿选择难捱的寂寞。

　　父亲最后决定临时住在所泽市的商务旅馆里。知美和母亲把父亲送入客房后便匆匆地赶回家去。电车上，母女俩相邻而坐，开始了小声亲切的谈话。这难得的车上对话使知美感到了许久未曾有过的快乐。知美对母亲说起了那个柴山的不良名声，谁知母亲也十分讨厌那个家伙。知美听了更是非常高兴。接着两人又谈起秀树的事来。母亲说，作为父母，对自己的孩子永远有操不完的心。知美听了很受感动，她不由得暗忖：我现在还没有做母亲的勇气。听说住在板桥的外婆对母亲总是不放心。母亲还没结婚时，她担心母亲会嫁不出去，母亲结婚了，她又担心母亲会不会半途离婚。现在我可不想再让母亲为我担心了，总之，不管做什么都不能让母亲担心才好吧?

　　知美进而又想：母亲说看到我快乐的笑容时她的心里特别舒坦。但是我并不能总是这样大笑吧? 再说，在什么时候我会这样大笑呢? 母亲一定不知道，如果我在学校里参加了好朋友团体，和朋友们一起去酒馆玩乐时恰巧被母亲看见了，她会那么高兴吗?

　　"告诉我，现在的孩子们做什么事的时候最快乐?"

知美听到母亲这样的提问后，不由暗自一惊。不过她很快便镇定下来，笑道："我现在正在寻找这样的乐事呢。"

其实，知美心里很清楚，她所说的乐事至少不是指和好朋友们一起去酒馆玩乐的事。

回到自己的房间后，知美有些沮丧地想到自己现在已经不能马上去意大利了。因为现在家里的情况这样糟，父亲不得不离家别居，家里简直是闹翻了天。在这样的情况下，自己不可能主动向父母提出去意大利的事。于是，知美准备向近藤发短信告知此事，但临了又觉得写不出什么话来，最后决定干脆打电话告诉他。

"喂，我是知美，你正在工作吗？"

"唔，我正在忙。不过没关系，你快说吧。"

知美一听见近藤的声音，就想起了他那间逼仄狭窄的小屋的情景。那里摆放着无数的机械和工具，响彻着金属切削的噪声，弥漫着金属熔化时难闻的气味。

知美踌躇片刻后，字斟句酌地说道："你说的那件事我一直在考虑，但想到自己的各种情况，看来还是不能去意大利了，真是对不起。"

电话里，近藤沉默了一会儿，答道："你用不着道歉。"接着又说，"你真的不能和我一起去吗？其实，我也不过是个设想而已，绝不会勉强你去的。"

"那么，我以后还能再到你的工场来玩吗?"知美有些羞怯地问道。

"什么时候都可以。"近藤淡淡地回答。

挂上电话后，知美突然感到了一种十分奇特的寂寞。她在打电话前已经预想到近藤会有的反应，谁知结果却完全出乎意料。知美在和好朋友们交往时或者在回绝以前两个男朋友的邀请时，一般会出现以下的两种情况：

"你说什么？怎么会这样的？能不能再考虑一下呢？知美小姐一起去，大家都会很开心的。这样不去了，不是太可惜了吗？拜托你了，再重新考虑一下吧。"

"我难得这样诚心诚意地邀请你，为什么这样一口回绝呢？我已经做好了各种准备工作，这样一来不就全部泡汤了吗？这是为什么呀？难道是知美小姐在耍小性子吗？"

知美原以为近藤的反应也一定是这样的，如果话说到这个份上，她打算顺水推舟地告诉他家里发生的事情。哥哥对父亲的暴力行为迫使父亲离家别居，这样家里就只剩下母亲，所以我想现在不能去意大利了。

如果顺着这样的思路，近藤最后的反应应该是："是吗？那可真是不得了的大事，既然发生了也没办法，虽说很遗憾，也只好暂且放弃吧。"

　　但是，近藤的反应却和知美预想的反应模式完全相反。首先他说："你用不着道歉，"又说，"我也不过是个设想而已，绝不会勉强你去做的。"

　　这样一来，使得知美再也无话可说，当然也不能提及父亲离家的事，因为已经失去了说这件事的必要性，处置不当，反而会成为多余的辩解。

　　知美思绪纷乱地继续想下去：由于自己说了考虑到各种各样的情况，看来还是不能去意大利，所以和近藤的对话就这样简单地中止了。近藤也许会想："既然是知美小姐决定了，我也无话可说了。"这时我应该说："即使我不去，近藤君也应该去意大利，你并不是因为和我一起去才决定去意大利的。不要把你的决定和我的决定混为一谈，近藤君的决定应该是近藤君自己的。"

　　对近藤君能这么说，那么，我的决定难道是我自己作出的吗？我真的不想去意大利吗？我从来没有这样的想法。只是认为父亲被迫离家，母亲一人待在家里，所以我现在不能去国外。但是，为什么我这样考虑问题时心里会有一种松了一口气的感觉呢？我并不是不想去意大利，尽管如此，一旦作出这样的决定，我怎么还会有如释重负的感觉呢？当知美苦苦思索，终于找出答案时，她感到了一阵前所未有的惊惧。她最后终于明白原来在自己的潜意识里存在着"没想到这件事自己还没有自主决定就这样结束了"的想法，所以才有了这种突然产生的轻松感。其实，要自己作出决定确实是件很痛苦的事，对近藤打这样的电话，并不是简单地说出自己的想法，而是期待着近藤说出这样的话来："这样的好事是十分少有的，请务必重新考虑一下。""我难得这样邀请你，为什么要拒绝呢？"如果他真的这样说了，我就可以趁势把家里的事情告诉他，那时近藤肯定会说："真的吗？那就没办法了。"这样就可以让近藤为自己说出不出国的理由了。

"那就没办法了。"有了近藤这样的一句话，知美就能对自己和近藤一起去意大利的事完全死心了。因为没办法，所以就死心了，这样的说法一点问题都没有，因为那个时候真是没办法。知道这是一根救命稻草，以后无论发生什么情况她都能进行自我辩解和自我安慰。知美虽然这样做能找到暂时的心理平衡，但知美也觉得这完全是一种欺人之谈。难道能说明迄今为止什么事都一直由我自己决定吗？我到现在有过自己说了算的事吗？事实上，即使上津田塾和上智大学也不是我自己做主的。

经过反复地思考，知美深深感到原来的想法是十分怯懦的。自己想做什么事情，现在必须要由自己来决定。我究竟想做什么呢？我想离开这个家。知美这样想着。以前之所以想离开这个家主要是想离开父亲。不过父亲已经不在家里了，他率先离开了这个家。那么，父亲不在家里我就可以留下来了吗？知美扪心自问，答案是否定的，她还是想离开这个家。于是，她开始后悔刚才的草率举动。我为什么会这样简单地回绝和近藤一起去意大利的建议呢？

想到此，知美又不由自主地拿起了电话。

"喂，喂，是近藤君吗？"

"啊，知美小姐。"

"又给你打电话了，真对不起。"

"没关系。有什么事吗？

"刚才我对你说看来不能去意大利了，其实还没有真的决定下来，你再等一下听我的回音好吗？"

"那好呀。"

"那么，最后的期限是什么时候呢？"

"唔，在学习意大利语方面，我想赶上明年三月份开始的意大利语学习课程，所以马上要向意大利学校提出入学申请，包括汇去学费，接着还要去申办意大利的留学签证，这样总共要花去一个月的时间，所以到年底之前一直会很忙的，你能尽早决定吗？"

"知道了。"知美轻快地回答，"我一定在此之前作出决定。"

现在只有自己来决定自己的命运了。

知美终于醒悟到了这一点。

秀树

母亲和知美回到了家里。秀树听说父亲在医院经过精密的检查后没有发现异常。不过为了慎重起见，今晚好像还要在医院里住一个晚上。

母亲和妹妹把麻婆豆腐和炸鸡块重新热了一下，准备吃晚饭。她们问秀树道："要不要一起吃一点？"

"我不吃。"秀树摇了摇头。

晚饭后，母亲拿出父亲的外衣把它放入纸袋，又分别把父亲的旅游鞋和公文包等物品塞入网球包，甚至还带上了包括电动磨具在内的咖啡器具和一袋咖啡豆，并且从食品架上取下两只咖啡杯，然后母亲拿出报纸，细心地把这些东西包扎起来。秀树在旁看了百思不得其解。这是为什么？只是为了慎重起见而留在医院里观察一个晚上，难道还需要带去咖啡器具吗？

"你在做什么呀？"秀树终于忍不住问道。

"你父亲今晚住在医院里，我在为他准备行李呢。"母亲这般解释道。

"这个我知道，那为什么还要带那些烧咖啡的家伙呢？他不是在医院住一个晚上吗？不需要咖啡器具的吧？"

秀树这才发现母亲似乎在隐瞒什么，只见她低着头思索了片刻后，改用一种像外人一般的口气，冷冷地说："你父亲要有一段时间不在家里住了。"

"那是为什么？"秀树更感到迷惑了。

"他不是怕你、恨你，这些都不是理由。你父亲说他已经原谅你了，我想待会儿他会打电话给你的。不过他决定了，在你不消除暴力之前他暂时不回家了。"

秀树听到母亲的这番解释后，不满地皱起了眉头："这是谁决定的？为什么你们这些家伙就能随便决定这样的事情？从来没有事先和我商量过。我总是被置身于事外，好像没有我什么事都能决定吧？是父亲自己决定离开家的吗？他应该和我好好谈一下，我也想对父亲道歉，他一定也是想听我说话的。"

想到此，秀树有气无力地问道："这事是父亲决定的，妈妈和知美都赞成吗？"

虽然提出这样的问题，秀树的心里更是进一步滋生起愤懑的情绪：这事真是父亲自己决定的吗？作出这样的决定实在是没道理。我和父亲什么话都没有说，连向他道歉的心情都没有传递给他。我们彼此间的心情只是滞留在半途之中。我想向父亲道歉的心情似乎谁都没有想过。那我是怎样想的？难道不管我的感受如何都无所谓吗？父亲总是这样做，他是想逃避我，还是想不负责任地推卸做父亲的义务呢？今天晚上父亲就是不听我的解释，还要把我带到柴山家去，他竟然想相信柴山的胡说八道。

此时的秀树头脑里乱成一锅粥，已经不能控制自己了。纷乱的思绪和往日的怨愤就像被无形的丝线缠在一起无法解开，各种杂念和想法混乱地充斥在头脑中，找不到宣泄的出口，于是迅速地腐烂发酵。他真切地感到自己身体内部滞留着一大堆污浊的东西，皮肤内侧也塞满了污秽。这些污秽在体内淤积沉淀着，无法排泄出去，致使秀树头痛欲裂，怒火中烧，他已无法再用理智的语言进行正常思维了。母亲沉默着，忙着整理父亲的物品，似乎并没有注意到自己儿子的内心此时正发生着可怕的变化。

秀树再也忍不住了，他猛然一脚向日式房间里的隔扇踢去，只听到一声沉闷的钝响，隔扇被踢了个大洞。秀树狞笑着，觉得还不解气，还要继续发泄，他准备下一步就动手殴打自己的母亲。

"秀树，你不要乱来！"

母亲大声地呵斥道，她换了个坐姿，面对面地望着儿子。秀树感到母亲的目光非常强硬，过去从没见到过这样的眼神。虽然这未必能说明母亲正在发怒，但从她的眼神来看则是充满冷峻，而且又是那样的坚强。在母亲这样眼神的注视下，秀树感到皮肤如同碰到冰块一样，浑身上下开始慢慢地冷却下来，那些郁结在体内的污秽仿佛都从全身的毛孔中排泄出去了。

秀树有些清醒了。他开始想到要和父亲见面，而且要直接见面，亲自为今晚发生的事情向父亲道歉。同时也希望父亲能好好听听他说的话。于是，他一改刚才凶恶的神态，对母亲小声说道："就让我把东西给他送去。这事就交给我吧，告诉我他住的地方。"

昭子望着这个喜怒无常的儿子，冷冷地说："待会儿你父亲会直接打电话给你的，他住在哪儿现在还不能告诉你。"

"你父亲住在哪儿还不能告诉你。"听母亲这么一说，秀树突然想起那本《家庭暴力》中写的一段话来："据说如果让那个实施暴力的男子向被害人当面道歉，他极有可能会去追踪逃匿在外的妻子或恋人的去向，所以绝对不能把被害人避难所的具体地址告诉施暴者。"

"你父亲住在哪儿还不能告诉你。"母亲是这样说的。看到她对自己这样不信任的眼光，他突然产生了一种被父母抛弃的悲哀。

"知道了。"秀树沮丧地咕哝道。

秀树回到房间后，熄了灯，躺在床上又是一阵胡思乱想。我为什么会突然去踢那个隔扇呢？而且竟然还想殴打母亲。秀树对自己刚才的行为也感到不可思议。

自从听母亲说了"你父亲暂时不回家"的消息后，秀树的头脑里便是一片混乱。只感到浑身上下充满污秽，父子的感情、往事的回忆、现时的看法，各种思绪纠缠在一起在头脑中形成了一团乱麻，并且正在腐烂发酵。同时，他又感到这些污秽已经塞满了自己身体的皮、骨、筋肉之间的缝隙。难受！致命的难受！他真想撕裂自己的皮肤，把体内的这些垃圾都倾倒一空。但是这些都是徒然的挣扎，不一会儿，他甚至感到这些污秽塞满了喉咙，于是他拼命想把这些脏东西吐出来，可就是不能如愿，情急之下，他开始发出了狞猛的怒吼。

少顷，他又感到自己和母亲之间的空气变得越来越凝重，皮肤上明显感到一种无形的压力。终于，他觉得那些淤积在体内的污秽在压力之下马上就要破裂。于是他想嚎叫，想舞动自己的手足，只感到如果不这样做的话，自己就会被那些污秽挤垮。

想到今晚发生的事，秀树的心中充满了悔意：父亲已经离开这个家了，这都是因为我的缘故。明天早上，家里的空气中再也闻不到那股浓烈的咖啡香味了。父亲现在会去哪儿呢？由于现在经济不景气，他的公司好像也陷入了困境。现在的家庭生活越来越不宽裕了，最近老是听到母亲这样唠叨。也许父亲是借住在亲戚家里吧？或者也可能去住那便宜的公寓房了吧？那他为什么非要离家不可呢？要我对他发誓也可以。难道我向他发誓今后绝对不再实施家庭暴力也不行吗？

此时，秀树又想起了那本《家庭暴力》中写的某个章节，那部分他已经反复阅读，几乎能够背诵出来。书中写道：施暴之后，那些暴虐的男子开始道歉。有的人一边哭泣一边赔不是，有的人把价值几十万日元的珠宝作为赔罪的礼物，甚至每天给受害者送鲜花求得宽恕。也有人会写下今后决不再实施暴力的保证书。其后便会进入短暂的所谓"蜜月期"，维持一段相对和平稳定的时期。

但是事隔不久，又会进入称之为"紧张期"的阶段，只要紧张的气氛持续高涨，患者就会因一些细小的琐事而重启暴力。秀树重温了这段话语，对照自己又断然否认。我不会再做这种事的。如果父亲回家后，我一定会向他道歉的吧？父亲也一定会原谅我的。这样的话我也许会每天早晨下楼和父亲一起喝他烧煮的咖啡。那么，父亲离家上班之前会对我说些什么话呢？这一年半来，我已经不记得和父亲说过什么话了。没有说过一句像样的话，几乎连简单的招呼都没有打过。

外面的灯光从窗纸的四个圆孔透射进来，秀树决定再次调整相机的位置。他从最早开出的右边那个圆孔朝外看，发现对门二楼房间的窗帘紧闭着，并且熄了灯光。于是他再从中间的两个圆孔向外望去，看到了对门一楼的房间和家门的一部分。从这儿只能看到进出门人员肩以上的部分。接着，他再通过左侧的圆孔把相机镜头对准下面，看到了对门沿着围墙种植的杉树，并从杉树的间隙中看到了柴山家的家门。

秀树决定通过左侧的圆孔监视柴山家的大门。他首先想确认那家伙回家的时间。平时柴山回家的时间没有规律，所以迄今为止只看到过一次柴山回家的情景。那是十天以前的事，那天他突然听到对门的铁门大锁发出咣当咣当的声音，于是慌忙从左侧的圆孔望去，恰巧见到柴山的身影。秀树记得那正是凌晨一点左右。柴山进去后不久，对面二楼的房间里很快亮起了灯光。据此判断，现在对面二楼的房间还未开灯，那就意味着柴山也许还没有从公司回家。

那家伙出门上班的情景还没见过。秀树曾经按照惯例从上午七点到九点监视他的家门，但是从没看到他的影子。听说广告代理公司和出版社的上班时间是不固定的。所以，要达到目的，秀树觉得自己或许要从现在起改变日夜颠倒的生活规律。按照现在早上睡觉傍晚起床的规律生活，根本无法确认柴山准确的上班时间。秀树由此判定，那家伙外出上班的时间正是自己熟睡的时候。为了拯救雪儿，自己必须搞清楚他的离家时间。

通过怎样的努力才能使日夜颠倒的生活恢复正常呢？也许自闭症网站的论坛上会登载那些有经验的人的体会吧？如果早上和大家一样按时起床，晚上也按时睡觉，偶尔最晚也须在凌晨两点左右就寝，那么父母知道了一定会很高兴吧？要是他们真的高兴了，父亲说不定就会回家了。到那时，我首先要把那件事向他报告，如果只是报告，父亲也许不相信，那么就早上一起喝咖啡吧。开始一两天可能没有效果，那就一周或者十天甚至每天一起喝咖啡。那时，我要在母亲和知美面前发誓，绝对不会再发生家庭暴力了。这样全家人就能够和和睦睦地说话了，说说父亲公司的事还是其他什么事，反正什么话题都可以。

秀树想到此，突然觉得首先要使用闹钟。于是他离开相机，准备去拿放在书架上的闹钟。那只深埋在各种杂志、塑料瓶和游戏软件里的闹钟被拿出来时早已停止了走动，时针正指着四点。秀树正想给闹钟调换电池时，手机突然响起来。

"是秀树吗？我是你父亲。"

秀树仔细一听，果然是父亲的声音。他没想到父亲真的会给自己打电话，所以一开始有些紧张，只觉得心脏在"咚咚"狂跳不已。

"爸爸，你还好吗？"秀树的声音有些颤抖。

"噢，现在已经不要紧了。"

是父亲那惯常的沉稳的声音。这样的声音秀树似乎好久没有听到了，它给人一种沉着稳定的感觉，好像是一种大人物的口气。秀树心想我有多么担心，父亲知道吗？于是他又急急地问道："可是我一直在为你担心呀，也不知道该怎么办才好。"

说到此，秀树有意作了个停顿，心想还有其他重要的事要告诉父亲。是啊，要把自己即将改变以往日夜颠倒的生活的决定告诉他，父亲应该会很高兴的。

秀树正要说下去，没想到父亲突然开口道："我想你妈妈一定对你说过了吧，我要离开家一段时间。"

这句冷冰冰的话语就像给秀树当头浇了一盆凉水，秀树突然又怨恨起自己的父亲来。他说的事我已问过母亲，早就知道了。为什么在我要说起改变生活规律的紧要关头偏偏打断我的话头呢？难道他还在怨恨我吗？

"你生气了吗？"秀树的话语中明显地带着刺。

"我没有责备你的意思。"

秀树心中的怒火又腾地冒了出来："你说这话的意思我明白。为什么就是不要听我的话？刚才要告诉你重要事情的时候，不是你突然打断了我说话吗？为什么你总是按照自己的喜好来说话呢？"

秀吉解释道："只是最近家里经常发生家庭暴力，所以只好先在外面待上几天。"

"你说的倒好听！其实什么事都是你一个人随意决定的，难道就不能和我好好谈一谈吗？你从来就没有听过我的意见吧？你在说什么？不是开玩笑吧？为什么就是不肯听我想说的话呢？难道你对我是抱着无所谓的态度吗？我的事反正都无关紧要吧？你不是一次都没听我说的话吗？父亲总是自己说了算，我的话不是根本听不进去吗？"

秀树左手拿着闹钟，在关着灯的黑屋子里一边来回踱步，一边怒吼着发泄着心底的不满。

"秀树，对不起，我现在要休息了，挂电话吧。"

父亲说着，自行挂上了电话。秀树气呼呼地仍不解恨，他立即根据手机中留下的电话号码重新拨打电话，尽管电话铃声一直在响，父亲就是不接电话。

秀树又连续地拨了几次电话，但对方不久就切断了电源。于是他的歇斯底里再次大发作，口中狂叫着"混蛋"，恨不得把手中的闹钟向窗台扔去，这时他突然发现窗玻璃上的四只圆孔正像动物的眼睛那样闪烁着绿幽幽的光亮。秀树眼贴着圆孔向外望了一会儿，他大口地喘着粗气，并且垂下了刚才还在挥舞着的右手。

第五章 二〇〇一年十一月Ｙ日·
下午～深夜

昭子

　　昭子虽然事先和延江约好见面，但最后还是不得不临时取消了。今日，她要和丈夫秀吉一起去所泽市附近的不动产中介公司，所以昨天就发短信给延江暂停了今日的约会。当然短信中不能写秀树和秀吉之间发生的事情。虽然她想也许以后见面的时候会对他提起这事，但在简短的手机短信中没有写上这些话。延江没有电脑，他只会使用手机短信，所以他们之间只能通过发短信联系。延江的短信地址是 daikudaze@，虽然今天不能见面是件遗憾的事，没想到延江的回信更是雪上加霜。他说，立川的工地现场可能在年内就要竣工，也许他俩真的要和那个充满温馨的牛排馆告别了。

秀吉离家以后，昭子还没有和秀树见过面。昨天晚上，她突然发现房门下面竟然塞进来一张意想不到的字条。

昭子打开字条一看，上面写着："从明天开始，每天早上七点起床，请连续敲门，直到我起床为止。"

昭子知道这张字条是秀树写的，但她还是抱着将信将疑的态度。没想到今天早上刚过七点，就从二楼传来了久违的、令人怀念的闹钟铃声。昭子想起这是秀树高中一年级开始一直使用的闹钟发出的铃声。"早晨到了，早晨到了。快起床吧！快起床吧！"这个闹钟按时唱出了催人起床的歌声。昭子这才相信儿子真的打算七点起床了，于是她急忙上了二楼敲击房门。谁知刚敲了几下，里面就传来了秀树的声音："不要敲了，我已经起床了。"昭子感到儿子的声音很平静，好像早有准备，没有一点焦躁和厌烦。上次在早晨听到儿子说"我已经起床了！"这句话，确实是很久以前的事了。对于这种突如其来的变化，昭子反而有点心中发慌，她亟想问儿子为什么要这么早起床？但是话到嘴边又咽了下去。

"怎么？哥哥起床了？"

穿着睡衣的知美一边揉着惺忪的睡眼，一边打开房门，好奇地问道。

今天正好是本月第三周的星期六，不用上学，所以知美的情绪似乎很好。

昭子有些意外地问道："是我把你吵醒了吧？这就起床了？"

"没关系，我有事嘛！"

"还吃早饭吗？"

"啊，那一定要吃的。"

知美在上浴室的半途中，悄悄地走到秀树的房门外。用耳朵紧贴着房门听了一会儿，轻轻地说了声："里面没有一点声音。"

昭子对知美严肃地说道："今天，我要陪你父亲去找公寓房，可能会晚一点回来。"

"知道了。"知美懂事地点了点头。

昭子事先通过网络调查了所泽市周边的不动产信息，并已打印成材料。她估计秀吉可能需要在外面暂住三个月，所以首先调查了那些包月出租的公寓房。谁知现在的房价奇高，月租在六万日元以下的根本找不到。

丈夫的离家别居致使家里的早上少了生气，再也闻不到往日熟悉的咖啡香味。或许只是母女两人吃饭的关系，昭子突然感到今天的餐厅也显得特别空荡。往日紧张的空气也倏然消失了。平时只要丈夫和儿子在一起，她就会感到他们之间存在着一种剑拔弩张的逼人气势。而今天，这种气氛全然没有了。

"你们去哪一带找房子？"知美手里拿着母亲打印的不动产信

息，一边认真看一边问道。

"我在所泽市周围大面积调查了一番，那一带的房价都相当高。"昭子不无忧虑地说着。

"只要地段好也可以呀。"知美漫不经心地说着，抬头望着上面的天花板，又轻轻地说道，"上面一点声音都没有，真安静呀。"

昭子似乎也注意到了秀树早起的动静。他自从患上自闭症以来，一直过着日夜颠倒的生活。他曾经出去打过工，当一名大楼清洁工。因为这工作是从傍晚才开始的，不需要早上起床，但是就是这样的工作他也干不了三天。

知美又道："哥哥也许又睡着了吧？房间里连摇滚乐的声音都听不到了。"

昭子摇摇头："他真的起床了，而且正好是七点，是用闹钟的铃声把他自己叫醒的。"

"你说什么？是他自己要早起的？他说什么了没有？"

"也没说什么，只是说要我早上七点钟叫醒他，他还给我写了一张字条。"

"那张字条我昨天就看到了，当时就感到很奇怪。那么妈妈你有没有问他早上起床的理由呢？"

"我没有问他。"

"为什么？"

"因为我想如果他不愿说的话，是不会告诉我的。"

"嗯，是这样的。"知美的语气中明显地带有佩服的意味，"我总觉得有点奇怪，妈妈近来好像变了。"

昭子听了女儿的夸奖，引起了颇多的感触。也许知美有这种感觉是因为我敢于说出自己的想法吧？她想起了这一年来精神科医生竹村经常对自己说的那段话来："不，我想听听患者内山君本人的想法。而你告诉我的都是些简单的社会生活常识，不是内山君本人的真实想法吧？"在竹村医生的教育下，昭子终于感到现在对秀树或者秀吉都能大胆地说出自己的想法了。但她又觉得要把自己的想法准确地告诉对方并不是易事。

这次对秀吉说"请你离开家里"也是一个不同凡响的举动。夫妻相伴二十二年来，昭子从没有说过这样的话，这在以前是根本无法想象的事。昭子原本是极内向的女人，她以前总是认为如果对别人说出自己的想法，别人一定也会说的吧？既然互相之间没有明说，总有自己的理由。也许正因为如此，才自然地形成了她那固有的守旧观念。

"把自己的想法告诉别人"，虽然只是一个很简单的道理，但是昭子在认识竹村医生和患者亲友会的医学顾问之前是完全不知道的。其实，她并不只是认为不能把自己的想法告诉别人，而是不明白为什么要把自己的想法告诉别人。

那时，带着幼小的儿女去那些妈妈们聚集的公园里时，首先想到的是不能把自己想法告诉别人。尽管她并不认为把自己的想法告诉别人就会引起别人的不快，况且和那些妈妈们交往也没有什么特别的规则，但自己确实没有对人说心里话的概念。自己也根本没有想去和别人面对面地倾诉衷肠。所以，那时候妈妈们的聚会也不过是彼此间聊聊家常而已。比如说："你怎么把头发剪了？""你昨天怎么没有来？""你的先生最近怎么瘦了一点？"，等等。在那个公园里，这些家庭琐事都是妈妈们每天必然聊及的内容。

　　想到此，昭子又开口叫道："知美！"

　　"什么事？"

　　"你要注意哥哥的情况，要是他再去那个柴山的家里就糟了。"

　　"我知道了。不过请放心，哥哥白天一个人是不敢去那儿的，再说他又特别讨厌那个家伙。"

　　"这我知道，但要是万一发生这样的事该怎么办呢？"

　　"这我明白，要是哥哥拿着刀或者金属棒之类的家伙去柴山家的话，我会毫不犹豫地去报警的，这样总行了吧？"

　　"好吧。"

　　昭子有些无奈地说道。这时，她发现早饭后知美一直手里拿着那份打印的不动产信息认真看。她心里不由得产生了一丝怜惜之意：知美上学后一定是一个人生活吧？虽说是这样，按照丈夫现在的收入情况，让她去上女子私立大学已经尽了全力，家里再也不像过去那样宽裕了。

　　夫妻二人在所泽车站大楼的二楼书店门口见了面。秀吉曾在电话里说一楼有茶馆，在那儿先喝点茶说说话也可以。此时，昭子看到丈夫脚部包着的绷带已经被弄脏成茶褐色，虽然他走路十分小心，但还是免不了沾上灰尘。他按照知美的建议，穿一双解去鞋带的旅游鞋，身上一件淡灰色的外套，里面是藏青色的西服，那是白领职员们惯常的制服。在这身打扮下，那双红黄相间的阿迪达斯旅游鞋显得十分醒目。丈夫拖着那只右脚艰难地走着，昭子心想，他这样去公司上班一定会感到很不方便吧？她刚说出自己的顾虑，秀吉就说其他还好，就是怕上下车站的楼梯。他道："右脚几乎不能很好地着地，下楼梯时只感到身后有一种推力，稍不留神人就会向前倾倒。所以只能拉着楼梯的扶手，慢慢走下来。"秀吉说到此，又有些无奈地叹气道，"现在还好，在上班高峰的时候就麻烦了。那时人流如潮，大家都是匆匆赶路，谁也不会注意我受伤的脚部。要是到下星期脚伤还没好的话，我想还是去配一副残疾人用的双拐，因为没有这个脚不便的标记，在人潮中走路是很可怕的。"

昭子听着丈夫的诉说，打量着他的外表，总觉得他看上去很委顿。虽然丈夫在出门前剃去了胡须，又穿着一件新衬衫，头发也梳得一丝不乱。但整个人就是显得没精神。这或许是脚部受伤的缘故，也可能是住在狭小的旅馆里身心不畅而带来的明显的后遗症。

夫妻俩站在车站自动电梯边上稍作停顿。昭子拿出带来的那份不动产信息给秀吉看，并道："所泽市周边的公寓单间大多在五万日元左右。"

"五万日元？"秀吉的声音很响，周围的人几乎都能听到，"别开玩笑了，每个月要付五万日元的房租吗？那种地方不能去，我不要厨房，不要浴室，卫生间公用的也行啊。"

说到这儿，秀吉突然有些伤感："现在我公司的情况很糟。你知道吗？照这样下去不仅付不起按揭，就连知美上大学的学费都付不起。"

昭子虽然很体谅丈夫此时的心情。但她明白，如果老是想着将来的事情，那什么事都不能做了。于是，她想以后要借机会向秀吉提出自己打算出去做兼职的想法，这样每个月就能有五六万日元的收入贴补家用。此外，她还想建议知美也去申请大学的奖学金。至于儿子秀树，只要对他讲清道理，也许他自己也会出去寻找打工机会的。

想到此，她不无深意地对丈夫宽慰道："不要太着急，要做的事很多，现在只能根据轻重缓急一样一样地做，你说对吗？"说实话，昭子对秀吉提出的那种廉租房是持怀疑态度的。据她从网上得知，所泽市的周边已经没有了那种没有浴室且卫生间和厨房公用的老公寓。最近的市政开发似乎已经把这些古旧的廉租房拆掉重建了。现在再狭小的单间也都带有浴室和厨房。于是她对秀吉说道："现在市区已经几乎没有了那些厨房和卫生间公用的公寓房，最多没有浴室吧。"

听了昭子的话后，秀吉没有立即反应，他又提起了学生时代住在练马公寓时的往事。那时候，房间只有三张榻榻米那么大，厨房和卫生间当然是公用的，好像也没有浴室。最后，秀吉总结似的说道："那时的月租在七千五百日元左右，我现在也可以住这样的公寓房。"

昭子听了丈夫一大堆絮絮叨叨的话语，心想："他说这些话是认真的吗？这都是什么年代的事情了！"再一问秀吉，他也颇有感慨地叹息道："仔细想想，这已经是三十年前的事了。"

两人乘着自动电梯来到一楼。那儿正好有一家不动产中介公司。

"进去问问吧。"昭子说着便要进门。

秀吉有些犹豫不决："这样大型的不动产中介公司只介绍那些高级公寓的吧？"

昭子有些不屑地撇了撇嘴："没有那回事，正因为它是一家大公司，介绍的房源种类才会多呢。"

中介公司的大厅宽敞明亮。

秀吉和昭子一进大门，就见到一个穿着绿色制服的公司女职员微笑着上前招呼道："欢迎光临。"

大厅墙壁的一面挂着奥武藏和秩父地区高级度假公寓的巨幅彩色广告。大厅里还放着两组接待用的豪华沙发。窗台上和办公桌空间里整齐地摆放着几盆生机盎然的观赏植物。

"尊敬的客人，这边请。"

一个头发染成茶褐色的青年女职员把夫妇俩引到营业柜台边上，殷勤地请他们入座。

"欢迎光临，我叫小野田。"

那个女职员分别向夫妇俩递上了自己的名片，又客气地说道："大驾光临，不胜感谢。恕我冒昧，不知你们需要的是什么样的房型？"

秀吉快人快语："我们要的是一个人住的单间。租金尽量便宜一点，即使离车站远一点也没关系。"

"那您的预算大约是多少呢？"

秀吉犹疑地看了妻子一眼。

昭子道："我们想找的是房租在三万日元左右的房间。"

"哦，明白了。我想再确认一下，那房间只是您先生一人住吗？"

秀吉正想作些解释，谁知昭子抢先一步回答说："是的。"并道，"我们在西所泽有自己的房子。不过家里最近有点事，所以我先生想在外面临时找一间单间。"

"噢，是这样，是作办公用房吗？"

"是这样想的。"昭子平静地回答。

"请您等一下。"那个女职员说着便打开电脑输入相关数据。不一会儿，她边看着电脑边说道："三万日元的租金好像是太紧了些。在所泽市内最低也得要四五万日元，不过在狭山丘那儿还有租金是两万八千日元的单间。"

那个叫小野田的女职员说着，便复印了一份狭山丘公寓的资料交给他们夫妇俩。

两人定睛一看，只见上面写着：狭山丘街区 218 号·出租公寓·15M² 单间房租 28000 日元·一个月押金·无礼金·去西武池袋线的狭山丘车站需步行 17 分钟·日照和眺望条件好·交通快捷·购物便利·房屋经过翻新和新居无异。资料上还附着十分简单的平面图。在长方形房间的一半部分写着"洋室"两个字，另外一半则分别标明着玄关、壁橱和浴室。洋室的面积大约有五张榻榻米那么大。

秀吉认真地看着，有些遗憾地皱起眉头，轻声地咕哝道："在狭山丘啊？"

"是啊，就是远了一点。"小野田回应道。

秀吉知道那是从小手指地区再往前去的偏远地方，那儿电车非常少。他不由失望地摇起头来，又问："在狭山丘，只有五张半榻榻米大小的单间每月也要付两万八千日元的租金吗？"

小野田未及回答，昭子又插嘴问道："还有没有其他合适的房源呢？"

小野田应声回答："如果是小手指地区，那还有一间月租是三万五千日元的单间。"说着她又把一张资料递给他们。上写着：菊山大楼 203 室·月租 35000 日元·去西武池袋线小手指车站需步行 12 分钟·朝南的方形房间·优越的地理位置·靠近"7—11"便利店和麦当劳·一个月的礼金·一个月押金·带阳台。

小野田见夫妻俩正看得入神，又热心地补充道："如果运气好，我去和业主商量一下，也许能免收一个月的礼金。这是因为在这幢大楼的底层有家卖报的店面，每天很早就开门了，所以或许会有些吵闹。"

"这点吵闹没有关系。"秀吉大度地说道。他又问妻子："你是怎样想的?"

昭子对此也并不介意,只是说:"我看还可以,从小手指车站下车步行十二分钟就能到达,这和我们现在家里的情况差不多。"

小野田见夫妻俩似有首肯之意,便道:"你们要不要去看看那个房间?"

秀吉道:"那就拜托了。"此时他心里正在认真地算一笔账,不由得感叹道:"如果真的去住那儿,光是礼金、押金、预付租金以及手续费等就要花去十五万日元,这些难道一点都不能省吗?哦,要是能免收礼金的话那真是谢天谢地了。"昭子正仔细看房间的平面图,没有搭话。秀吉又道:"这间房间的面积是十六平方米,玄关旁边是半张榻榻米大小的厨房和浴室,正房有六张那么大,小是小了一点,不过带着阳台,而且景观还不错。从这儿也许能散步到多摩湖呢。"

听了丈夫滔滔不绝的议论,昭子终于也点头道:"你说的倒也是。"

小野田趁机把一张租赁洽谈表放在夫妇俩面前道:"对不起,敝公司有规定,为了加快签约的进程,请先填一下这张表,拜托了。"秀吉拿起这张表,看了看,发现要填写的栏目很多,诸如姓名、住址、电话号码(不要手机号码)、工作单位或者学校、年收入、连续工作年数、担保人姓名等等。于是他有些烦躁起来,问:

"这些全部都要填写吗？"

"是的。不过现在您暂且只需填写姓名、住址以及担保人姓名就可以了。"

秀吉依言行事，先写了自己名字：内山秀吉，又写了住址：所泽市本宫町2-11-8，这时手中的圆珠笔突然停了下来，只听他问道："担保人可以让我的内人来担当吗？"

小野田回答："是尊夫人？她现在在工作吗？"

昭子摇了摇头："我现在只是家庭主妇，没有工作。"

"哦，那还是拜托别人吧。"

秀吉听了，默不作声，手中的圆珠笔还是没有动。

小野田补充道："您写亲戚或者公司的同事都可以。没有他们的印鉴就以后再盖上吧，现在只写上他们的名字可以吗？"

"我的内人真的不能当担保人吗？"秀吉说着，手中的圆珠笔离开了那张表格，他把笔放在营业柜台上。

小野田和颜悦色地解释道："实在对不起，尊夫人现在没有工作，按公司的规定是不能当担保人的。"

秀吉一听，脸色倏然一变。他清楚地知道这种事是不能向公司的同事或上司明言的，如果他们知道了必然问你为什么到外面借公寓房来住呢？就是自己的亲戚，他们的反应也一定是相同的。如果向他们借印鉴，肯定问你为什么离开自己西所泽的家呢？秀吉觉得自己绝不能把儿子秀树的事告诉公司的同事或自己的亲戚。

身边的昭子看到秀吉的脸色变化，似乎已猜忖到丈夫的心思。但她觉得到了这种时候，也应该实话实说了。于是她嗫嚅着问道："由我出面把这事告诉在群马县的哥哥好吗？"

"不要胡说！"秀吉低声地坚拒道。

昭子转脸问小野田："我的母亲开着一个指导穿衣的培训班，让她来当担保人可以吗？"

"不要再说了！"秀吉眼看着地下大声地呵斥道。他的高声使其他的客人以及公司职员都忍不住转过身来看着他们。

"那你说该怎么办？"昭子再次问秀吉道。

这时，秀吉的脸色通红："行了，不要再啰嗦了！"说着他便怒气冲冲地站起身来，拖着伤脚离开了那家不动产中介公司。

离开了那家大型的不动产中介公司后，夫妇俩走在所泽市车站前的大街上。秀吉一边走，一边余怒未消地对妻子数落道："去那种大型不动产中介公司是不行的，当初我不是跟你这样说过吗？你也明白，我和你不一样，是小地方出来的，当时去东京读书时也是这样的，找房子时总是尽量找那些小型的不动产中介公司，只有在那儿才会得到照顾。"见妻子没有回应，他又道："我读书时每月的津贴只有两万日元，生活十分清苦，特别是发津贴的前两三天，每天只吃一顿饭，而且是方便面。"

听着丈夫这样的唠叨，昭子也产生了几分恼意："这个人为什么老是说这种话？"其实，小手指的房产真是很不错的，再说今天没租成也不能怪那家公司，真正的原因倒是秀吉的虚荣心。他爱面子，绝不肯对公司的同事或者自己的亲戚说出其中的原委。昭子不明白一旦他们知道秀树患了自闭症，真会带来严重的后果？难道公司的同事会讥笑他，自家的亲戚会非难他吗？

秀吉拖着那只受伤的右脚慢慢走着。虽然时值十一月末，城市的高楼之间不时吹来冷嗖嗖的寒风，但他的额上已沁出了细细的汗珠，也许这样一瘸一拐地走绝大地消耗了他的体力吧。夫妇俩从车站前的大街上又拐入商业街，他们经过游戏机房和消费者小额信贷所，又经过日式面馆和拉面店集中的小巷，在离车站相当远的住宅街区的入口附近，终于找到了一家位于印章店和接骨医院中间的不动产中介店。

秀吉有些自负地说道："怎么样，这儿不正好有一家小型中介店吗？肯定是像过去那种风格的中介店。"

话虽这么说，秀吉的心里还是有些不踏实。因为在中介店签合同时对方总是要求提供担保人，如果请公司的同事或者自己的亲戚做担保人总是不合适吧？

昭子问："你为什么死活不愿意让公司的同事做担保人呢？"

秀吉正色道："昭子，现在公司的情况很糟，所以我不能让我的上司或是部下看到我的为难之处。"

昭子冷冷地回答："秀树的事难道是你的弱点吗？"秀吉喟叹道："是啊，这至少不是件光彩的事，儿子得了自闭症，怎么好意思对别人开口呢？他们一定会说还是在自己家里好好地看护孩子吧。你连自己的一个孩子都照顾不好，怎么可能和客户保持良好关系呢？"

昭子没有回答，但她心里不是这样想。照顾自己的儿子难道和保持良好的客户关系有什么必然的联系吗？她记得在患者亲友会里很多家长都是在社会上有地位的人，他们的工作和孩子的患病没有关系，他的职业地位再高，自己的孩子也有可能患上自闭症，所以她不能理解秀吉所说的话。

人世间总有那些残障或患病孩子的父母。如果他们的孩子知道父母对外有意隐瞒自己的病情会怎么想呢？一定会觉得自己的存在是一件多么羞耻的事，这难道不是对他们极大的伤害吗？秀树刚患病时，我什么都没能做，也不知道该怎样认识儿子患自闭症这个事实。甚至根本没有想到这事该找人商量或者向外界求助。

昭子记得她第一次向精神保健福利中心打电话正是儿子的暴力越来越严重，自己时刻感到生命受到威胁的时候。那时，秀树常对自己拳脚相加，有时一拳打在喉部，人就感到窒息，甚至失去知觉，所以她很害怕这样下去也许会死在儿子手里。

"妈妈，你不要紧吧？妈妈，你不要紧吧？"

每次秀树殴打了母亲之后，他总会哭着抱着母亲恳求宽恕，我什么都不知道，什么都不能做。听着儿子的哭声，昭子总是这样无助地想。

那时，每当秀吉得知儿子对母亲施暴，也只是对秀树痛骂一顿而已。到后来连秀树的病情以及妻子被打的诉说都不听了。他老是说："昭子，对不起，现在公司的情况糟透了，还是让我安静一会儿吧。"

自从和保健中心的咨询师、竹村医生以及自闭症患者亲友会的医学顾问认识以后，昭子增长了不少知识，通过和他们的交谈，她开始渐渐懂得该怎样正确认识儿子的病情。当然，这并不是说她已经知道了自闭症的致病原因，掌握了儿子的病态心理或者是找到了治病的对策。只有一点，昭子深信不疑地认为是绝对正确的。那就是治疗自闭症，光靠家人的力量是无法做到的。也许通过家人的努力能够解决诸如保持家中的团结友爱之类的问题，却无法治疗自闭症。而且对于这样的问题，绝不能消极地等待由外界的什么人来介入帮助解决，所以当务之急就是要把问题公开。基于这样的想法，昭子坚持认为丈夫对公司的同事和亲戚隐瞒儿子的病情的想法是不对的。

尽管如此，昭子也知道现在就算对丈夫直率地提出自己的看法也是没有用的。她不指望在秋风萧瑟的中介公司门口耐心劝说丈夫能使他理解其中的道理。所以她只是对丈夫简单地说道："进门之前我们先说好一件事好吗？"

　　"什么事？"秀吉不解地看着昭子。

　　"要我做担保人肯定是不行的，我想还是让我母亲来做吧。"

　　"好吧，知道了。"秀吉简洁地说道。其实他也清楚，昭子早已在娘家把儿子的病情告诉了岳母，所以由岳母来当担保人，他也不会丢面子，刚才之所以在车站的不动产公司对昭子的提议无端发火，主要是他一时冲动造成的。

　　"好了，现在没问题了，即使让我们提供适当的担保人这个问题也可以解决了。"

　　秀吉这样说着，率先推门走进了那家不动产中介店。

　　夫妇俩刚推门进店，门铃就响了起来。一个戴着眼镜的中年男子一边说着"欢迎欢迎"，一边客气地迎了上来。

　　他们这才发现这家店面积狭小，而且没有其他来客，窗台下放着一张上面铺放着所泽市周边地图的办公桌，旁边还有几只罩着白布的沙发。

　　秀吉刚落座，忍不住发出一声痛苦的呻吟。

"您的脚怎么啦?"那个手里拿着几份资料和手机的男子关切地问道。

　　"没什么,前几天不小心从楼梯上掉下来把脚扭伤了。"秀吉轻描淡写地说着,又把话锋一转,"我想要租金是三万日元左右的公寓房,而且是小手指、新所泽和航空公园一带的房子。"

　　那个男子很快就送上四份相关的资料。秀吉发现小手指的租金更加便宜。上面写着:沙尼大楼冈田 301 室·出租公寓·月租金 38000 日元·一个月押金·一个月礼金·去西武池袋线小手指站只需步行 7 分钟·面积 14.85M^2(合 4.49 坪)·朝南·带有向外突出的窗户·采光良好·西式房间约六张榻榻米大·新式高级地板·配备自动排风扇和照明灯具。

　　那个男子见夫妇俩对这套房子甚感兴趣,又及时地补充道:"这套房子马上就能入住,而且也不需要入居审查。如果看了资料感到满意的话,我们今天就能签订一个临时合同,这样明天就能迁居了。"

　　经过双方简短的洽谈,最后决定马上签订合同。只是昭子依然不能当担保人,只能以昭子母亲的名义担当,秀吉见事已至此也无话可说,就同意了这样的处理方法。

　　为了去实地看房,夫妇俩坐着中介公司职员的小车在一条狭窄的小路上行驶。明明看到车站就在右方,但小车过了铁路的岔道口开了相当长时间还是没有到达。

坐在副驾驶席上的秀吉见此情况不由得大摇其头："看来到车站很远，步行远不止七分钟哪。"

中介公司的中年男子纠正道："您说得不对，我们现在走的是正路，如果从学校旁边的那条小路过去，步行真的只需要七分钟。"

秀吉顺着他的手势，果然看到在车站前面有一片空地，空地的尽头有一所小学，旁边确实可以看到一条小路。

中年男子解释说："那条路实在太小了，途中有好几处连来往的车辆都难以交错，所以小车一般是走现在这条路。"

昭子心想，就算现在这条路也实在狭窄，两边都是农田，要是能把道路稍许拓宽一点就好了。

中介公司职员的车子只是一辆普通的小车，但每当对面有车开过来时总要先停下来，待对方的车慢慢通过后才能向前开。

车站前面并没有可称作商业街的地方。昭子看后露出了失望的神色，她问道："这里没有商店吗？"

"车站对面就是西友大商场。"中年男子介绍说，"那家大商场每天营业到晚上十一点，非常方便。"

昭子由此想到：秀吉独居一处能够自己煮饭吃吗？不管怎样，刚开始的一段时间大多是要在外面用餐的，那时肯定要去车站那一带吧？

中年男子又补充道："车站前面有中华料理店，西友大商场里也有披萨店和荞麦面店，如果通过旁边的岔路还可以找到高级的皇家大饭店。"

走到那岔路至少要花一个小时吧？秀吉心里这样想着，但他表面上缄默不语，只是漫不经心地看着车窗外的景色。

那幢公寓就在商品住宅区的一角。

由于道路狭窄无法停车，他们不得不在离公寓五十米左右的停车场下了车。这一带行人稀少，只听到小鸟忘情地鸣叫。沙尼大楼是一座外表肮脏的茶色建筑物，楼梯很陡且没有扶手。秀吉只好横着身子，拖着伤脚，一个台阶一个台阶地上楼。楼上的走道里铺着灰色的塑料地板，昭子看了不太满意，觉得这儿简直就像一家医院。打开房门一眼就看到里面的房间，玄关只是一个长宽各五十厘米的下铺水泥地的正方形狭小空间，由于厨房的水斗向外突出，所以连放鞋箱的地方都没有。此外，玄关和房间的地面高差还不到三厘米。房间的地板上贴着"房间清扫完毕·严禁穿鞋直入"的纸条。

厨房也十分逼仄，如果两个大人站在里面，连转身的空间都没有。

那个中年男职员热心地解释说："厨房里有一台电炉，也可以使用煤气。"

　　尽管听着他的介绍，但夫妇俩对现状仍然不甚满意。厨房的水斗里只能放两只拉面的海底大碗，浴室的大小和所泽市商务旅馆的几乎一样，一个成年男子如不是抱着膝盖坐下，便进不了浴缸。最使他们感到刺目的是无论墙壁、地板还是坐便器里都留着黄色的斑迹。

　　进入只有六张榻榻米大小的西式房间后，昭子感觉天花板太低。她心想自己家里也是商品房，天花板也不算高，但是这里还是没法和家里比。要是里面有三个大人就会感到十分闷气。房间看来是朝南的，而大窗却是朝北的，外面的阳光几乎照不进来。房间的东面虽然也有一扇小窗，但是紧贴窗口的就是隔壁邻居的墙壁，两者之间距离很近，几乎伸手就能碰到，所以阳光仍然不能照进房间。

　　房间的地板异常软，人在上面会感到非常不舒服，而且地板上还有几只已经干瘪了的死蜘蛛。

　　昭子最不能理解的是壁橱竟然是突出来的，壁橱和地板之间还有几十厘米的缝隙，如果晚上关着灯在房间里走动，人的头部岂不是会碰到突出的壁橱吗？

　　"嗯，由于是这个租金，也只能是这种感觉了。"

那个中年男职员见夫妻俩脸色凝重，一边关上窗户，一边自嘲似的说道。同时他又捡起地板上的死蜘蛛扔到外面。

"就要这间房吧。"

秀吉终于打破了沉默，艰难地说道。

回到不动产中介公司后，夫妻俩当即和公司签订了临时租房合同。秀吉决定当天就搬到新居去住。他对妻子说道："昭子，对不起，赶快回去把我的东西收拾一下，用车送过来好吗？我也要赶到旅馆去办退房手续，然后再去买一个电气暖炉。"

昭子听了丈夫的话后不敢怠慢，先请那个中介公司的男职员画了一张到小手指租赁公寓的简单路线图，然后乘电车返回家中，开始急急忙忙地收拾起丈夫的物品。知美看到母亲这样忙碌，也赶紧从二楼下来帮忙。

"妈妈，你们找的房子在什么地方呀？"知美好奇地问道。

"我们借了小手指地区公寓里的一个单人间。"昭子简单地说着，一边把带柄的小锅和电炒锅以及茶碗、筷子、几个碟子、吃拉面的大海碗、玻璃杯等物品用报纸包好放入纸板箱里，然后把三套西服连衣架一起放入旅行箱，接着又把白衬衫、领带、毛衣、羽绒背心、睡衣、鞋子等一古脑儿地塞进去。除此之外，还加上放在桌上的杂志、四本书、文房用具、椅子坐垫和台灯。

收拾完纸板箱和旅行箱后，昭子又把电热毯、褥垫、垫盖的被子等大件物品打成一个大包直接放入自家车子的后车厢里。最后，又把毛巾、香皂、洗发水、手纸等零星的东西放进一个塑料袋里，她心想，丈夫一人在外生活不容易，要是有什么东西不够的话还可以再来拿。

　　那个不动产中介公司的中年男职员也来帮昭子把行李搬入房间里。临走时，为了表示感谢，她瞒着丈夫偷偷把一只三千日元的红包塞入那人手里。秀吉本也想帮忙搬运那只纸箱，但他走到楼梯面前就走不动了。通过来往四次的搬运，终于把车上的东西全部搬入房间。这时，天色已暗，秋风更凉。昭子马不停蹄地在房内忙碌着。她往厨房内电炉旁边进深很浅的木架上排放好碟子、茶碗、吃拉面的大海碗，又在卫生间放上手纸，再把香皂和洗发水放在浴室的搁架上。

　　昭子看到厨房的地板上放着一些装在西友商场塑料袋里的杯面和咖喱饭等快餐食品，她心里不由得带着几分犹豫：马上就要吃晚饭了，我是在这儿自己做好呢，还是到外面寻找小餐馆的同时顺便一起吃饭呢？秀吉一定是不主张在外面吃饭的，他就是那么个人，像刚才那样，就是等人也爱在书店的门口而不愿在茶馆的里面。于是，昭子轻轻地问道："今天的晚饭怎么办？要不要到外面去吃？"

"我在这儿随便吃一点就睡觉了。"秀吉淡淡地回答，并指了指那只伤脚。昭子明白丈夫的意思，也许是因为脚痛，现在不想出门了。此时她也担心，如果丈夫要我做点吃的，该怎么办呢？由于考虑一个人独住，所以这次茶碗和拉面大海碗都只带来一个，坐垫虽然有两只，但这儿只有一把椅子。况且秀吉委托那个中年男职员从西友商场买来的电被炉又是最小规格的，简直像幼儿学习机那样。昭子心想，如果夫妻俩相对而坐，靠着那只小被炉的暖意，吃着杯面或咖喱饭之类的速食品，将会是怎样的情景呢？不管怎么说应该还是可以的吧？

由于这次是突然搬家，一切都是那么匆忙，几乎连感伤的时间也没有。看着秀吉一人拥着那只小被炉，蜗居在这个壁橱外突的小屋里的样子，昭子悲从心来，突然产生了恋恋不舍的情愫。

昭子稳定一下情绪后，觉得自己还是暂且离去的好。她对丈夫说道："好吧，如果还需要什么，我可以马上从家里再拿来。有什么事随时打电话告诉我。"

说着，昭子便起身准备回家。秀吉费力地站起来，把妻子送到玄关，并关切地叮咛道："你自己也要保重啊。"

昭子坐在车上，仰头回望秀吉住的房间，不由得又产生了"这样做真的好吗？"的疑惑。此时，她的内心酸甜苦辣、五味杂陈，既有让丈夫一人留在这样冷寂之处的罪恶感，又有冲出迷途的沼泽地、走向宽广大路的解放感。

秀吉

秀吉深受伤痛的困扰，只感到背部、肘部、手部、浑身上下都是痛楚。右脚指肿成了紫色，只贴了一副膏药，痛不堪言。在这样狭窄的浴室里洗澡也是一件十分困难的事情，每当身体转向受伤的脚部就会碰到旁边的硬物。同时又要注意洗澡时不能让水溅到额头的伤口。进入浴缸已经很费力了，而要从中出来并擦干身子更是难乎其难。

秀吉左脚穿着袜子，右脚则缠着绷带直接穿上旅游鞋。由于松开鞋带还是不能穿鞋，他干脆把鞋带也抽去了。但是这样一来，鞋子就托不住脚，极有可能在走路时掉下来。没办法，秀吉只得把鞋带穿过鞋底然后绑在脚背上。这样实在太难受了，上电车时须时刻提防不让别人踩着自己的脚，而下楼梯时更为紧张，因为那时根本看不到自己和别人的脚和鞋子。

公司知道秀吉脚受伤的事后，决定让他搬到楼下办公。秀吉知道他现在无法外出销售，就向经理提出自己可以先干一些诸如审阅部下提出的销售报告以及整理积压的会计传票之类的事情。

他的部下立花也说自己汇总了下周开会用资料的概要，想请秀吉帮忙看一下，于是两人趁机谈了一会儿。立花一边看着赛车制造公司的名单，一边告诉他像这类的客户已经减少了许多。就连赛车的零件加工厂和组装厂家也递减到十年前的五分之一。立花说到此，又有些心有不甘地补充道："尽管如此，还是有几家客户对我们公司有兴趣，不过现在只是打电话来询问情况。对公司的王牌产品散热片也不是不想要，而只是提出在技术上无论如何需要改变铸型。由于这样做需要若干设备的投资，所以对他们的要求我实在不敢应承，关键是自己没有决定权。说实话，我对公司的产品还是有信心的。如果处置得当，也许还能打到海外市场去呢。那家公司对我也是这么说的。"

秀吉叹息道："公司没有新的投资呀。"

立花一脸的无奈："我也多次委婉地向专务提起过这事，但他总是一口拒绝。"

秀吉正色地反问道："你难道以为专务不明白其中的道理吗？"

他本想说真的不了解情况的也许就是我们，但话到嘴边又咽了下去。立花看到秀吉这样的表情似乎也察觉到了什么。

立花继续说道："现在公司里还在传为了资产重组可能要成立第二销售部的事。我有一天在看杂志的时候，偶然间产生了公司可能会在某一天突然倒闭的预感，但是苦于现在还没证据，因为我对公司的财务状况一点都不知道啊。像我们这种人也只是在吃午饭的时候光凭自己的想象来猜测公司里的各种流言，一点用处都没有，真是憋气呀。"

秀吉知道，立花已在前年有了孩子，并在新井药师地区买了一套设施齐全的公寓。

"次长有没有想过跳槽的事啊？"立花突然压低嗓门小心地问道。

看他这副鬼鬼祟祟的样子，秀吉想想也觉得十分好笑和奇妙。尽管人还在这家说不定什么时候就会突然倒闭的公司，但是谈论跳槽还是心存忌讳的。虽然公司并没有刻意禁止，但在职员中大多还是不想提及这类丧气的话。不要说在工作时间内不太提跳槽的事，就是在午间休息的时候也没有人说这样的话。

于是，秀吉也轻轻地喟叹道："对我来说跳槽也难，我一直在这家公司工作，实在抹不下脸去干别的行当。"

"次长今年是不是四十八岁？"

"我已经四十九岁了。"

"是吗？我今年也三十八岁了，我有一个原来在大学登山队一起活动的后辈同学，他现在在银行工作，他忠告我说：'这只是时间的问题，立花君要及早考虑跳槽的事才好。'"

"这是什么时候的事？是和我们公司有关系的商业银行吗？"

秀吉略显艰难地问道，他觉得喉咙里似乎吞下了难咽的异物。

立花道："那是上个月月末的事。他工作的银行是商业银行中的一家，我虽然也觉得这家伙一定是随口说说的，因为他这家银行不是我们公司的融资银行。但是一想到他的话也许有些来头，说不定是他们业内人士流传的话，所以心里确实有些不安呐。"

"是啊，确实有点让人担心。"秀吉轻轻地附和道，突然，他感到一阵头晕目眩，似乎觉得自己暂时办公的会议室的重力不知因何达到了平时的三倍以上，以致产生了"我还能离开椅子，站起身来吗？"的错觉。现在来看，必须去寻找廉价的公寓了。根据昭子从网上看到的不动产信息，现在租便宜的公寓也要准备二十万日元左右，显然自己付不出这么多的钱，那只能打算去租借更便宜的房子了。使他自己也困惑不解的是，为什么当听到银行说公司倒闭只是时间问题的时候，自己却要为了搬家而白白浪费大量的金钱呢？

秀吉这样委屈地想着，心中燃起了不平的怒火。他的怒火，不仅是对着秀树，几乎是对着社会上所有的人。

立花见秀吉面露愠色，急忙又补充说道："次长，这话只是说说而已，请不要太当真了。我当时听到这话后，首先想到是一定要准备一份求职的履历表了，当然这也并不是说我真的开始了跳槽行动，只不过是想为了应对万一而作一点必要的准备。那天我去了附近的一家文具店，没想到一看到履历表就突然害怕起来，对它产生了前所未有的厌恶感，我那时的感受你能体会吗？"

"哦，我当然能体会。"秀吉有些含糊地回答。其实，他根本不能想象自己会去做出私下买空白履历表、暗中填写的事来。他曾经看过一些商业杂志，还记得里面写过的一句话："由于终身雇佣的幻想已经终结，人们面临着新的选择，必须重新认识自我的价值或是最后依靠自己的能力再创事业。"从这句话的意味来看，据说今后社会上将建立横向的劳务市场，进入了公司职员自由跳槽的时代。

不过，秀吉认为这些话也许仅仅是评论家们的言词罗列。那些在公司里干了十年、二十年的职员们身心中浸淫的感觉并不是这样的，从立花一见履历表就恐惧不安来看，就能清楚地知道这一点。他进而想到，自己二十多年来一直在同一家公司工作，维护企业的事业是理所当然的事。公司里有自己相濡以沫的同事，有可以推心置腹的上司，有住宅补贴和上班津贴，有生活保险，有对自己知根知底的公司集团，他在这里工作的二十六年间已和公司融为一体。如果说只看到履历表就害怕，这就说明自己存在不愿看到离开公司集团后的一个赤裸自身的恐惧心理。离开了公司的保护，自己就成了无依无靠的无用个体。所以，现在尽管公司的情况这样糟，但谁都不愿公开谈论跳槽，其根本的原因就是谁都不想成为脱离公司后孤单的无根之萍。

早晨八点，儿子秀树打来了电话。由于已经说好今天要去寻找所泽市的公寓，秀吉原以为这电话是昭子打来的。

　　"父亲？"儿子的声音使秀吉一下子被惊醒了。刚听到儿子的声音，心里不由得充满着难言的快乐，但很快又被"到底发生了什么事？"的担心所替代。

　　秀树问："你被吵醒了吧？"

　　"不，已经到时间了。你在干什么？为什么一早就打电话来？"

　　"我已决定早起床了。"

　　"哦，你真的能早起床了吗？从今天开始不睡懒觉了？"

　　"只是睡眠不足，人有点困乏。"

　　"是吗？你真的能早起床了吗？"

　　"我把闹钟调好时间，然后又拜托母亲按时叫我起床，所以就能做到了。你的伤势怎样了？"

　　"脚还有点肿。不过走几步路还是可以的，所以不用担心了。"

　　"是吗？真是对不起。"

　　"不要再说了，我已经没事了。"

　　"噢，我只是想告诉你我开始早起床了。"

　　秀树说完便挂上了电话。秀吉觉得这是父子间很久未曾有过的认真对话。霎时，一种罕有的幸福感涌上了心头。那家伙为什么会想到早起的呢？也许他真的想去正经地打工了？他的声音也是洪亮的，好像带着少有的生气。下午碰到昭子的话，我得把这事告诉她，她一定也会高兴的吧？

秀吉在车站大楼的楼梯上又差一点向前滚落下去。由于身体失去了平衡，他只得用两手拼命地抓住墙壁不使自己倒下。刹那间，他又想起了被秀树一脚踢倒，自己横着身子从楼梯上滚落下来的情景。秀吉感到在人流如潮的车站里走路特别艰难，他在约定碰面的地方见到昭子的身影后，才总算轻松地舒了一口气。

秀吉庆幸地想到：在刚才的紧急情况下幸亏自己没有倒下。现在好了，就算发生什么事，身边也有把自己送往医院的亲人，这样尽可以放心了。

"你这个样子在公司里也相当不便吧？"昭子见丈夫走路艰难的模样，关切地问道。

经妻子这么一问，秀吉便把自己刚才在车站大楼楼梯遇险的事告诉了她。他原打算和妻子一见面就对她说早上秀树打电话来的事情。谁知由于突发的情况使他竟然错过了这个话题。接着，昭子立刻把自己从网上下载的有关资料拿出来给丈夫看。秀吉听妻子说所泽市的周边地区没有五万日元租金以下的房源后，更把秀树打电话来的事情抛到了九霄云外。他听昭子说租金要花五万日元，气就不打一处来。这是什么混账话？昭子她究竟是怎样考虑安排家庭生活的呢？现在要继续支付按揭贷款和维持知美的大学学费都已经变得十分困难。如果在这种状态下还要每月不停地支付五万日元的租金，这将有什么样的后果，想必她也知道的吧？

昭子安慰道："不要太着急，要做的事很多，现在只能根据轻重缓急一样一样地做。你说是吗？"

秀吉感到妻子的话不无道理。但是现在家里收入只有减少不再增多。在除了耗费存款再无他法的情况下，如果再想凑齐一笔钱应付计划外的事项，那简直是自断手脚了。现在，昭子通过网络调查了所泽市周边的房源情况。最后的结论是没有那种浴室、厕所以及厨房都共用的廉租公寓。

妻子的话使秀吉又想起了当年从群马县去东京上学时住在练马公寓的往事。那时房间只有三张榻榻米那么大，除了书桌和被褥之外再也放不下其他东西。但月租低廉，一共才七千五百日元。于是他对昭子又旧事重提，说现在住那样的房间也好。谁知妻子却冷冷地反问他这是什么时候的事了？秀吉这才恍然大悟，他竟然忘记这事已经整整过去三十年了。

当不动产中介公司的职员说要写上担保人的姓名时，秀吉的头脑里出现了一片空白。他终于想起自己已经忘记了担保人的事情。他责怪自己实在是太粗心了。按理说昭子是在东京出生的，从没有一人借住过公寓，而自己应该想到这一点的。公司的女职员说小手指地区还有月租三万五千日元的单人房，但是必须要有明确的担保人签字，否则就不能租借。在不动产中介公司的租赁表中确有一个担保人姓名的栏目，当秀吉的目光扫过这个栏目时，头脑中顿时出现了公司的上司和同事以及亲戚兄姐之类人物的形象，于是他向昭子投去责怪的一瞥，暗示她不可向他们提起秀树的病情。

　　听到担保人这个词，秀吉的脑子里立刻交替出现了公司同事和秀树的形象，两者搅在一起，简直成了一团乱麻。让公司知道这件事并非让人感到羞耻，只是自己很难把秀树的问题向公司提出来。因为公司历来是不容许考虑其他私事的禁区。做不到这一点就不能认真地工作。如果真的向齐藤专务提出让他做担保人，又会怎么样呢？他一定会问你为什么要一个人离家别居呢？那时无论是当面坦承或是撒谎掩饰，结果都是一样的。即使他对此充满同情，最多也只不过说一声："你老兄也太倒霉了。"

　　秀吉知道秀树的病情也不能对自己的亲戚或兄姐说。这并不是要对他们刻意隐瞒什么，也不是说没有从容细说的机会。自从秀树和知美长大之后，即便每年的盂兰盆节和春节，他们一家也不再回群马老家了。所以和留在群马县照顾父母的哥哥也疏于往来。这几年来，除了前年母亲因十二指肠溃疡住院期间，其他时候几乎都不通电话。如果现在突然特意给哥哥打电话，告诉他自己儿子患自闭症的事，有这个必要吗？昭子好像把秀树的病情告诉了娘家，但是群马和东京地方的普通百姓是两个不同的档次，他们对自闭症这类社会问题的认识也是不一样的。

此时，秀吉的思绪很乱，他也知道现在当着不动产中介公司职员的面对妻子发火是不明智的。可是昭子还在问那个女职员是否可以让自己的母亲当担保人，这等于是告诉别人自己存在不能向亲戚告知此事的弱点。秀吉真的生气了，他对妻子大声地嚷道："不要再说了！"他知道自己的声音一定很响，因为公司里的客人和其他职员都把目光集中到他们俩身上。

昭子听到丈夫的吼声一时也懵了，她轻声咕哝道："那你说该怎么办？"

"行了，不要再啰嗦了！"秀吉继续发怒道，他对那个笑脸相待的女职员连招呼也不打，就站起身来怒气冲冲地拂袖而去。

昭子呆若木鸡地看着丈夫这突然的鲁莽举动，随后也跟了出去……

秀吉深感那个在车站大楼里的大型不动产中介公司实在不合自己的心意。记得去东京读书的时候，他为了寻找住宿的公寓，专去找城里那些外表典雅古旧的中小型不动产中介公司。结果在练马只有三张榻榻米大小的小房间里整整住了两年半。在那儿每天从早到晚都能听到隔壁房东住处传来的诵经声。那个房东是个半年前刚死了丈夫的老婆婆。秀吉当时每个月只能拿到两万日元的津贴。每当临近发津贴的时候，口袋里空空如也，每天只能吃一餐勉强维持生活，而且吃的尽是最便宜的方便面。那个房东老婆婆虽然平时难得见面，不过有时还能从她那儿拿到供奉佛坛的两根香蕉聊以充饥。当然，出生在东京的昭子对这样的事情是一无所知的。

一路上，昭子难释疑惑，固执地又提问道："你为什么死活不愿意让公司的同事做担保人呢？"

秀吉感叹昭子的不懂事。他认为在现在这样的状况下，绝不能让公司里的同事看到自己弱点。谁知昭子听了他的解释后并不服气，继续反问说："秀树的事难道是你的弱点吗？"妻子的固执使得秀吉更为生气：如果不是弱点，难道你想说家里有个患自闭症的儿子反倒是优点不成？想想自己为了做好工作，平时在部下面前也时常摆出一副不苟言笑的模样，而现在这个平时威严的上司却在部下面前大谈自己没有教育好儿子，部下今后还会认真听从这种上司的话吗？平时自己对待部下的态度像父亲一样严厉。但是，一个在家里当父亲不够格的人，他在公司里对部下还能保持父亲般的威严吗？

他们走进一家古旧的小型不动产中介公司，马上找到了自己所需的房子，最后决定由昭子的母亲当担保人。租借的公寓房子就在去小手指车站南口只需步行七分钟路程的住宅区中间。实际上那儿离车站相当远，不过绿树成荫，环境相当不错。也许是一整天的东奔西走，秀吉的脚又肿又痛。况且那栋公寓的楼梯又很陡，他上楼十分艰难。房间的面积有六张榻榻米那么大。壁橱是突出的，所以实际面积只有五张半。但不管怎么说，比过去三张大小的房间确实宽敞多了。这儿比较寒冷，看来很需要暖气，如果有一只电被炉就好多了吧？

回到不动产中介公司后，双方立刻签订了临时租赁合同。对方说如果能预付礼金、押金以及租金和手续费的话，今晚就能住进来，于是秀吉决定今晚就搬家。他吩咐昭子立刻回家收拾东西，自己也马上赶回旅馆办理退房手续。经过交涉，他还得到了旅馆退还的半天房费。昭子回家后很快送来了包括全套被褥在内的许多居家用品。此外，他又拜托中介公司的那位中年男职员去西友大商场代买了一只最小规格的电被炉，还在那儿的食品柜买来了一些杯面、罐头蒸煮米饭和速食咖喱饭等食品，秀吉心想这下至少能对付三天了。

昭子把电炒锅、茶碗、碟子和椅子坐垫、衣服以及毛巾、香皂、洗发水、杂志，还有众多的随身物品一古脑儿装在纸板箱里随车运来。

天色已晚。

昭子问道："今天的晚饭怎么办？要不要到外面去吃？"

秀吉懒散地回答："我在这儿随便吃一点就睡觉了。"

此时右脚痛得厉害，他把脚横搁着一动也不想动。

昭子最后只得说："好吧，如果还需要什么，我可以马上从家里再拿来。有什么事随时打电话告诉我。"

秀吉起身在玄关处目送妻子离去后，突然想起自己竟然忘了对妻子说秀树打电话来的事情。刚才忙着搬家，根本没有顾得上闲扯其他的事情。

秀吉拥着电被炉吃了一碗杯面。然后，他一边煮咖啡，一边饶有兴趣地看着已读了一半的司马辽太郎写的小说。他煮的是摩卡咖啡，不一会儿，房间里弥漫起一般浓郁的咖啡香味。他心想，像今天这样拥着被炉看书已是好久未有的事了。

晚上七点过后，昭子打来了电话，她关心地询问："身体好些了吗？"秀吉回答："现在已经没事了。"挂上电话后他又有些后悔："要是问问秀树的事就好了。他早上起得那么早，现在在干什么呢？"

夜深了，秀吉开始感到后背有些发冷，于是他在毛线衣上又加了件羽绒背心。此时夜风频吹，窗外的树木在猛烈地摇晃着。秀吉久久难以入眠，他回想起今天发生的事情，引起了颇多感触。昭子看来是不放心的。因为她一直在担心我一个人能否单独地生活。在签订临时租赁合同时她多次问："那间房间真的合适吗？"昭子好像并不中意租赁的房间。确实，这里的采光条件很差，厨房和浴室也过于狭小。

秀吉对此却不以为然，他想不管怎样，现在的条件要比过去好多了。想想自己的学生时代，那时住的公寓最初连浴缸和淋浴都没有，而且没有送货上门服务，也没有搬运服务中心。当时都是把行李放入布袋，以铁路货物的形式运送。这种铁路货物的配送服务称之为"铁路托运"。那些装行李的布袋都由厚厚的、硬邦邦的帆布制成，其中可以放入衣服和锅盆瓢勺。每只布袋的袋口都用绳子扎紧。秀吉回想起过去经常通过铁路托运的事，一个人不由得莫名其妙地笑起来。

听着窗外风吹的声音，秀吉又想起群马老家的事。养育他的地方是一个山间小镇。每到冬天，刺骨的寒风吹来，耳朵和脸颊都会感到疼痛。

也许是电被炉带来的温暖，秀吉感到左脚的痛楚有所缓解。他觉得今晚真是难得，一个人能静静回想起学生时代和群马老家的往事，也确是很久未有的清福了。当视线又回到书本上时，他又暗自感叹这样清闲的心境该是多么难得啊。刚才昭子还来电话不放心地问："身体好些了吗？"她万万没有想到住在这儿不仅不感到寂寞，心情还特别安乐。此时，秀吉也感到些许疑惑：尽管离开了自己的家庭，心里反而产生了一种前所未有的轻松感，这究竟是为什么呢？难道这样独居几天后感到寂寞时再会产生恋家的感情吗？

知美

　　不知谁在哥哥的房外敲门。轻轻的敲门声惊醒了知美。她知道敲哥哥的门总不会有好事，所以尽管今天是星期六，学校不上课，但知美还是赶快早早地起了床。当她离开房间走到走廊上时，恰巧看见母亲也在那儿。

　　"是我把你吵醒了吧？这就起床了？"母亲有些意外地问道。

　　知美点点头，心想我是还想再睡一会儿，但没想到妈妈这么早就来敲哥哥的门。这么说来，昨晚哥哥一定在字条上对妈妈提出这个要求了。去浴室路过哥哥的门口时，知美轻轻地把耳朵贴在他的房门上，结果没听见里面有任何声响。

　　昭子对知美郑重其事地说道："今天，我要陪你父亲去找公寓，可能晚一点回来。"

"知道了。"知美懂事地点了点头。

餐桌上放着母亲从网上下载打印的有关不动产信息的材料，每一份材料都是单间房的信息。知美饶有兴趣地看着，心里暗忖：这些单间房都紧贴着浴室或厨房，一定会比我的房间感觉更狭小吧？

知美和母亲俩慢慢地吃着烤面包、火腿肉和酸奶，简简单单地打发了早餐。餐厅里一片静寂，显得十分安定。反常的是餐厅里没有咖啡的香味，楼上也听不到摇滚乐的声音。知美终于意识到，父亲离家后家里确实发生了一些变化，而且再也不会发生父亲和哥哥打架的事了。虽说是这样，知美并不认为父亲离家就是一件好事，也不觉得自己不想见父亲的面。

平心而论，知美在吃饭时并不讨厌父亲坐在自己的对面或是旁边。只是讨厌如果父亲和哥哥在一起，就会担心不知什么时候他们又打起来，为此她常常紧张得要命。但是，一旦父亲真的不得不从她眼前消失，她对父子俩的讨厌又模糊了，并且真的不明白过去为什么会有这样的情感。父亲离家才第三天，知美就觉得母亲有些变了。

提起哥哥的事，知美有些好奇地问母亲道："妈妈你有没有问他早上起床的理由呢？"

"我没有问他。"母亲平静地回答。

"为什么?"

"因为我想如果他不愿说的话,是不会告诉我的。"

母亲这样的说法使知美暗暗地吃了一惊。她虽然说不清母亲近来哪些地方发生了变化,却清晰地感到母亲的想法和近藤的思想极其相似。"我想去意大利就去,不想去也可以拒绝。"近藤就是那样想的。

早餐后,知美再次仔细地阅览了那些父亲也许会去入住的不动产信息材料,材料里有建筑物的外观和房间内部的照片。她暗自把那些照片和近藤给自己看的图册里的意大利热那亚的街区建筑物照片进行了比较,结果发现热那亚街区的照片比这些材料里的照片要漂亮几万倍。

秀树

头脑里嗡地响了一下。虽然人已经醒来,但整个身体躺在床上还是没有动弹。秀树有些气馁地想道:真要是这样,就是闹钟响了也难以起床吗?他想起昨天在留给母亲的字条里这样写着:"请在早上七点整敲门叫我起床。"没想到自己竟然在母亲敲门之前就已经静静地醒来。秀树知道要母亲早上七点钟叫醒自己起床无疑是十分罕见的事。原以为母亲见了字条会说些什么,谁知她竟然什么都没说。自从父亲离家的那天晚上起,秀树就再也不吃安眠药和镇定剂了。但由于闹钟的电池没有电，所以昨天醒来时发现已经是中午十二点了。今天清晨天快亮时才上床休息。当时人很疲乏，只感到身体重得像块铁，他觉得如果平躺在床上，心情平静的话，过几个小时就能昏昏欲睡了。但就在那时，他突然想起了柴山的那张脸。

秀树很想在自闭症网站的论坛上找到那些从日夜颠倒的生活中摆脱出来的患者的经验，可惜的是网站论坛上没有这方面的记载，只是有患者介绍了如何从体内排出安眠药和镇定剂成分的方法。于是秀树决定按照那人介绍的方法试行。每天喝五瓶乌龙茶，这样就能使留在体内的睡眠药和镇定剂成分和小便一起排出体外。为了进行这个试验，他特意在夜晚从家里溜出来，在便利店一下子就买了十瓶乌龙茶。没想到那十瓶乌龙茶非常重，当他拿着回到家时，只感到手都酸软了。秀树把那十瓶灌着茶色液体的塑料瓶一字摆开地排放在房间的墙角，远远地看这些乌龙茶，就像自己获得了什么新式武器。他这样想着，觉得终于能看到柴山离开家门时的情景了。

秀树想把自己早起的事告诉父亲，于是他迅速地拨通了父亲的手机，对父亲说："我已决定早起床了。只是睡眠不足，人有点困乏。"

"是吗？你真的能早起床了吗？从今天开始不睡懒觉了？"父

亲似乎很高兴，语气里流露出夸奖的意味。

秀树听到父亲少有的表扬更是喜出望外，并真切地感受到原先堵在头脑里像乱麻一样的污秽一下彻底地排出了体外。于是他再次为自己伤害父亲的行为向父亲道歉。

"不要再说了，我已经没事了。"父亲大度地说道。

秀树本想再问："你现在在哪儿?"但怕再次引起口角就没有再问。最后他对父亲说了声："我只是想告诉你我开始早起床了。"就挂上了电话。

对面的柴山家没有后门，所以每次送货上门时，送货员总会在他家的院门口按响电铃。

秀树从昨天下午开始，就一直监视着柴山家的院门，但没有发现有人送货上门，也没有邮寄包裹送达。直到晚上八点左右，才看见柴山悄悄回家的人影。秀树还是第一次看到柴山开门进入宅院的情景。只见他穿着淡茶色的外衣，脖子上缠着围巾，进了院门后快捷地向家门走去。

秀树也迅速地移动身体，从左边开始依次通过不同的窗纸孔向外观看，紧紧地跟踪着柴山。当家门打开时，秀树看到了正在房内的雪儿。雪儿穿着一件毛衣和一条直至脚踝的长裙。可惜长发遮住了半边脸，看不清楚她的面容。

秀树开始喝瓶装的乌龙茶。现在还不是夏天，所以一天无论如何也喝不了五瓶。昨天只喝掉了一瓶半。今天从早上开始不吃饭光喝乌龙茶，最后还是剩下一瓶。临近天亮时，他突然感到一阵阵浓浓的睡意，他知道这是身体表面还残留着镇定剂成分的缘故。此时，他感到身上的皮肤表面好像是涂了一层膜，甚至觉得头发也像是塑料做成的，这些都是他强忍着不睡觉造成的错觉。

"你傻不傻呀？"秀树仿佛听到体内一个奇怪的声音对自己这样说着，"为什么整天从窗纸孔里监视人家呢？别人的事你不能放手不管吗？"

记得刚进大学时，秀树曾对一个名叫堀内的女孩子羞怯地问道："你能告诉我你的手机号码吗？"

堀内煞有介事地回答："好的。不过今天没有带手机，以后告诉你可以吗？"

于是，秀树后来总是傻傻地站在教室旁边等待那个女孩。但是堀内好像早已忘了自己的承诺，每次走过秀树的教室，总是若无其事地飘然而过，甚至看都没看他一眼。秀树还记得那最后一次的情景，当时堀内飞也似的离开现场，不一会儿就在他的视野内消失了。而那时秀树呆立着瞠目结舌，周边的环境他至死也忘不了。因此，当他通过窗纸孔内朝外窥看，偶然想到那天的场景时，就感到全身疼痛，好像是带着膝盖和胳膊肘的伤口去洗澡那样地难受。

早在受到堀内冷遇的时候，他就想过"别人的事能不能放手不管？"的问题。他在去当大楼清洁工的时候，有一个像腹语术偶人模样的小老头不客气地直呼其名地说道："内山，你来一下。"那时他就立刻想："别人的事我不是可以不管吗？"这样一想，对别人的无礼也就不感到生气了。他知道如果计较起来，就会带来难以穷尽的烦恼。

秀树感到不管别人的事也就是减轻自己的负担，这是自闭症患者的一个基本生活原则，也是一个正确的判断。抓住别人的事不放——这多半像是一种社会原则，但对我来说，是一个骗人的鬼话。

秀树虽有这样的认识，但在内心并不完全认同。他确实想放过那个腹语术偶人模样的小老头，但是实在不想对堀内这样的美丽少女放手。而且他也为自己被堀内抛弃而感到痛苦。至于那个嘲笑说"在埼玉县《少年 Jump》杂志是晚两天出售"的大学同窗也不想计较。但现在使他为难的是，在当今世界上，想管的人和不想管的人都混在一起。患了自闭症后，他最大的心愿就是不想管的人就随他去，想管的人就紧抓不放。他还记得在自闭症患网站论坛上曾登过一则启事，上面写道："我是个不想见人且使人感到恐惧的病人，现在募集愿做我朋友的人。"这种病态的微妙心理也许能折射出与秀树近乎一致的心态。

秀树不想对雪儿的事放任不管，他甚至认为雪儿也一定是希望得到他帮助的。那天夜晚，尽管全身裸体的雪儿把她的手指从秀树手中使劲挣脱出来，但她一定想说："请你一直留在这儿陪伴我。"因此，秀树认定雪儿不属于"对别人的事能不能放手不管?"的范围。

那晚的月光下，秀树真切地看到了雪儿那有着美妙曲线的大腿和臀部。如果现在按照"别人的事能不能放手不管?"的声音要求安然入睡，那也许就不能再次看到雪儿迷人的大腿和臀部，再也不能和她亲密握手了吧?

"是，这里是女性谈话中心。"

秀树依稀记得这是东京都位于立川的一处援救所。接电话的是一位年约四五十岁的女职员。从对方简洁的话语中，秀树感到了一种别样的职业气氛，心想："那里是救援中心，她们也许习惯应对更紧迫的事务了吧?"

秀树说道："喂，喂。我有点事想请教一下。"

他觉得自己的语调有些僵硬，应该再放松自然一些。

那名女职员口齿清晰地说道："对不起，这里是专门涉及女性问题的谈话机构。是性命攸关的电话，你明白吗? 最好遇到这类问题才使用这个号码。"

秀树从对方的语气中明显感到她有些不耐烦了。什么性命攸关的电话，难道我的声音有什么异样？听了我的声音，对方会有我要自杀的预感吗？再说了，这个中心难道只接受家庭暴力受害者本人的电话吗？他本想立刻挂上电话，但又想如果这样轻率地处置，不是把自己和雪儿之间的关系也切断了吗？尽管有些为难，还是要把话说完。这样做没有什么可感到害羞的，而且也不是对别人提出要求，不管结果怎样，对自己没有一点伤害。

秀树鼓起勇气，继续说道："不，我不是说自己，主要是向你们反映邻居家的事。"于是秀树开始详细地说起在柴山家发生的暴力事件。他想尽快让对方知道这是一个有关家庭暴力的投诉电话。

最后，秀树又加重语气说道："这难道不是一桩家庭暴力事件吗？我想应该是的。他家的老公正在毒打自己的老婆。"

"这事是您亲眼所见的吗？"

那个女职员突然改变了刚才那种职业性的语气。秀树似乎感受到那个女职员的情绪也有些激动，甚至觉得她接到这样的电话，一定会改变原先稳若泰山的坐姿。

秀树肯定地回答："是的，我在自己的房间里常常看到对方夫妻间打架，就是不知道该怎么办才好。"

"这里的电话号码您是怎么知道的？"

"是从网上查到的。"

"这么说，你邻居家的女性真的受到家庭暴力了？"

"是的，我已经好几次看到她被丈夫毒打了。"

秀树说到这儿停顿了一下，他不敢说出那天夜晚雪儿被裸身赶到庭院的事，因为他觉得雪儿一定不想对外界说出这样的丑事。

那个女职员又问道："你能直接和那位女性说话吗？如果她去找警察，就能暂时得到避难，现在最好把我们的建议告诉她。"

"你是要我直接对她说快去找警察吗？"

"这要讲究说话的场合和技巧，要在偶然相遇的时候对她说。您可以先关切地问她：'您没事吧？'如果对方没有反感，且告诉您还发生了这样的暴力事件，那就可以趁机提出您的建议，这应该是一种最好的方法。"

听了这话，秀树又想起了那晚的情景。那天夜晚，全身裸体蹲在树荫下的雪儿见到我时一定是处在麻木的状态。在那种状况下，一般的人见到一个陌生的男孩通常会感到惊慌失措吧？但是她除了冰冷的手指在微微颤抖之外，没有其他的反应。发生了这样的状况，我可以报警了吧？

秀树又问："你说要和警察联系，如果能碰见她，我当然会对她说。但是你不知道那个女人当时的精神状态，你叫我怎么说呢？"

"您感到她很虚弱吗？"

秀树想这也是明知故问。她被人踢打了当然是很虚弱的。也许连路也走不动，也许根本就不能动了，也许那个施暴的人就在她身边。

于是他反问道："具体我也讲不清楚，她究竟是虚弱状态还是麻木状态还不能判定，这样的感觉你知道吗？"

"我知道，这样的受害者现在也不少。"

"如果她自己去找警察或者打电话和警方联系，结果又会怎样呢？警察能保护她吗？"

"我们有让受害女性避难的场所。能告诉我住址吗？"

"我的住址？"

"您的住址？噢，是的，因为你和她是邻居，所以效果是一样的。告诉我，您住在哪儿？"

"所泽市。"

"哦，所泽市在埼玉县。告诉她如果要逃跑的话，可以去所泽市的市政府，那里有一家市福利事务所。"

"噢，请等一下，我把它记下来。"

"我想那里有女性咨询师。那里是个服务窗口，如果那个女性想逃跑的话，应该先到那儿去求助，她马上就能知道逃跑避难的场所了。因此，如果能去那里，是最好的方法了，真的。"

秀树认真地听着，但心里还是没有把握。雪儿能一个人去市政府吗？直到现在还没有见她外出买过东西。见到雪儿离开家待在外面也只有那天夜晚而已。

秀树为此不得不又小心翼翼地问道："你们那儿不能派人上门和受害者谈话吗？"

"如果那样的话，可以请保健所的保健医生上门。但她只是在发生了紧急情况的时候才会上门服务。她不知道受害人在什么时候需要马上行动，况且保健医生本身的工作也很多。噢，有了。埼玉县其实也有与此相同的咨询机构，去那里问问可以吗？那里叫埼玉县妇女咨询中心，电话号码是×××—×××，不过那里和我这里一样都是咨询中心，不是逃跑避难的地方。如果真的想逃跑，还是要去我所说的市政府的福利事务所。"

"好的，非常感谢。如果有什么事，还可以打电话来请教吗？"

"那当然，没关系。"

"那么，失礼了。"

秀树准备挂上电话，试着再打电话和市政府的福利事务所联系。谁知对方并没挂上电话，也没有告别的意思，只是等着你继续说话。秀树还是第一次拨打这样的电话。

秀树很快就打通了福利事务所的电话。

"是的，我是福利事务所的高原。"

对方传来了一个中年男子的声音。

秀树问："请问……妇女问题咨询师不能接电话吗？我有点事想和妇女问题咨询师商量。"

"哦，您要找妇女问题咨询师吗？请稍等一下。"

那位中年男子爽快地答应了秀树的要求。接着，电话里传来了一阵八音盒的音乐声。秀树记得这音乐在小学时就学过，只是一时想不起曲名。在他的记忆中，这应该是二重合唱的音乐。音乐虽然很好听，但让他听得时间很长，整整有一分钟，耳朵里充斥着蜿蜒曲折又重复出现的音乐节拍。

"对不起，让您久等了。"电话里又传来了那位男子的声音。"您说的妇女问题咨询师，听说入间市的入间东福利保健中心里就有。什么？搞错了？那请再等一下。入间市的是属于地方管辖的，我们这个福利保健中心是埼玉县的服务机构。"

其实，秀树只是想和对方讨论家庭暴力的问题，没想到对方会这样认真，这样的琐碎反而使他难以应付。

于是，他改口问道："请问，你们那儿可以和我谈一谈家庭暴力的问题吗？"

"噢，原来是这样啊。您是说关于家庭暴力的问题吗？这项工作不是入间市的，正好由我们负责。不过，这项工作是我们大家轮流负责的，不是妇女问题咨询师也可以吗？"

"可以。我只是想和你们谈谈家庭暴力的问题。"

"我明白了，明白了，请您稍等一下。"

接着，电话里又传来了与刚才相同的八音盒的音乐声。在音乐的间隙，秀树好像听到刚才说话的男子说了声："啊，搞错了。"秀树觉得此时电话里似乎出现了串线。秀树已经听够了那八音盒的音乐声。

"对不起，您的电话转到了我这儿，请问你的问题是什么?"电话里又传来一个中年男子的声音，他的声音有些嘶哑。

秀树回答："我想请教有关家庭暴力的事，你可以告诉我吗?"

"您想谈些什么呢?"

秀树向他叙述了有关雪儿受到暴虐的事情，并说自己已经好几次看到雪儿被打。

"噢，原来如此。请问您和那位女性是什么关系? 比如说仅仅是可以说话的朋友关系吗?"

秀树心想：将来可能会这样，但现在还不能相互说话，所以我才想就各种家庭暴力的事请教你们。

秀树回答："我们还只是在互相打招呼的程度。那个女人平时几乎不出家门。"

"是吗? 那就怪了。她的丈夫不是白天上班吗?"

"是的，我想是这样的。"

"那么说，白天家里只有她一个人?"

"是一个人。"

"那她的孩子呢?"

"她还没有孩子。"

"是这样啊。对不起,请等一下,我这里其实是母子咨询室。"

电话里又传来八音盒的音乐声,秀树这才想起那首乐曲的名字,它的曲名应该叫作《花》。到现在为止,秀树先后听了八遍这样相同的乐曲。但碰到这样奇怪的事也不能着急,无论如何都要耐心等待。

"对不起,您的电话现在转到了我这儿。您说话的内容我已大体了解了,请问,您和那女人的关系并不是十分亲密吗?"

电话里又传来一个陌生男子的声音,他的年龄似乎比前两位男子都大,而且接听电话的语气也显得非常老练。

秀树如实回答:"我是她的邻居。"

"是吗?那么您有没有听到她哭喊的声音?"

"没有。我是从家里的窗口看到她被毒打的情景。"

"噢,原来是这样。那么她的住址您知道吗?"

秀树听了感到有些为难。现在应该告诉他雪儿的详细地址吗?这个事务所将会怎样和她联系呢?那时他们会不会对她说是她的邻居通报的呢?如果是柴山接电话那不是糟了吗?还是等一下再说,反正随时都可以告诉他雪儿的住址。

想到此，秀树又问："你问雪儿的住址打算怎么办呢？她是我的邻居，只要一打听马上就知道，现在我还不可以告诉你。"

　　那名男子回答："我们是这样想的，您反映的情况确实是个问题，如果被害人自己能逃跑，我们就会去保护她。比如说，现在虐待儿童也成了社会问题。您知道警察所里有安全科。如果儿童受到虐待，在紧急的时候可以直接逃到安全科去反映，我想那是最好的方法。您说的事和儿童受虐的情况差不多。"

　　秀树听了对方的解释后不免有些失望："你说受虐的儿童自己不逃跑就不能得到保护吗？那么那些遭到毒打的儿童自己能逃跑吗？那些连路都不会走的儿童该怎么办呢？那些小孩怎么知道逃到哪儿才会受到保护呢？人们难道不会认为他是自己不听话而从父母身边逃出来的？"哦，一定是这样的。那么，如此说来，那条法律该怎么解释呢？秀树记得那条法律清楚地规定：目击家庭暴力的人必须向有关部门报告。

　　秀树胸有成竹地提醒道："听说上个月已经开始实施新的相关法律条文了。"

　　"是的，是的，那是《反家暴法》。"

　　"我看过这部《反家暴法》。法律条文规定目击家庭暴力的人必须向有关部门报告。"

　　"啊，是吗？"

"我就是根据这条法律才打电话向你们反映情况的。"

"但是，保护受害者还是直接找警察为好，他们有专门的安全科。"

"那没有受到暴力时也可以找他们吗？或者说，除了被丈夫殴打的时候，即使平时一般的情况下也可以去找警察吗？"

"这个怎么说呢？我想警署会根据情况分别处理，我们也不能妄加评论。"

"如果我现在告诉你她的住址，你们不能前来调查吗？"

"这个有点抱歉。我们这里纯粹是针对逃跑的受害人的救援机构。即使你告诉我受害人的住址，我们也只能和警署联系，请求他们救助住在那里的受害人，站在我们机构的立场，只能考虑这样的方法。如果她能设法逃出来，我们就能采取实际行动帮助她了。"

"在一般的情况下，她也能去你们那儿吗？如果行的话，我可以陪她过来。"

"这个，请听我说明一下。如果在夜晚，我们这儿没有专门接待的职员，所以还得请警察暂时保护一下，然后再由警察和我们联系。我想整个处理过程是这样的。"

"那么，我以后有事可以再打电话和你联系吗？"

"可以，可以，什么时候都没关系，我叫牛岛。"

秀树心想，牛岛说的主意也不错，现在也许可以找警署问一下。那么该找哪个警署询问呢？所泽市附近的警署肯定不行，他们一听到我说的住址马上就会知道我的情况。秀树沉吟半晌，终于有了新的主意。他想到在打电话给警署之前不是还有一家东京都救援机构可以打听情况吗？

　　"这里是东京都妇女咨询中心。"

　　电话里传来一个女人的声音，也许是因为职业习惯的关系，她的声音有些冷淡。

　　秀树急切地说道："我想就家庭暴力的事向你们反映一些情况，可以吗？"

　　话虽然这么说，但秀树认定对方肯定会倾听他的意见。通过前几个电话，他已经明白其中缘由。作为一个专门机构，他们不能漠视有关家庭暴力和儿童虐待的问题。也就是说，反映者不用担心对方会漠视反映的问题或随意挂断电话。

　　那个女人有些漠然地说道："我们这儿只是接待女性的电话，一般不受理男性电话。"

　　秀树心想这女人实在太武断了，难道她把我当成加害者了吗？我是个目击者呀。于是，他忍不住大声说道："我向你反映一个情况。我家对门住着一对夫妇。那个夫人经常遭到丈夫的毒打。我从自家的窗口多次看到这样的情景。"

"唔——是这种事吗？请等一下。"

电话保持通畅。三十秒钟后，那个女人又开口了："喂，这位先生！我想现在最好的方法是直接向警察反映。"

"警察真的会受理这样的问题吗？"

"我想会的。比如有噪音问题，也可向他们反映。如果您向他们提及这样的家庭暴力，他们一定会有对付的办法。所以建议您还是以这样的形式和他们联系。"

秀树听到这种千篇一律的回答，心头先凉了半截。如果警察真的来了，我该怎么办呢？如果在我把父亲踢下楼梯的时候，母亲或妹妹叫来了警察，我会怎么想呢？要是被警察传讯了，也许是我一生难以忘记的耻辱吧？此外，假定说我的邻居们或是路上的行人正巧目击了我对父亲施暴的行为，他们向警方报警后，我又该怎么办呢？如果警察来了，问："发生什么事了？"母亲或者妹妹会将我把父亲踢下楼梯的事向警察告发吗？也许她们会庇护我吧？实际上，救护车来的时候，父亲刚从楼梯上滚下来，还躺在地上呢。

现在我向警署报警，警察来到那家伙的家里进行实地调查，那时或许雪儿的脸上还带着伤痕正在哭泣，但那家伙是十分狡猾的，如果他佯笑着对警察掩饰道："没有事，我们夫妻俩只是拌了几句嘴，小打小闹而已。"那么警察将会如何处理呢？如果雪儿也像那天晚上一样，虽然痛苦，却仍然显露出麻木的样态，警察还能保护她吗？警察会逮捕那个家伙吗？如果不能当场逮捕他，那他肯定会更凶狠地虐待雪儿。

秀树心存疑虑地继续问道："如果警察真的去了她家里，她丈夫不是更要发火吗？"

"是呀，这样的事例看来也是有的。所以最重要的是让那个受害女性本人主动揭发。她能做到吗？希望你把我们的电话告诉她。如果没有被害者主动联系，我们要制止加害者的暴行也是很困难的。"

"知道了，以后有什么事还可以再打电话请教吗？"

"那当然，您什么时候都可以来电话。"

"能否告诉尊姓大名？"

"我是咨询师松原。"

"百忙之中打搅了，十分感谢。"

"哪里，没关系。"

挂上电话后，秀树感到前所未有的兴奋。虽然刚才的电话谈话有些紧张，但是听了松原女士告知的明确的应对方法后还是很有教益的。看来还是需要和警察联系。那么该和哪家警署联系好呢？秀树在兴奋之余又感到有些茫然。

踌躇了半天，秀树终于再次拿起电话。

“我是中野警官。”电话里传来一名男子的声音。

“我想请教一下家庭暴力的问题。”

“噢，是吗？那我把电话转到负责这项工作的部门，请等一下。”

电话里传来了八音盒的音乐声，秀树知道这首乐曲名叫《少女的祈愿》。几秒钟后，电话里又传来另一个男子的声音：“电话已转到我处，请再次告知您的诉求。”

对方的声音有些生硬，使人联想起他是一个腰上挂着警棍对人训话的警察形象。

秀树又对他说起雪儿的事情，并说这样的家庭暴力已发生了多次，自己就是一个目击者。

谁知对方一听秀树的述说，语调立刻就变了：“啊，是这样吗？刚才的电话转错了，我们警署有专门处理这类事情的部门，你是想反映情况吗？我把电话转给他们，请稍等。”

接着，电话里又传来了八音盒的音乐声，不过乐曲已经变了，秀树仔细一听，原来是英国甲壳虫乐队的乐曲。

“喂，喂。我这儿是中野警官的防范室。”

电话里又传来一个陌生男子的声音。他的语气中依然带着一种威严感。

秀树把雪儿的事向他复述了一遍。那人嗯嗯地慢应着。听完之后，那人突然提高了嗓门，问道："你今天打电话来，不是向我们求助的吗？"

听到他这样不客气的问话后，秀树一下子愣住了。只觉得自己的心速加快，感到了一种莫名的恐惧。说实在的，他此次给警方打电话并没有受被害人之托，也没有亲眼目击杀人事件。

秀树强作镇定地解释道："是的。我只是被害人的邻居。但亲眼见到她被丈夫毒打，出了这样的事我能轻易放过吗？这样的家庭暴力事件经常通过电视台曝光，我刚才已经和那些民间救援机构通过电话了。他们告诉我，见到这样的事情，应该先和警署联系。"

那人有些敷衍地回答："我们警察确实什么事都管。不过如果被害者本人没有提出，那我们不也是照样没办法吗？当然，像你刚才说的事情要是真的发生了，那也是很重要的信息。"

秀树听警察说他的话是重要的信息，又来了劲："你说得没错。虽然他们是夫妻之间打架，但我觉得已经到了很严重的地步，所以特地打电话来向你们报告。"

"真的很严重吗？"

"是很严重。"

"如果真是这样，那么这类情况发生时，你就应该立即打110报警。现在被害人正处于正常状态，即使来到警署，也不能解决问题。被害人现在的处境也可说是'事出有因，查无实据'，所以警方目前还不能有所动作。只能记录在案，暂告段落。因为在现在的状况下，被害人能否得到警方的有效保护是件很难判断的事，不是吗？好了，暂时就这样，如果发生什么事再说吧。"

"那么到那时我能再打电话和你联系吗？"

"也可以吧。顺便问一下，你家住在哪儿呢？"

"住在新宿。"

"那你也可以直接向新宿的警署报警。好了好了，就这样吧。"

秀树挂上电话后，心里形成了一个大胆的设想：现在必须设法和雪儿见面。见面时应该鼓励她逃跑，并告诉她遭受家庭暴力后完全可以外逃。秀树知道柴山是个狡猾的家伙。如果发生家庭暴力时，即使打110报警，他也会花言巧语地蒙骗警察。如果真是这样，也可以干脆带雪儿逃到那些救援机构避难。可怜的雪儿！她肯定直到现在都还没有从暴虐的丈夫的魔掌下逃离的念头。

第六章 二〇〇一年十二月 X 日·
早上～深夜

秀树

闹钟响了，正好是早上八点。秀树从第三天开始，就不再请母亲早上叫他起床了。他把闹钟叫醒的时间从原来的早上七点调整到八点，推迟了一个小时。一周之后，身体状况逐渐恢复了正常。由于看不到效果，也停止了大量喝乌龙茶的做法。在自闭症网站论坛上并没有改变日夜颠倒生活规律而获得成功的患者介绍经验，秀树由此断定，世界上看来还没有这方面的秘诀。要改变日夜颠倒的生活规律困难颇大，既没有朋友的忠告，也没有有效的药物，所以现在必须明确应该做些什么。

秀树曾在某个自闭症网站论坛上看到过一份患者心理问卷。最初提出的问题是：自闭症患者最苦恼的问题是什么？大多数人

最后的家庭

261

的回答是：没有收入，失去自信，寂寞，患病期间产生的人生空白造成就职不利等，应答者约为一千二百人。第二个问题是：自闭症的起因是什么？大多数人的回答是：对人恐惧，不适应社会，自己的理想和现实的差距，忧郁症，害怕自己长得丑，受欺侮而不去上学等，应答者约为八百五十人。

除此之外，还有一个问题也引起广泛的兴趣。那就是：平时的生活该怎样度过？回答的内容林林总总，其中以看电视居多，还有诸如睡、上网、发呆、后悔、自慰、玩电脑游戏、欣赏音乐、读书、自责、考证、嗜吃、制定自杀计划，等等，应答者约为七百人。其余的几个问题应者寥寥。最后的问题是：怎样考虑就职问题？应答者竟然只有九人。

秀树认为，最后的问题乏人问津并不奇怪。因为自闭症患者就是不想就职，他们大多认为就是想就职也做不到，所以干脆不想工作。为了就职，首先要获取工作的资格，让自己成为一个临时打工者。自闭症者也会考虑各种问题，尽管对这个问题的应答者只有九人。但是这并不是说他们中的其他人对于就职或者收入等大问题都没有考虑。几乎每个患者都会想到如果病情长期拖下去，父母死了，自己该怎么办的大事，他们对于"要是没有家庭自己还能生活下去吗？"的后果也感到非常害怕。

秀树深有体会地感到，回答就职问题的应答者虽然只有九人，但对患者来说，恰恰说明了这是个深刻而又切实的问题。他暗忖：我也整天想着这个问题。现在已经知道父亲工作的公司不景气，自己感到了巨大的压力。如果父母死了，自己该怎么办呢？不管怎样回避，都无法从这可怕的想象中逃脱出来。那些患者其实和我一样，为了从这个想象中逃脱，几乎尽了全力。

　　现在我该怎么办？过去每想到这个问题都感到十分苦恼。所幸现在我已经有了该干的事情。那就是监视柴山的家院，思考拯救雪儿的方法，并付诸实施。为了达到这个目的，我还在继续和家庭暴力救援机构进行电话联系。那个东京都女性咨询中心的职员还特地介绍了一位精通家庭暴力问题的律师。当然，这种事并不是我的工作，非但挣不了一分钱，而且谁也不喜欢。不过这样至少改变了原先日夜颠倒的生活状态。我曾经去做过一幢大楼的临时清洁工，结果只做了三天就宣告结束，什么变化都没有。那份工作实在没有意义。工作过于单调会使人感到无趣。整天只是干着洗扫楼梯和地板、擦拭日光灯的简单工作，和像垃圾一样的同伴们集中在一起劳动，真是无聊透顶。这样的工作根本无法改变人的性格和精神面貌。

　　秀树记得刚患上自闭症时，几乎每天都要受到父母"快去工作！"的斥责。特别是父亲，态度极为蛮横，他甚至说一个不上学不工作整天待在房间里的人是人渣。当时也不敢反驳父亲的谬论，因为自己也认为就是人渣。那么，患了病后什么才不是人渣的生活方式呢？心里一点没数。

秀树回想起过去的种种往事，不由得感慨万千。最使他刻骨铭心的是父亲的一种理论："秀树，你这个不争气的家伙，现在对你没有什么期望，既不想你成为大人物，也不奢望你成为年收入达到几千万日元的大富翁，只要求你做一个正儿八经的劳动者，即使工作平凡也不要紧。只要是个正经诚实的人就可以了。"

秀树心想：所谓的平凡又正经的劳动者，也许就是那幢大楼的临时清洁工吧？那个像腹语术偶人模样的身材奇矮的小老头一说起枯燥无味的笑话，那些在同一幢大楼工作的同伴们听了非但不感到乏味，反而嗤嗤地傻笑，真像一群死人。

秀树仔细地盘算着：柴山那家伙平时总是在上午八点到九点之间出门。而他不在家的时候，雪儿也从不外出。如此看来，其间大有蹊跷。作为家庭主妇的雪儿竟然从不单独外出购物。秀树曾亲眼看到柴山亲自提着食品袋回家。此外，在最近两个星期内，他还两次看到他们夫妇两人坐车出去买东西，那家伙的车型秀树记得很清楚，是第三代奥迪车。

雪儿为什么不自己单独外出购物呢？为了寻找答案，秀树拿出买来的共有七大本的关于家庭暴力的书籍，从头至尾细细地查看着，试图破解其中的奥秘。

"那家伙也许从不把钱交给雪儿吧？"秀树大胆地猜测道。在他翻阅的书中确实也有这样的事例。那些施暴的男人们不仅毒打受害者，还在其他方面折磨她们。首先，将她们置于孤立无援、不能外出的悲惨境地。不许她们出去工作，也不能和家人亲友见面。同时收去她们的护照和驾照，甚至连书信也要开封检查，还禁止她们接听电话。

其次，在经济上控制她们，不给生活费，不让她们身上带有钱财，有的还禁止她们接触金钱，不给她们办理信用卡。实在需要钱时，她们必须要苦苦哀求："请给我一点钱。"个别狠毒的男人甚至要受害者苦苦哀求几十次才肯罢休。一个人如果没有钱，什么事都办不成。如果得不到钱，比如说得了自闭症后，那只有死路一条。一旦没有了钱，既不能去便利店，也不能乘电车。所以这样一来，如果想要把受害者关在家里，甚至不需要锁上家门。这些狠毒的家伙都懂得如何切断受害者与外界的联系，只要不给她们金钱就足够了。

雪儿为什么没有单独外出呢？她作为家庭主妇，为什么不单独去购物呢？为什么她的丈夫要在从公司回家的半路上自己买东西呢？这些显而易见的怪事对秀树来说，简直是一片难以辨明的迷雾。因此，秀树决心无论如何都要和雪儿见上一面。当然，由于她从不单身外出，所以两人在外面见面是绝无可能的。

秀树从左边的窗纸孔里看见了一个人影，好像有谁来拜访柴山家。那人穿着黑西装，外面披着灰色的风衣，手里还提着黑色的公文包，给人感觉他似乎是银行职员或者推销员之类的人物。

那人轻轻按了一下装在门柱上的内部通话器上的电铃。秀树为了听清铃声，原准备打开窗户，但犹豫了一下终于没有动作。他明白自己的房间位置到柴山的院门和家门之间有着相当长的距离，即使打开窗户也听不到声音。加之柴山每次回来时总会心虚地抬头看看秀树的房间，他也许并不知道秀树一天内有十几个小时在监视他的家门，只是显露出戒备的心理而已，如果现在自己剥去贴在窗户上的黑色窗纸，并且公然打开窗户的话，那一定会使柴山更加警惕了吧？

伫立在大门口的那名男子一连数次按响内部对讲机的电铃，并且歪着头认真倾听里面的动静。但是柴山家里始终没有应答。秀树懂得，只要里面的人不应答，来客就无法通过内部对讲机与之说话，所以那个推销员模样的男子并没有张嘴说话。秀树记得以前也都是这样的情景。凡是推销员或者其他来劝说集资的人员来到门外，雪儿一概不予理睬。那名男子终于灰心地走了。

秀树还记得当那些送货上门的服务员或送快件的邮递员到大

门口时，雪儿有时到大门口接待，有时也不出来。每当她不出来时，送货的服务员干脆把商品放在她家的大门口一走了之。迄今为止，秀树只有三次看到雪儿通过内部对讲机应答后来到大门口接待。那时，雪儿打开家门，低着头走过庭院里的青石板路来到大门口。来人往往是送礼品的服务员，礼品基本都是花束。秀树当时就想，那一定是柴山这个家伙送来的吧？根据书中所述，那些施暴的男子在疯狂之后往往会一边流泪一边赔罪，还会写下今后决不再实施暴力的保证书，他们甚至会给受害者送上昂贵的珠宝或者鲜艳的花束。所以每当送鲜花的服务员到来时，雪儿就会亲自到大门口受领。

送花的服务员一般开着小货车来，其实即使他从房子的一角拐弯步行而来，雪儿也不会生疑，因为她从来不从窗口向外眺望。秀树终于明白了其中的规律：雪儿是通过内部对讲机听到来客的电铃声，然后再从窗口窥看判断客人类型的。对于那些上门推销、劝说集资的人员一概不予理会，即使内部对讲机的电铃声不断响起也绝不应答。至于送货上门的服务员或者送快件的邮递员上门时，雪儿有时出来接待，有时就不出来。唯有送花束的服务员到来时，雪儿一定会亲自到宅院大门口受领。

根据前一段时间的观察和判断，秀树决定把自己打扮成送花束的服务员和雪儿见面。首先，他觉得需要戴一顶帽子掩饰一下。他亲眼见到的三次送花的服务员都是不相同的。第一次是个男的，第二次和第三次是两个不同的女性。其中一个女性还穿着花店服务员常穿的围裙。至于那个男的则穿着斜纹布裤和白色的工作服。

为了达到目的，秀树特意准备了两张字条。第一张字条上逐条写出了必须告诉她的各个事项。另一张字条上则写了救援中心和民间避难所以及律师的联系电话。他决心冒险将这两张字条当面交给雪儿。而且设计了如下情景：首先必须对她说："我是来拯救你的。"让她知道我们俩是一伙的。并且要告诉她，我已经多次看到你遭受家庭暴力，你还记得我们俩曾在你家庭院里见过面吗？我就是来帮助你的同伙。为了拯救你，我已经和市里的救援中心、民间避难所以及律师取得了联系，所以今天有话要对你说。你应该离家出逃，我告诉你避难所的地方。现在就去找那个女律师吧。她对家庭暴力非常了解。你有什么话尽管对她说，不用担心。我和那个律师已经通过几次电话，决定带你去见她。

秀树换上了白色的工作服。此时正好母亲和知美都不在家。他把那两张写给雪儿的字条放入工作服的上衣口袋后悄悄地走出家门。一出来，他马上向左拐弯，绕过柴山的家院，穿过住宅街区，然后找个僻静的地方看了看随身带的钱包。他从没有买过花束，也不知道要花多少钱。钱包里有一万二千日元，想必足够了吧？现在，秀树才感到出门前在工作服里面穿上一件薄薄的毛衣是多么正确，外面的天空虽然一片晴朗，但毕竟已经是十二月份的隆冬季节，寒风吹来，冷嗖嗖地侵入肌肤。上午的住宅街区空旷寂寥，连个人影都没有。

这一带的房屋都是商品房，所以每一栋住宅形式迥异，屋顶和外墙的颜色也都光怪陆离，整个街区给人一种杂乱无章的感觉。秀树走到一个稍稍凸起的高台处停住了脚步。他看到那条尚未铺砌的小道向着山的方向蜿蜒而去，竹林的对面是神社，朝下俯瞰刚才走过的住宅街区，立刻发现柴山的家院比原来想象的还大。那橙色的屋顶也非常醒目。由于柴山的住宅和高大的树荫挡住了视线，秀树几乎看不到自己的房间，只能依稀看到那黑色窗户纸上的一个圆孔。

车站前的商业街深处有一家花店。花店前放着许多圣诞节用的盆栽花木。此时，一个头发向后扎成发髻的女店员正两手抱着黄色的花束从店堂里面走出来，随即把花束放入木桶形状的塑料容器里。秀树刚站到花店门口，就听到女店员发出的"欢迎光临"的招呼声。

"我想买一束花。"秀树有点羞怯地说道。

女店员热情地把他引入店内。这时秀树感到尽管只隔了一道玻璃门，但店内的感觉和外面干冷的天气迥然有别，店内充满湿润的空气和那些掉落的花茎枝叶散发出来的芳香气息。

"请问您要买什么样的花束？"女店员礼貌地问道。

秀树心想那家伙买的花束一定是很高档的，所以他用两手比了个圆形的样子，说："我要买这么大的花束。"

女店员含蓄地笑了笑，道："不同种类的花朵价格是不一样的，举个例子说，同样是五千日元，如果要买高档的花束，就只能买到很小的一把。"

秀树听了，点点头："是这样的。"

听了女店员的话，秀树只得在心里认真盘算着：价格最贵的是兰花，其次是玫瑰……

女店员见他有些犹豫不决，又告诉说可以将各种花混杂在一起扎成花束。此时秀树发现那位女店员虽然没有化妆，但也许是刚才用水浇花的缘故，她的手指被花朵染成殷红色，而且有对大大的眼睛，是个很可爱的妙龄姑娘。

那女店员又建议说："您的花束可以用玫瑰，不用很多枝，加入霞草伴衬，就有大大的一捧了。"

最终，秀树依言买了二十枝两百五十日元一枝的玫瑰，加上霞草，连消费税一共花了五千七百七十五日元。其中还包括免费在花束上扎好漂亮丝带的服务。当那个女店员把包扎好的花束交给秀树时，他终于发觉自己已经好久没有和女孩子说话了。深夜去便利店时，那儿的店员都是男的，就连经常打交道的照相冲洗店的店员也是男的。虽然为了雪儿的事他曾经和家庭暴力救援中心的职员、民间避难所的办事员以及律师这些职业女性多次通过电话，但是他确实已有一年多没有直接和女性面对面说话了。

"谢谢！"

秀树从女店员手中接过花后，礼貌地道了声谢谢，并没有继续和她纠缠。他在女孩子面前历来不善于说话，也不知道该怎么说好。上大学时，秀树参加过同学的聚餐会，但他到那儿几乎没有说过话。而有的同学却擅长在那种场合滔滔不绝地胡吹乱侃，以博取女同学们开心一笑。秀树在聚餐会后也曾想过那家伙刚才说了些什么，并试图回忆起来加以模仿，但不管怎样努力，还是一点都想不起来。此时，他不由得想到要是在买玫瑰时能和这个花店的漂亮女店员随意聊聊天就好了。

秀树手捧着玫瑰花束在商业街上快步走着，望着两边商店的橱窗玻璃上显映出来的自己的身影，他有些不大自信地自问："我像个花店送花的服务员吗？"

他闻着手中玫瑰花束发出的清香，头脑中不断地思考着向雪儿传递信息的事。

该怎样对雪儿说才好呢？他试图这样说："现在已经有了新的法律条文。我把律师介绍给你，就能从她那儿得到'保护令'的法律文件。有了这个文件，你的丈夫，唔，叫丈夫是否有点怪？你的先生，咳，叫你的先生也有点滑稽，就叫那家伙吧，或者直接就叫柴山，我这样叫他可以吗？……"

秀树在大街上停下脚步，他的心中突然感到一阵前所未有的茫然和困惑。他不知道该怎样当着雪儿的面提起柴山的事。写在字条上的原来应该可以背出来的内容也一下子在头脑中消失得一干二净。这时，他感到心跳加速，甚至突然产生了和雪儿见面的恐惧感，左手拿着的花束也渐渐地变得沉重起来。

秀树来到路边的自动售货机旁买了一罐热咖啡慢慢喝。身边匆匆路过的行人几乎都在凛冽的寒风中喘出白色的气息，而秀树却因为焦急，连手心里都冒出了热汗。秀树平时也是这样，每当要去做一件大事时，总是因为紧张和焦急而使得头脑中一片混乱。他在考试的时候也会碰到这种情况，记得在第一次现代语文考试中，由于忘了一道试题中的汉字读法，头脑中竟然不可思议地出现了一片空白。就连平时熟悉的汉字也完全想不起来。这时，他暗暗叫苦，心想完了，完了，只感到心跳加速，思想无法集中，再也不能冷静地思考。应该思考什么问题也早已飞到了九霄云外。

秀树看到自动售货机的旁边有个垃圾箱。这个淡灰色的容器上有两只圆洞，上面用白色的字体分别写着"罐""瓶"两个大字，圆洞的大小恰巧能塞进手里的花束。秀树的内心倏然一动：如果把手里的花束随意塞进其中一个圆洞，就这样回家，不和雪儿见面，这事就能轻松地结束了。

这时，一位老太太手牵着一个两岁左右的小孩也来到自动售货机旁买了一罐温热的绿茶，她看到秀树手里捧着那束鲜花，不由得对那个两岁的小孩赞叹道："看，那花多好看呀。"然后又对秀树慈蔼地一笑："对不起，失礼了。"

"哦，没关系。"秀树也低头向老太太行了个礼。

就在他目送缓步离去的老太太和那个小孩时，刚才那突然心悸的感觉不知不觉消失了。其实，秀树自己也十分讨厌那种突然心跳加速，头脑中一片空白的混乱感觉。长期以来，他也一直想从这种状态下挣扎出来。现在，如果把手中的花束扔进这个垃圾箱的圆洞里，就能使混乱的原因和自己隔断开来。秀树很清楚隔断时的感觉。他在打母亲踢父亲时就会产生这样的感觉。如果这样不断地隔断，那么自己将完全和社会现实脱离，成为再也走不出房间的孤家寡人。这样，尽管自己的心里得到了快乐，但会感到无比的寂寞。那时，只能去找一个网站上所说的那个谁都不想见、对人有恐惧心理的人做我的朋友。

秀树进而又想："如果把花束扔进垃圾箱后再回到自己的房间

里，那么一切问题似乎都解决了，那些烦心的事也都没有了。但是，我这样又不得不躲在房间里靠着从窗纸上的小孔里窥看外面打发时光了吧？这样，我一定还想再见到月光下雪儿那白皙的大腿和丰满的臀部吧？只要有那个小圆孔，我一定会这样想的吧？"

秀树经过反复思考，终于捧着鲜花，再次迈开了脚步。

秀树压低帽檐，按下柴山家内部通话器的电铃。他从工作服的口袋里拿出字条再次看着。也许从对方看来一定是服务员在确认门牌和送货的发票吧？

秀树在内心默默地对雪儿说道："我是特地来拯救你的，请赶快从你的恶丈夫身边逃走吧。"

本着这样的信念，他再次按下了电铃。他听到对方的房间里响起了电铃声。为了让雪儿看得清楚，他特意抬高手姿，使鲜花从院门上露出来。

"来了！"从内部对讲机的小型扬声器里传来一个尖亮的声音。

秀树听了猛然一惊：这是雪儿的声音吗？会不会是其他人呢？也许正好有谁到她家做客，是客人发出的声音吗？

秀树来不及细想，便大声说道："我是花店的送货员，现在送花来了。"

"请等一下，马上就来。"扬声器里又传来了那个女人的声音。

此时的秀树紧张极了。只感到心脏跳得快要破裂了，大腿和嘴唇都在轻轻颤抖。她家的大门还关着，庭院的草地上映显出门的影子，这影子和花草纠缠在一起，显现一种复杂的图形。正当秀树急不可耐，心想要不要再按一次电铃时，她家的大门突然打开了。雪儿一身白色地走出家门，沿着铺设在草地上的青石板路快步走来。这时，秀树看清了，雪儿穿着曳至膝下的白色长裙，她在青石路上移动时，头发就像慢镜头似的轻盈地飘动。

　　"辛苦了！"雪儿人还未出院门，尖亮的声音就已传出来。秀树觉得她的音色就像电视台幼儿节目主持人那样悦耳动听。

　　随着雪儿走近，秀树渐渐地看清了她的面容。但刚一见面便不由自主地大吃一惊。只见她左眼肿得睁不开，上唇也青肿着，整个面容好像变了形。雪儿在白色连衣裙上还套着一件开襟的羊毛衫，那件羊毛衫也是白色的，就像阿尔卑斯少女海蒂所穿的服装。尽管雪儿出门前已作了精心打扮，但还是难掩其鼻青脸肿的真容。雪儿终于打开了院门，她的面容赫然出现在秀树面前。秀树一边递上花束，一边直呼其名："雪儿！"

　　雪儿表情冷漠，没有半点变化。

　　"对不起，我没有信用卡。"雪儿摆弄着花束，淡然地说道。

　　"你是被自己的先生打的吧？"秀树关切地问道。

　　雪儿听到这话后，虽然低垂着眼睑，仍然禁不住抬眼看了秀树一眼。但是她的脸部还是没有一点表情的变化。

秀树发现两人从刚见面到现在，雪儿一直没有表情变化，他意识到雪儿是个没有表情的人，而且眼珠看上去也像玻璃球似的。

"你是不是又被你先生欺侮了?"秀树盯着雪儿那像玻璃球似的右眼问道。

雪儿没有反应，也没有转身回去的表示，只是像全身冻僵一样地呆立着。

秀树慢慢脱下身上的工作服。走到雪儿身后把衣服轻轻披在她肩上。然后又急切地发问:"你想起来了吗? 我们俩曾经在你家的院子里见过面，就是在那天晚上。"

雪儿仍然没有反应。尽管那件事是那样清晰，她就是没有反应。

不一会儿，雪儿终于收回她的视线，对着秀树轻轻地说了声:"这个……"就把手中的花束还给了秀树，"他会杀了我的。"雪儿低声说着，又耸了耸肩，拿下秀树披在她肩上的工作服还给了秀树。

秀树不知道雪儿是否想起了那天晚上的情景。尽管如此，他还是拿出那张写着救援机构联系电话的字条交到雪儿手里，并让她把字条紧紧捏住。秀树郑重其事地叮嘱说:"你现在必须赶快逃走。离家后，可以按照这张字条上写的电话号码和有关部门联系。"

秀树再次碰到了雪儿的手，感到她的手和那天晚上一样冰凉。秀树拿着那束鲜花和工作服离开了柴山家的院门。雪儿在院门后看着秀树的背影站了一会儿，然后关上院门，依然低着头朝家门走去，她再没有回头朝秀树去的方向望一眼。

"我已经把写着联系电话的字条交给她了。"

秀树回到自己房间后立即给律师打了电话。那位女律师名叫田崎。通常往她的事务所打电话很难联系上，必须要花三个小时连续不断地打十几次电话才有可能得到回音。

田崎冷静地告诉他："我已经对你说过很多次，现在不要再为她做什么了。"

秀树已经为"保护令"的事多次向田崎打电话请教。但从律师回答的口气来判断，似乎没有受害者本人的请求，就不能申请保护。

"多次打扰您，非常失礼。"秀树有些惶恐地说道。

田崎调侃道："是有些失礼，不过你要付咨询费的，难道不想和我见上一面吗？"

和雪儿见面后，秀树一直在想现在该怎么办才好。对接下来的事情，他确实也毫无头绪。

"必须和律师见面，那是没办法的事。"每次和律师打电话，田崎都是这样对他说的。田崎明确地告诉他："你个人再努力也是无济于事的，再说受到暴力伤害的又不是你自己。如果受害者本人没有逃跑的意愿，外界再怎么帮助也没有用，所以民间的避难所必须确认本人是否有避难的要求。如果本人没有离家的决心，出去后又会马上返回原处，这样往往导致家庭暴力进一步升级，这样的事例已经屡见不鲜了。"

秀树每次听着田崎的教训，心里总在想她的年岁应该和自己母亲差不多吧？但她可是个说话爽利的女人。说实在的，秀树有些害怕和她直接见面，对她的话倒是很想听的。

想到此，秀树有些胆怯地嗫嚅道："那就拜托您了，我们就见上一面吧，半个小时就够了。"

"哦，你也认为没办法了吗？请等一下，让我看看预约的情况。"

电话里传来了翻动笔记本的声音。不一会儿，田崎又开言道："我只有二十四号那天有空，唔，那天是圣诞夜吧？那么，我们上午十点见面好吗？"

"谢谢，那么会面的地点在哪儿呢？"

"知道纪尾井町吗？就是千代田区的纪尾町。"

"我去查一查就会知道的。顺便问一下。咨询费是多少呢？"

"根据我们行业的大致规定，半小时的谈话费是在五千日元到两万五千日元的范围。"

"那我要付多少钱呢?"

"你的钱是父母给的吧?因为你到现在还没有工作。"

秀树已经和田崎律师通过几次电话,并且明确地告诉她自己是个自闭症患者。

那天当律师问他为什么一直在监视别人家庭的时候,他就把自己的情况和现状如实地和盘托出。他认为律师是最讲公正的人,如果对她撒了谎,就失去了做人最起码的信用,那么以后就再也不能和律师谈话了。此外,他在谈话中还深深地感到田崎律师是个光明磊落的人,对他循循善诱,没有半点含糊其辞的地方,所以对于这样的人是不能用谎言来糊弄的。

"是的,我确实还没有工作。"秀树坦然地回答。

"那你准备五千日元吧。"田崎爽快地说道。

"我明白了。"秀树说完挂上了电话。这时他才想起自从大学中途辍学后,这还是他第一次要去东京市区。

昭子

自从秀吉离家别居后,昭子和延江已有三个星期没见面了。也许她心里对于秀吉的事有一种罪恶感在作祟,但是想和延江见面的心情却比以前更强烈了。

她几乎每隔一小时都要去查看延江有无发来短信。终于有一次，她看到了延江发来的短信："久未相见，您家好像发生了什么大事，我一直在等着您。"昭子一颗久悬着的心终于轻松地落了地。

秀吉离家十天之后，他在家里留存的个人特有的威严感和熟悉的气息似乎已经消失殆尽，但是同时昭子也第一次体味到了前所未有的解放感和空虚感。

期末考试一结束，知美的学校就放假了，但她耐不住家中的寂寞，整天频繁地外出消磨时光。秀树似乎好不容易改变了过去日夜颠倒的生活规律，早晨常常主动下楼来吃早餐。三四天前，他还和家人谈起了有关法律的话题，说什么不能适用的法律是没有力量的，等等。由于昭子不懂他说话的意思，只能含糊其辞地对他敷衍着。不管怎么说，秀树比以前开朗了，情绪也稳定多了。

昭子明白，现在秀树和知美都在按照自己的意愿自由行动。当然，他们并不是不想和母亲说话，但是这两个孩子的行动表明他们在生活中再也不像过去那样一味依赖母亲了。秀树有事也不再往房间的门缝下面放字条，而是在吃饭碰面的时候直接向母亲提出来。尽管昭子也知道过去靠字条和儿子交流是十分可悲的事情，但真的见不到儿子的字条，她似乎又感到自己什么地方没做好，所以一天总要几次上楼去房门下面察看，直到确认真的没有字条，才失望地罢手。

秀树说要去买书看，昭子便分两次给了他买书钱，每次都是一万日元。秀树坦然地在大白天出门，好像是去书店买书，但他也不告诉母亲究竟在看什么书。

自从秀吉和孩子们之间的紧张局面消失之后，昭子深深感到这个家再也不像以前那个家了。她单独一人吃饭的次数也在不断增加，所以觉得烧菜的精力已经大不如前，有时干脆尽吃一些冷冻的咖喱炒饭草草了事。除此之外，昭子还时常觉得自己的皮肤里面有一种粗粗痒痒的干涩感，经过一段时间后她才意识到，这是寂寞造成的。

昭子去小手指秀吉住所的次数也在逐渐减少。最初几乎每隔两天就去一次。只要一想到秀吉所需要的药品、咖啡器具或者替换的被单等物品时，她就立即乘车去小手指的公寓，以至于秀吉也不无感情地劝道："这里需要的东西都已经拿来了，你那么忙，这样频繁地来往真是太辛苦了。"

秀吉和住在隔壁的一个女孩子相识了。据说她今年十八岁，和知美同年，而且和秀吉一样都是群马县出身，她好像是为了当影视演员才来东京的。昭子曾经邀请她三个人一起喝过咖啡。当那女孩子称呼秀吉"叔叔"时，秀吉就会显露出几许羞涩的表情。

昭子见了不由得暗暗称奇。这样的表情她也是第一次看到，心想丈夫和那个与自己女儿同样年龄的女孩子之间该不会有什么暧昧关系吧？虽然心存这样微妙的疑虑，但昭子还是感到释然。因为她觉得至少丈夫突然患上感冒时身边有个熟悉的邻居照顾，这就足以让她放心了。

上午，昭子参加了亲友会。这是自闭症患者的亲友会。十点钟起是个人预约的咨询时间。亲友会借了石神井公园里一幢建筑物中的一间房间作为咨询室。亲友会规定每周举办两次医学顾问讲座。而讲座后的十点到下午三点则是由东京都精神保健福利中心职员负责的免费咨询时间。昭子在一年前就作了会员登记，并付了一万日元的会费，成为亲友会的正式会员。除此之外，她每个月还得付五千日元作为亲友会的日常运营费用。随着登记会员的不断增加，现在的会员人数已是昭子入会时的三倍左右。亲友会有一个二十张榻榻米大小的主会场和小会议室。今天参加主会场讲座的会员人数超过二十人，但是其中只有一名男会员。

咨询师一共有四人。昭子和他们全都碰过面。咨询师都是经过规定的讲习培训后，按照东京都的要求录用的。这次接受昭子咨询的是一位名叫大冈的女咨询师。昭子对她详细地讲述了丈夫秀吉离家的事情以及事后自己的精神状态。咨询室面积狭小，里面只放了一张细长的折叠式方桌和几只金属管制成的三脚凳。听说那个大冈咨询师在三年前还是一名教师。

昭子发自内心地倾诉道："我一直想打一份钟点工。为什么会这样想呢？主要是现在丈夫不在家，家务事也少了许多。所以想想自己该开始做一些什么事情了。如果我去工作能有一点收入，那么也许就能请医学顾问上门为儿子看病了。"

听了昭子如此恳切的话语后，那个大冈咨询师也不由得频频点头，连声道："是啊，是啊。"突然，她的脸上露出若有所思的表情，然后对昭子轻轻地说了声："请您等一下。"接着便迅速起身走出了房间。

不一会儿，大冈带着亲友会的主持人，一个名叫田之仓的女人返回咨询室。大冈指着昭子对田之仓说明道："这位内山夫人想打一份钟点工。"

田之仓和颜悦色地开口道："内山夫人，在您个人咨询的时候打搅了，实在是对不起，您能否现在看一下这份文件？"

说着，她把一张纸放在昭子面前。昭子定睛一看，上面写着"特定非营利活动法人设立认证申请书"。这份申请书是复印件，上面还盖着一个印有"受理"二字的圆戳。昭子知道这是东京都生活文化局的受理章。

田之仓又道："我还有些话要对您说。其实，你也知道，这儿人手实在太少了，而要来咨询的患者亲友又在不断增加。也不知道练马区是否能一直把这儿借给我们。在这种状况下，今年夏天我们向东京都提出了非营利性组织的申请，现在大致快通过认证了。我为什么会这样想，主要是考虑到我们这个亲友会成立已有五年了，作为一个自闭症亲友的团体，即使在首都圈内也可算是一个历史较长的民间组织了。他们办理我们的申请时一定会对我们的实绩加以考虑的。因此，作为我来说，过去也有过能否请内山夫人帮忙的想法。今天，大冈女士对我说内山夫人想打一份钟点工，所以我就想来和您商量一下。怎么样？能考虑我的要求吗？"

"我吗？"昭子惊诧地反问道，"我可什么都不会呀？"

"那我直接对您说吧，您是否想在我们这儿学习当一名咨询员呢？"

"不，我什么都不懂。"

"对不起，您在大学学过什么专业？"

"哦，我在短大学过国文。"

"是吗？"田之仓轻轻地说了声，不由得和大冈两人面面相觑。

"是吗？你的先生已经离开家到别的地方住了吗？"延江颇感意外地问道。

昭子在立川牛排馆里终于和久违的延江见面了。

店堂内装饰着一棵高大的圣诞树，扎着丝带的小礼盒挂满了树枝。窗外夹着小雪的北风呼呼吹着，店内却温暖如春。那富有美国早期风格的壁炉内熊熊燃烧着火焰。

昭子坐在餐桌边，没有一点食欲。

"你好像瘦了点？"延江关切地问道。

"对不起。"昭子留下吃了一半的墨西哥汉堡肉饼小声地说了一句。她心里只恨自己不争气，原本来这儿就是想和久未见面的延江相逢，两人好好地度过这一段短暂又快乐的时光。

延江依然有些大大咧咧地说道："你根本不用说对不起，我想姐姐是不是做事过于认真，缺少灵活性了呢？"

延江把昭子吃剩一半的墨西哥汉堡肉饼一扫而光。

看着延江那种香甜的吃相，又勾起了昭子几多心思。"为什么延江总是那样精力充沛呢？"在昭子的记忆中，以前好像也曾对他提过这个问题，却已经忘了那时延江是怎样回答的。

延江打了个饱嗝，憨厚地笑道："我的身体确实一直很健康，这纯粹是个傻瓜呀。不过，我也有疲劳的时候。"

"我并不是指你有疲劳的时候。"

"我想健康的反义词应该是疲劳，如果不是，又是什么呢？"

"你说健康的反义词是疲劳吗？不是寂寞。那么，寂寞的反义词又是什么呢?"

"寂寞的反义词就是忙碌。"

经延江这么一说,昭子不由得笑出声来:"你这家伙就是喜欢胡说八道。"

延江正色反驳道:"我可不是胡说八道。因为一个人忙的话,他就不会感到寂寞了。那些寂寞的人一定是闲得没事干的家伙吧?姐姐您也不妨想想看吧,那些珍惜时间拼命工作的人,比如说像国家大总统那样的人,你能想象他们会说'我感到很寂寞'这样的话吗?"

昭子不服气地回敬道:"等到忙碌的工作结束了,当你松一口气的时候,难道不会有一种寂寞的感觉吗?"

延江一句话就顶了回去:"那样的家伙其实是不喜欢工作的。"

昭子听了又笑了起来。笑容甫敛,她便深深叹了口气,幽幽地想道:"我现在感到寂寞,倒不是秀吉离家别居的缘故,而是感到家里没人再需要我了。"

想到此,她竟然毫无顾忌地对延江敞开了自己的心扉:"我要是有像今天这样的好心情,就是和你这小把式风流一场也无所谓了。"

延江听到昭子这样大胆的表露后,并没有显示出特别兴奋的表情。而是嘴里一边发出"嗞嗞"的响声,一边伸出食指,像汽车的雨刷那样在昭子面前左右晃动着。接着，他也推心置腹地说出了自己的心里话："其实我也并不讨厌那个能抚慰姐姐心灵创伤的举动。但是我好不容易熬到现在了，还是让我再熬一段时间吧。姐姐，就说做爱吧，不管是做爱前还是做爱的高潮中，都是很重要的事，即使结束了，想必也是要认真对待的吧？我和姐姐要做那风流事的时候，这，怎么说呢？我已经想好了，一定要在旁边有蓝色大海的好地方，我们才能了却心愿。可惜的是我今天没带护照来。自从和姐姐认识后，我就去办了一份护照，但到现在为止里面还没有盖过一个章，全是空白。"

两人分手的时候，延江照例在昭子的额头上轻轻吻了一下。昭子不无羡慕地叹息道："要是我生出来也是男的，成了木匠就好了。"

延江狡黠地笑道："那当然好，像姐姐这样理解能力特别强的人，说不定会成为一个高明的大木匠呢。"

昭子明白，现在支撑着延江生活的必然是他的那份木匠工作。延江现在和父母一起住在江东区东京都政府建造经营的一套两室一厅带厨房的住宅里。他到现在还没穿过西服，令人惊奇的是他也没有银行存款。据说他把每月得到的现金工资都悄悄藏在自己房间的榻榻米草席下面。

昭子进而想道：对于延江来说，他有一份称心如意的木匠工作。那我有什么呢？大冈和田之仓曾经问我要不要参加自闭症患者亲友会的非营利性组织的工作，听她们两人的意思，我好像比较善于倾听别人说话。说实在的，昭子本人从没想过这个问题。难道听人讲话还有善于不善于之分吗？当她提出心中的疑惑时，大冈笑道："你不要想那么多，反正能说话的妈妈多得是。"昭子想想说的也是，她在亲友会会场按咨询顺序等待的时候，在和别人闲谈的过程中确实发现有几个人非常健谈。

"如果同意的话，请你每星期来这儿帮两三次忙吧。"大冈最后说道，"报酬是很微薄的，不过这儿开设的心理学、精神分析、咨询的讲习都是无偿的。"

"让我再考虑一下吧。"昭子不置可否地回答。

昭子凝视着延江离开返回现场工地的背影。他在拐弯消失之前，回过头来对着昭子挥了挥手。

知美

知美去了近藤的工作室，待她看完了黄金熔化的过程后，两人便来到附近的一家小茶馆。

这是一家只有柜台和一张桌子的咖啡专卖店，刚进门就闻到了一股浓郁的煮咖啡豆的香味。知美见此情景不由得想起了父亲。

他们在能看见窗外景致的桌子边坐下来。只见外面的商业街上到处悬挂着圣诞节的各种彩饰，呈现出一片热热闹闹的景象。近藤要了一杯浓缩咖啡，知美则要了份拿铁。上次见面时，知美已经把父亲离家的事告诉了近藤。也许她认为这也是不得已的事情。

知美道："父亲离开我们，我倒没有什么，就是妈妈有点精神萎靡。我问她：'父亲不在家，妈妈是否感到非常寂寞？'她却回答没有那回事。"

近藤沉吟了半晌，分析说："这是怎么回事呢？我想你母亲在你父亲和兄长之间应该是发挥了缓冲器的作用吧？她一个人承受了两个人的紧张关系，难道不是吗？在这种场合，一旦消除了这种紧张关系，她当然会有如释重负的感觉。但是由于失去了上述作用，也许她就会感到自己像一只泄了气的皮球，再也提不起精神了。"

知美佩服地看着近藤，赞叹道："近藤君为什么样样都懂啊？"

"不能说我什么都懂，也许我刚才的分析也没说对。"

"不，妈妈其实也是这种感觉。她说不是因为父亲不在家而感到寂寞，而是因为家里没有了她要照顾的人，所以就像傻了一样，不知道该做什么。"

知美嘴里这么说着，心里却想着另一件重要的事：如果我告诉妈妈自己要去意大利，妈妈会怎么反应呢？如果我说省下上大学的钱，把这笔钱给我去意大利，父亲一定会反对吧？妈妈也会反对吗？现在我没有一个好朋友可以商量去意大利的事，甚至不能告诉夏美。虽然把近藤介绍给我的是夏美，但我不告诉她并不是因为此次是受近藤之邀去意大利。

知美想到这儿，略带疑惑地对近藤开口道："近藤君，你有很多可以无话不谈的朋友吗？"

近藤惊异地睁大眼睛："唔？你这话是什么意思？除了在专科学校一直教我的老师之外，我没有其他亲密的朋友。"

"真的？只有你老师一个人吗？"

"你为什么会提这样的问题呢？当然，父母和朋友不是一回事，我们在日常生活中不是有很多事不能对父母说吗？所以到现在我能够告诉的只有老师一个人。"

"那你就不感到寂寞吗？"

"只要有一个知心的人，不就足够了吗？"

知美道："过去，我在好朋友圈里的时候，曾经计算过当我死的时候会有多少人哭泣。当时我首先想到的是家人、朋友和亲戚。我从一、二、三开始数起，最后的结论是光朋友就有六十八人，那加上家人和亲戚该有多少人呢？而你说只有一个人，是不是也太少了点？"

"唔，你是说为我哭泣的人吗？"

"是的，每个人都要数清楚。"

"死亡时为我哭泣的人和我值得信赖的人难道没有区别吗？"

"这有什么不同呢？"

"我的头脑中总会出现一个男人的形象，就像好莱坞电影里经常有的男主人公那样，他受到政府或者其他黑社会组织的迫害，尽管是无辜的，还是被罗织罪名，甚至以杀人罪受到通缉和追杀。"

"你说的是不是布鲁斯·威利斯主演的好莱坞影片《水银蒸发令》？"

"是的，是的。在那个危急的时刻，肯定有帮忙的朋友吧？为了帮他逃跑，他的朋友甚至把自己的车子借给他，这样的朋友可以称得上是可以信赖的挚友吧？换句话说，就算当世界上到处都有你的敌人的时候，只有这个人才是你真正的朋友。你说对吗？"

知美似懂非懂地听着近藤发表的宏论。她顺着近藤的思路想道：当全世界到处都有你的敌人的时候，这样的朋友才是值得信赖的人，对吗？那谁又是我值得信赖的人呢？不用说，肯定是当我被通缉时那个帮我逃跑并把车子借给我的人。那时，父亲肯定不会帮我，反而要我去自首，那么就只有妈妈了。近藤君又会怎样呢？他一定会明确地要我和他一起去意大利吧？

现在知美明确地告诉近藤，最快在圣诞节后的两周内，和家里人商量后，她就把去意大利留学的事定下来。近藤听了也非常高兴，据他说，明年一开春就能递交语言学校的申请书了。现在的问题是，什么时候才能明确地告诉父母呢？

秀吉

经过四天之后，右脚的青肿开始逐渐消退，对小手指地区借住的公寓生活也很快就习惯了。在这儿，除了早上比西所泽的老家早起二十分钟之外，其他没有特别值得一提的不便之处。昭子曾经问他："想不想看电视？"他平静地回答："不需要。"这狭窄的小房间里只有他孤身一人，却从来没有萌生过看电视的念头。

虽然不能说纯粹是消磨时光，但他看书的兴趣有了明显的提高。在西所泽的时候，他在睡前只不过翻几页书而已，但在新居他竟能一个晚上看完一本书。车站的北出口有一家书店。秀吉从公司归来时喜欢顺便在书店买一本书带回公寓。那家书店的图书都很便宜，像一般的新书或文库的丛书，只要花上一百日元就能买上一本。回到公寓后，他首先是煮咖啡，然后去洗澡。接着便一边喝咖啡，一边制作简单的晚餐。在和昭子见面之前，他一直是自己烧饭自己吃，虽然累了一点，却不感到特别辛苦。

近十年来，秀吉几乎没有去过超市的食品柜台，没想到现在那儿竟然充斥着大量的软罐头食品、真空包装食品和冷冻食品，这着实使他大吃一惊。虽然昭子已经为他买了一个三合一功能的煮饭器，但是经过一段时间的使用，发现还是有不少弊病。一则淘米很麻烦，再则米量难以掌握，每次煮饭后总有不少剩饭。现在好了，如果买这些超市里的包装食品，一切困难都会迎刃而解。那些冷冻的炒饭和咖喱饭只要用锅炒一下就能吃了。而且袋装的米饭和红豆饭还特别可口。这时，如果再炒个家常菜，那就更丰富了。如此算来，一个人的膳食只需三十分钟就能结束。剩下的时间便可以在睡前舒舒服服地看书自娱。

秀吉同时发现，像他那样在超市食品柜台购物的中老年男性顾客还真不少，不知他们是单身汉还是中年离婚的男人，他们买的大多是和秀吉相同的食品，并且循规蹈矩地在现金收银台前排队。付完款后，还一定会到专用的工作台上从一个筐里取食品专用的塑料袋，然后再把购来的食品放入塑料袋。最后，为了防止放在塑料袋里的那些冷冻炒饭和软罐头装的咖喱饭掉落，还常仔细地用粘胶把袋口封住。这些中老年男人购买的量一般都比较少，他们手提的装着食品的塑料袋大多呈细长的形状。每当秀吉看着这些中老年顾客特有的形态时，一种黯然的愁绪就会悄悄袭上心头："什么时候才能回家呢？"

秀吉借打听书报亭电话号码的机会和住在隔壁的女邻居聊上

了天。那位女邻居其实是个十八岁的姑娘，名叫日野容子。据说她的奋斗目标是当一名女演员。没想到她的老家竟然是群马县的涉川，就在秀吉故乡的旁边。

容子饶有兴趣地问秀吉道："叔叔，您的老家在哪儿?"

"就在群马县的中之条。"

"不会吧? 真的? 我小时候去过中之条的温泉，那个温泉名叫'四万温泉'。"

两人亲切地交谈着，不知不觉之间，容子决定以后每周日都到秀吉的住处做客。秀吉从容子的话语中得知，她最早到东京来的时候好像是第一次离开自己的家乡。

"现在不同了。"容子轻松地补充道，"我离家后已经回去过一次。把这里的情况向妈妈认真地说明后，又离开家乡回到这儿。"

接着，容子又坦然地告诉秀吉，她有个高中时高她几届的男朋友就住在这栋公寓里，她应这个东京都男朋友的要求才搬来和他同居的。此外容子还说，她每个星期有三天要去新宿的快餐店打工。

容子颇为满足地说道："如果上晚班的话，从这儿乘车到始发站花不了一个小时，这样反而方便了。"

除此之外，秀吉从容子的口中得知她和一家小型的影视公司签了工作合同，所以经常要去那儿排练，或者充当电视剧中一个没有台词的小角色。尽管如此，容子对现状还是比较满足的，她认为不管怎么说，自己好歹算是个女演员了。讲到动情之处，她对秀吉满怀希望地请求说："请叔叔也为我加油吧。"

秀吉第一次听到容子离家谋生的情况时，立刻想到了自己的儿子秀树。容子十二岁的时候父亲就亡故了，她好像是个独生女。今年二月份，她第一次走出家乡独立谋生，那时她才只有十七岁。秀吉暗忖：容子那么小的年纪出来，她的母亲一定会为她担心吧？接着转念又想：孩子自己单独出门和成为一个自闭症患者，哪一种更让父母担心呢？自闭症的孩子整天待在家里，所以不用担心他会出什么事，而单独离家谋生的孩子则需要足够的勇气和动力，那些自闭症的孩子根本没有离开家门的动力。

秀吉清晰地记得，秀树患上自闭症不久便开始偏执不驯地对父母恶言相向，而且在这种状态下很快就动手打起自己的母亲来。在秀树病情发作的时候，最令秀吉感到不可思议的是，秀树竟然对小时候发生的事情记得一清二楚。什么他在幼儿园外出春游的时候，妈妈把他不喜欢吃的茄子放入为他准备的菜肴里啦，什么他读小学的时候父母和来家庭访问的老师一起批评他啦，这些久远的早已忘却的往事从秀树的口中一一列出，他竟然可以这样两三个小时连续不断地控诉父母的"罪恶"。每当看到儿子这样不通人情地大发作时，秀吉曾多次在心中对儿子斥责道："既然你这小子那样讨厌自己的父母，那么干脆自己离开这个家，这不是很好吗?"

秀吉又进入更深刻的反思之中：作为父母，大多会认为与其让孩子外出独立谋生，倒不如让他患上自闭症待在家里为好吧? 有时父母确实也会对不听话的孩子发出怒吼："你给我滚出去!" 究其原因，主要是父母对孩子表示绝望后的一种无奈的悲鸣。从情理上说，父母只要看到孩子近在眼前，他们都会感到放心。但是，从另一方面来看，离家谋生的孩子确实比患自闭症的孩子更有活力。如果父母真的希望孩子有出息，也许应该欢迎孩子离家独立谋生吧? 道理虽然很明白，父母们还是难以接受，因为他们一旦不知道自己的孩子在哪儿、在做什么，就会自然而然地产生一种难以言喻的恐慌心理。

容子看到秀吉沉思着久久不发一语的神态，不由好奇地问道："怎么啦? 叔叔! 你为什么一直不说话?"

自从容子讲起离家谋生的事后，秀吉就长时间地陷于沉默。现经容子这么一问，他便再也忍不住了，对着容子和盘托出了自己的儿子秀树罹患自闭症的事情。

最后，秀吉无奈地说道："我儿子现在对我也开始动手了，所以只得决定暂时搬出来住一段时间。"

"啊! 叔叔，想不到您也会受到这么大的伤害。"容子惊讶地说着，并连连点头，似乎在表示太过意外。秀吉在向容子倾诉了秀树的病情之后，自己突然产生了一种"怎么会这样？"的惊奇感。迄今为止，他从未对自己的亲戚和公司的同事谈起过儿子的事情，想不到竟然对一个才认识一个星期的十八岁女孩说出了自己羞于启齿的家庭隐私。为什么会对她说起这事呢？秀吉自己也感到茫然不解。

上周，正当容子在秀吉的房间里做客时，恰巧昭子带着秀吉换洗的衣物走进门来，她一眼就看见了自己的丈夫在和一位染着金发、留着长指甲的十八岁摩登女郎意趣盎然地聊天。秀吉看到妻子突然出现，不由得感到有些狼狈，急忙起身对妻子介绍说："这位是我的邻居容子小姐，她和我是同乡，也是群马县人。"尽管秀吉竭力想装出一副若无其事的样子，但面对着妻子的目光还是显得有些尴尬。

昭子大度地微笑着，三人一起围着桌子喝起咖啡来。昭子拿出半路上在食品店里买的脆饼饷客。由于她原以为只有秀吉一人，所以只买了两个。于是大家都客气地推让着，经过两三分钟的客套，最后昭子和秀吉各吃半个，容子吃一个。三个人一起默默地吃着脆饼，秀吉连脆饼是什么滋味都没有觉出来。

昨天，秀吉在容子的一再请求下，答应和她一起去逛西友大商场。临行前他特地打电话给昭子，说是公司里还有些工作没做好，所以星期天也要去加班。

容子穿着一条红色的迷你裙，外加一件白色的羽绒衫，脚下穿着时髦的长靴。这是一个天气晴朗的星期天，西友大商场的屋顶剧场上正在演出有趣的儿童剧。容子说想看看，于是两人驻足看了一会儿。这些儿童剧只是模仿电视儿童节目的样式说话唱歌，没有情爱的内容。但容子看得很入迷，一直在咯咯笑。

两人坐在屋顶剧场的条凳上，一边看着儿童剧，一边开心地吃着小点心。秀吉看着容子亲密依偎的娇态，不由得产生了一种父亲般的慈爱之情。他心中暗忖：容子能和我坐在一起看着儿童剧吃小点心，充满天真无邪的童心，这是否和她十二岁失去父亲有什么内在的关系呢？

"这个姑娘长得真漂亮。"一个坐在旁边肩上架着小孩的青年男子由衷地赞美道。秀吉循声再顾，果然发现容子在众人之间显得亭亭玉立、娇艳无比。

当晚，两人在中华料理店共进晚餐。他从容子的讲述中才知道，容子的家里在涉川好像开着一家美容院，而且说将来要由容子继承这份产业。

"不过，现在我很讨厌那份工作。"容子娇态可掬地说道。

秀吉有些疑惑地望着容子。为什么她想当一名女演员呢？难道说现在大多数女孩都是这样想的吗？容子确实长得很漂亮，但是光有这一点是不够的，连周刊杂志上也经常载文说，在演艺圈里如果没有任何关系，是非常难以生存下去的。

容子看到秀吉那奇怪的眼神后会心地笑道："其实我并不是刻意想当影视明星，我参加过影视公司的各种训练，发现那儿都是些身材比我高、长得很漂亮的姑娘。不过对我来说，有一次这样的经历也就满足了。因为我好想在摄制棚的聚光灯下展示自己。我只想让聚光灯照着，难得有机会降生人间，即使一次也行，让我在聚光灯下满足多年的夙愿。叔叔，难道您没有这样的愿望吗？"

"这怎么说呢？"秀吉只是含糊地回应道。自从他懂事以来，一直认为做个普通人也是很好的。他之所以有这种想法，是因为在他身边发生的都是极其普通的小事，但是听了容子的讲述之后，他反而有了另一种想法：我是普通人吗？至少离开自己还在继续支付按揭的家，一个人单独生活的时候能和一个漂亮的十八岁年轻姑娘一起吃中华料理，光凭这一点我就不普通呐。

餐桌上菜肴丰盛。两人一起吃着中国的油煎馄饨、麻婆豆腐以及辣味大虾。秀吉喝啤酒，容子喝乌龙茶，在这温馨怡人的夜晚，啤酒带来的微醺和麻婆豆腐的辣椒味使秀吉刹那间又回想起那个从楼梯上滚落下来的夜晚。虽然发生在一个月之前，但秀吉似乎觉得那已经是好几年前久远的往事了。

秀吉正准备出门上班时突然来了电话，原以为多半又是秀树打来的，谁知电话里传来昭子的声音。

"是你吗？这时候打电话来真对不起。"

听妻子这么一说，秀吉顿时产生了些许不安：她为什么在这时打电话来？发生了什么事？秀树又闯祸了吗？

昭子道："刚才立花君打来了电话，说有紧急的事情，要你立刻和他通话。我说你正好出门散步去了。"

立花？秀吉听到这个名字后，心里马上就有几分不祥的预感。如果没有什么突发的事情，他是不会这么早就打电话给我的。

于是，秀吉一边穿白衬衫，一边给立花的家里打了电话。

接电话的是立花的夫人。她先是客气了几句，然后抱歉地说道："请等一下，他刚有事出去了。"

秀吉无奈地叮嘱道："那请他马上打电话来，打我的手机。"两分钟后，立花又打来了电话。

"我是立花。次长，你有没有看到今天早上的《日经产业报》?"立花的声音压得很低。

"我手头上没有《日经产业报》。"

"上面登着一条企业合并收购的新闻。我们公司被人家收购了。报上写道：'野上机械零部件公司业已被亚洲企业恢复基金会的日本法人亚洲企业恢复基金会日本分会吸收购买。'"

"企业恢复基金会？那是什么玩艺儿？是外资公司吗？"

"是一家私人控股的基金会。好像是收购长银公司的里善尔·伍德集团。"

"是整个公司都被收购了吗？"

"只是公司的技术部门。听说连公司的名称都没有保留。公司的社长留下了。好像被对方聘为副董事长了。"

"对方只吸收技术人员吗？"

"我想应该是这样吧。"

"那我们怎么办呢？"

"听说我们事务部门将被全员解雇，一个月后实施。"

"明白了。反正去公司看看再说吧。"

秀吉挂上电话后，立刻显露出不知所措的慌乱状态。当他准备穿鞋时才发现袜子还没穿上。他边穿袜子边神思昏昏地想着：我究竟要怎么办才好呢？此时他只感到口中干渴，下颌震颤。立花的电话就像噩梦一般，使他完全失去了现实的感觉。两手拿着袜子，拼命地张开袜口想套在脚上，但脚趾就是不能灵活地活动。

"要镇静！"秀吉虽然不断地在心中告诫自己，但他满脑想的是"如果再不想法子，就付不起住房按揭了"。

秀吉感到全身无力，他蹲下身子，不由得两手向后一撑，一屁股坐在玄关的地板上。左脚的脚趾上还挂着穿了一半的袜子……

秀吉的头脑中刹那间一片空白，觉得公司里那些熟悉的建筑物都已不复存在。其实他也知道公司那栋灰色的四层楼建筑以及写着"野上机械零部件公司"的招牌肯定还安然无恙地存在于源水桥旁的老地方。上班的路上，他在电车里一直这样心烦意乱地想着。他告诫自己在到达公司之前必须调整好心态。但是他也不清楚究竟该怎样调整。"勒紧腰带，坚定信念，重新开始。"他嘴里不由自主地说出在司马辽太郎的小说中看到的名句来。这些句子到底是什么意思，他说不出所以然。总而言之，秀吉觉得这也许表现出了人在困境中的一种达观的看法吧？但从秀吉的角度来看，落到这样的境地，无疑等于放弃自己的房子，也放弃自己的家人。

"你来得正好，内山君。我本来是想对你以前的辛劳予以报答的。但是外资公司都是些不讲情面的商人。我们社长也为这事一再和对方交涉，希望能把原公司的职员都留下来，但听说对方就是不松口，坚持原来的裁员决定。上星期，当公司的管理层听到这个不幸的消息后，大家都流下了眼泪。"

一进公司，齐藤专务就对他这样沉痛地说道，而且当面流下了眼泪。秀吉呆呆地看着齐藤，第一次看到这个学生时代曾当过柔道选手的高个子齐藤摇晃着身体痛苦流泪的情景，一阵难言的悲哀涌上心头：这次可真的完了。

　　"内山君，你能为公司的事业勤勤恳恳地干到最后，真是对不起。"齐藤揉了揉通红的鼻子，诚挚地说道。秀吉似乎并没有受到感动。他看着齐藤，有些愤愤不平地埋怨道："这事为什么不能提前告诉我，为什么登报之前一直保持沉默呢？"

　　齐藤有些惊诧地反问道："告诉你又能怎样呢？啊？如果能增加你的退职金，我就是告诉你一万次也可以。如果提前老实地告诉你，我一定是吃错药了吧，难道你不会难过得痛哭吗？内山君，我和你相处已有二十六年了，都是一起拼杀过来的老战友，我们为了公司都一起流过汗，流过血。我实在不忍心提前说出那些让你担惊受怕的话来。你要明白我的苦心。"

　　齐藤擦干了眼角的泪水后，拿出一张纸交到秀吉的手里。

　　秀吉仔细一看，纸上赫然写着几行大字"辞退令　兹根据公司的业务情况，解雇野上机械零部件株式会社销售一部次长内山秀吉。平成十三年十二月十日　野上机械零部件株式会社社长权藤忠"。

　　秀吉目不转睛地凝视着辞退令，久久不发一言。齐藤轻轻地问道："你不准备做些什么吗？"

"做什么，还能做什么呢？"秀吉的脸上露出一丝苦笑。

"哦，你不能这样消极地理解，我说这话是在对你表示最后的诚意。"

齐藤的话使秀吉感到疑惑不解：他说这话是什么意思？难道已经为我决定了再就业的地方吗？这家伙究竟想干什么？看来收购方决不会一个人不留的吧？

齐藤不紧不慢地开言道："虽说公司给你下了辞退令，但我看还是有转还的余地。如果你觉得最好还是以个人原因主动辞职的话，我可以为你直接和社长说说。你看怎样？"

秀吉听了，心里真像打翻了五味瓶，甜酸苦辣咸什么滋味都有。以公司原因还是以个人原因提出辞职？万没有想到自己亲耳听到这种话的日子真的来临了。我虽然一直为公司的前途而担心，但从来没有认真想过会被公司解雇。担心归担心，至于公司重组后自己该怎么办的问题却一次都没有认真地思考过，所以现在自己确实不能理智地判断是公司下辞退令好，还是自己主动提出辞职申请好。

秀吉沉吟了半晌，对齐藤缓缓地说道："专务，过一两天再给您回音可以吗？"

"可以，可以。不过不要讲得太复杂。有许多人由于没有以个人原因主动提出辞职，结果后悔得哭了呢。"

秀吉明白，一旦自己写了辞职信而被公司接受，就可称之为主动辞职，也就是所谓保全名誉地牺牲的形式。但如果采取这种形式，不但退职金会减少，而且雇佣保险的条件也会变差。以公司原因退职，也就是所谓的辞退，这也无所谓什么名誉不名誉了，但是，退职金要比自己主动辞职多得多。唯一成问题的是，外面传说在再就业时，主动辞职的要相对有利一些。不过有的商业杂志上载文说其实并没有这样的差别。当然也有专家言之凿凿地宣称确实存在这种差别。

齐藤最后又关切地叮嘱道："虽说现在已经进入了全球一体化的时代，但是对于日本企业的人事部门来说，总会认为被企业解雇的人在工作能力上有些问题，这几年他们已经形成了习惯看法。你就在这一两天里好好想想，没问题吧？"

秀吉感激地说道："拜托您了，专务。那您今后怎样呢？"

"我当然也被公司解雇了。现在连个住处都没有，我准备在年末的时候好好喝上几杯，去去身上的晦气。"

"明白了。"秀吉说着，对齐藤深深地行个礼，走出了专务办公室。

秀吉回到自己的办公室后，看到部下们依然像往常那样忙碌地工作着，心想大家也许并不知道现在该做什么才好吧？其实现在干与不干都已经无所谓了。但是人的心理就是这么怪，如果现在不做点什么事，心里就更不踏实了。

"专务对您说什么了?"立花凑过来问道。

"他说要我考虑自己主动辞职。"

"次长是怎样想的呢?"

"我不知道。"秀吉看了立花一眼，懒散地回答。

对于这个忠实的部下，秀吉再熟悉不过了。为了振兴公司的事业，他们俩曾热烈地促膝谈心。尽管他们只是普通的公司职员，但在他们的憧憬中，也像那些漫画或电视连续剧中描写的那样，是热血沸腾的营销团队，不断地奋勇开拓新市场，结果终于战胜了那些准备逃跑的公司高层，为公司的事业立下了汗马功劳。但是严酷的现实终于打碎了他们的幻梦，公司背负着巨大的有息债务，终于走入了绝境，纵然再有热血沸腾的抱负也无济于事。虽说造成公司这场灾难的主要原因是当今社会没有活力。但是大家也广泛认识到，即使有活力也起不了什么作用。一旦公司到期对银行拆借还贷，不管你有没有活力，一切都结束了。

立花小声说道:"听说对方给公司的管理层相当多的补充退职金呐。"

秀吉顿时想到齐藤是想让离职的自己也能拿到那笔钱吧。这家伙却说自己虽然是公司高级职员，拿到的也是和普通员工一样的退职金。总而言之，他是在骗我，他们那帮人肯定准备携款逃跑了。此时，秀吉突然又想起今天早上的事来。

"立花，你这小子为什么不在早上的电话里把这事告诉我？"

"我怎么会不想说呢？早晨我给次长家里打过电话。这样的事对我来说也是很少有的，你不在，我又不敢说，夫人没对您说什么吗？"

"好了，说不说也没关系了。"秀吉见立花也认真起来，心想也许是自己错怪了他，于是赶紧打住了话头。但是，他接着又犯了难：如果把这事告诉昭子，她会怎么想呢？可以现在从公司打电话对她说，立花早上来的电话没什么大事，只是普通的业务联系而已，但这样的说法实在有点怪。如果再对她说已经搞定了长期悬而未决的新客户，这样合适吗？

立花接着又道："当时我可真急死了。就在接听次长的电话时，我老婆正站在面前，所以有些话也不能说。我只好到别的房间和您继续通话。尽管如此，如果我老婆稍加留意的话，肯定会知道我们通话的内容。为了分散她的注意力，我不得不对她撒了谎。真是对不起次长，我对她说，现在次长碰到棘手的男女问题，他被一个快餐店的十八岁女招待拖下了水，我正为他筹划赡养费的事。这样说是对不起次长，但如果不撒谎她一定会发觉我们通话的秘密。当时，我急得脸都变白了，所以拿着报纸匆匆地离开家门，一到车站立刻把报纸扔进垃圾箱里。"

听到立花说起那十八岁女招待的谎言时，秀吉不由得想起了容子。那个星期天在西友大商场的甜蜜相处也许是上天给自己准备的最后的幸福礼物。

秀吉来不及细想，又听到立花伤感地谈起他准备把刚买下的公寓出售的事来。他道："如果不能按期缴付按揭费用，房子就会被银行收去拍卖，所得金额一般是自由出售的一半。"

秀吉听了，觉得立花的话颇有道理。现在就算能再就业，所得的薪金肯定比原来少，而住房按揭都是以终身雇用制为前提组合的。立花才买房不久，房价不会很高，应该还能对付，而自己则是在房地产泡沫时期买下的房，现在就算自由出售也还不起按揭贷款。因为现在的地价已下降到过去的一半。

立花最后沮丧地说道："次长，这事看来瞒不住了，我不得不回去向老婆坦白了。"

秀吉木然地点了点头。他心想，立花年纪轻，他的事好办，只要抱着婴儿就能搬家了，而自己则麻烦多了，不但有一个得了自闭症的儿子，还有一个准备上大学的女儿，这样的负担谁承受得起？现在就算把房子卖了，也绝不能对家人说。就在他胡思乱想的时候，脑海里突然闪现出"自杀"这个可怕的字眼……

秀树

早上六点钟就起床了。怎么也不能迟到。秀树这次早起的心情和过去打工时的情绪完全不同。他深知这次早起的意义,和律师面谈三十分钟就得付五千日元,而且去晚了也许再也没有第二次面谈的机会了。

秀树赶紧先去浴室洗了澡,仔细地剃去胡须,梳理好头发,再用漱口水漱了漱口,接着开始精心挑选自己外出穿的衣服。秀树觉得这次面谈非同一般,穿的衣服一定要给人留下庄重的感觉。最后,他选择下面穿一条藏青色的细条灯芯绒裤,上身穿方格花纹的衬衫和羊毛茄克衫,外面再套上一件粗呢短大衣。

离开家前,秀树偶然看到了放在屋角已经枯萎了的玫瑰花束。

自送花那天起，他就定期和那些救援机构电话联系，但他们回答说从没有收到过那个名叫柴山雪儿的女性的救助电话。

早上七点半，昭子不经意间见到了正要出门的秀树。看到儿子这身打扮，她不由得大吃一惊。秀树不紧不慢地开口道："你能不能借给我一万日元？我现在去东京市区有点急事。"

"你要和什么人见面吗？"昭子一边拿出钱包找一万日元的钞票，一边谨慎地问。看来钱包里没有一万日元的大票，昭子拿出一张五千日元和几张一千日元的票子认真地数着。秀树虽然面露焦急的神色，但他还是站在一旁默默地等着。

看到母亲这样，他忍不住平静地补充了一句："钱不够数也没关系。"

如果在一个月前，他也许会大发雷霆。就算现在，如果不是去和田崎律师见面，他也会突发脾气。但这次他出奇地温顺，看到母亲小心翼翼的神态，反而有点于心不忍。心想上次买玫瑰花束还剩下一点钱，这次即使没有一万日元，给五千日元也许就够了。不过说好是三十分钟给五千日元的，如果谈话投缘，即使超过一分钟也应该加倍付费，要是律师说谈话三十五分钟就得付一万日元，那时手中的这点钱就不够了。

昭子似乎看穿了儿子的心思，她抱歉地对秀树说道："对不起，我还没有去银行，现在钱包里只有九千日元，要么你和妈妈一起出门，顺便到银行去一下怎样？那里有自动取款机的话，我就可以取钱给你了。"

秀树急忙摇头道："不，已经足够了，我这样一拿走，妈妈的钱包就空了。"

"不要紧，待会儿去一下银行就没问题了。"

秀树看到母亲这样大度，又若无其事地说话，心里不由得一酸：我一下子拿走她九千日元不要紧吧？她把钱包里的一张五千日元和几张一千日元的票子一张不剩地全给了我，那钱包里再没有余钱了。母亲就是这样的人，即使银行里已经没有一元钱的存款，她也会毫不犹豫地把自己钱包里的钱全部给我。而我，作为她的儿子，却偏偏时常要对这样的母亲发火，甚至使用暴力。

于是，秀树觉得此时必须向母亲说明钱的去处。

"我现在要去找律师。"秀树鼓起勇气说道。

"找律师吗？"昭子的声音里带着几分惊讶。

"是的。因为找律师咨询要付谈话费，三十分钟就得付五千日元。对门那个柴山的夫人一直受到她丈夫的暴力欺侮，我就是为这件事去咨询律师的。不过，妈妈不要担心，这样做不触犯法律。我已经看了许多法律书籍。我只是想在法律许可的范围内想法子拯救柴山夫人。"

"哦，我知道了。"

昭子理解地说了一声，然后在玄关目送儿子离开家门。

秀树一边走路，一边眺望柴山的宅院。他回想起那天给雪儿送花时看到的那张惊恐的面容，于是一种紧迫的责任感油然而生。对着拉紧窗帘的柴山家窗口，他轻声低语道："等着吧，我会为你伸张正义的。"

秀树乘上拥挤的电车，虽然人很多，但并不感到难受。在池袋车站下车后看到滚滚的人流，也没有半点害怕。而他以前完全不是这样。在终点站只要看到通道上有成群的人在走动，就会发怵。当时他的感觉是，人群就像汹涌澎湃的大海波浪，他随时都有被吞噬的危险。那些成群的人流中，人人脸上毫无表情，就像戴了面具一样。秀树的心态虽然比过去好了许多，但后遗症还存在，当他经过车站的通道或是地铁出口时，曾有几度差点触发惊慌的心理，而且一想到要去纪尾井町，心头确实隐隐地有些不安。

秀树一边走，一边反思自己近来的一些变化：为什么我不感到害怕呢？难道是心中怀有某种目的才会这样的吗？在上大学或者外出打工时虽然也有某种目的，但还是经常感到害怕。之所以现在看到人群不再担心，也许是因为我的身心比过去健康了吧？就早上能早起这一点来看，我的生活状况和以前大不相同了。为什么近来身心变得这样健康呢？哦，对了。也许并不是变得健康，而只是不担心了而已。

刚才在电车里或是车站上，我一直在考虑怎样向律师询问，完全没有心思顾及其他，也许这就是其中的缘由吧？

秀树换乘地铁后，在有乐町线的曲町站下了车。

这是个寒冷的早晨，路上的行人都穿着大衣，竖着衣领，逃也似的匆匆而过。秀树经过一个低缓的坡道，向纪尾井町方向快步走去。那一带有众多出版社和法律事务所的大楼，道路两边种着许多行道树，这样幽静的林荫道给人带来一种心旷神怡的感觉。

秀树提前三十分钟来到了律师事务所的那幢大楼前面。这是一幢绿色的六层建筑物。旁边有一家便利店。他走进便利店，心想要不要给律师买一点小礼物呢？他一眼瞥见了商店内写着答谢品的一角。于是走上前仔细察看。所谓的答谢品，大多是一些食品，有成箱的水果罐头，标价是三千日元一箱。也有面条和调料的组合，两千五百日元一组。还有咖啡套盒，三千四百日元一套。秀树明知如果谈话超过三十分钟，所带的金钱就可能不够，但为了给对方留下好印象，还是狠狠心买了一大盒咖啡套盒。心想长期待在办公室里的人应该喜欢咖啡这种饮料的吧？

秀树进入了那幢大楼，看到了上面写着"饭岛·田崎·吉川律师事务所 3F"字样的铜牌。经反复确认后，他才放心地乘上电梯。电梯前厅很别致，就像科幻电影中常出现的那种白色的空间，使人见了心情舒畅。出了电梯，秀树看到通往律师事务所走廊的墙壁也是白色的。但是那儿没有常见的观叶植物、招贴以及公用电话。饭岛·田崎·吉川律师事务所入口的门开着。秀树走到门口，看到正对面是一座磨砂玻璃屏风，右侧是入口登记处。由于时间还不到早上十点，登记处的办公桌旁还没出现工作人员的身影。

秀树一时没有勇气开口发声，只好拿着那一大盒咖啡在门口呆呆地站立着。

"请问有什么事吗?"

一个手里抱着许多文件的青年女性从左侧办公室里面走出来，她这样问着，坐上了登记处的办公椅。

秀树嗫嚅着问答："我叫内山秀树，和田崎律师说好十点钟在这儿见面的。"

那位女秘书叫他坐在入口处的一把椅子上耐心等待。不一会儿，一个手里拿着一厚本书籍和一只盛着咖啡的大号茶杯的女人从磨砂玻璃屏风后面出现了。她看了秀树一眼，用悦耳的声音说道："是内山君吗? 请进。"

那个女人把秀树请进办公室后，看了看女秘书道："我们在第二会谈室。"

这时，秀树才看清了那个名叫田崎的女律师的容貌。她还不到四十岁，穿着一套带条纹的灰色女式套装，还穿着黑色长筒丝袜。染成淡茶色的波浪长发直披肩头，也许是刚涂上口红的关系，小巧的樱口上闪着濡润的光泽。脖子上围着一条红色的丝巾，脚上穿着一双红色的轻便舞鞋。从律师形象这个角度来看，她是位有了一定年纪的衣着讲究的女人。

"这是我的一点心意。"秀树说着便把那盒咖啡递给了田崎。

"哦，好的。谢谢！"田崎口里答谢着，随后把那盒咖啡交给门口的秘书保管。

"你说已把救援机构的电话号码交给了她，可是那位女士到现在还没有和我们电话联系过，情况就是这样。"

说着，田崎把秀树引进了会谈室。接着，她戴上一副无框眼镜，客气地请秀树入座。秀树发觉这间谈话室约有八张榻榻米那么大，房间的转角都是玻璃窗，给人一种愉悦的感觉。从窗口望去，远近的超高层大楼的壁面在上午阳光的照射下，闪耀着炫目的光芒。

"是这样的，"秀树顺着律师的话语说道，"那今后我该怎么做才好呢？"

田崎取下眼镜，拿起一块薄绢擦拭着镜片雾翳。她道："内山君，你碰到的情况是和大人虐待幼儿或者儿童完全不同的。现在的被害者是一个成年女性，原则上，如果她本人不提出申诉，我们也就无能为力了。"

秀树颇为赞同地点了点头。不过他又提出了自己的想法："你说的我也明白。但我还是有一点疑问想请教一下：上次我见到她时，看到她被打得鼻青脸肿。也许她在精神上比较脆弱吧。因此我想她那个样子，要一个人逃脱或者向外救助是很难做到的，不是吗？"

田崎依然摇头道："尽管如此，如果她遭受家庭暴力时不按照自己的愿望提出申诉或者避难的要求，我们还是无法行动。即使把她送到民间避难所，那儿也一定会确认本人是否真的有自愿离家的请求。如果她到现在还不明白这一点，那么我们永远无法有共同语言。"

"难道照这么说，我就无法拯救她了吗？"

田崎把手中的铅笔放在桌子上。沉思了片刻，说道："内山君，你也不要太着急。我办理过几个由家庭暴力引起的离婚案子，因此和那些国家机关以及民间避难所的有关人士都有来往，待我和他们商量后再想办法吧。"

田崎抬起头望着秀树。秀树第一次看到这样奇特的眼光。这种眼光既不冷酷无情，也不漠然无睹，更不是一种蔑视。当然也说不上非常和蔼可亲。

田崎又道："也许我这样说有些失礼，但是我不得不这样直言相告，可以吗？当然，我们的谈话还没结束。"

秀树回答："没关系，您说吧。"

"说实话，内山君对那个女性的立场和家庭暴力的加害者非常相似。"

秀树听了大吃一惊。既是对田崎的这种说法感到十分惊讶，也是对自己的敏感反应感到十分惊讶。"是这么回事吗？总算明白了。"秀树心里这样想着，他深深地感到长期藏匿在心中的隐私终于露出了端倪。

田崎侃侃而谈："我不敢说你已经听懂了我的话，先给你解释一下吧。所谓的反家庭暴力，如果只谈论拯救和被拯救的事情，是绝不会解决任何问题的。你明白吗？现在你只用了一半的力气，却要求那个女人离家出逃，这可能吗？换句话说，假定你亲眼看到她丈夫在实施家庭暴力，你报警叫来了警察，并且亲自出场作证，让那个女性逃到了外面的避难所。那么结果会是怎样呢？我可以肯定地告诉你，受害人百分之一百会回到加害者的地方。这样的话，让受害人离家出逃就根本没有意义。再说，受害的女性也没有这么强的承受孤独的能力。其实，不论是结婚还是同居，女性离家出逃都是件非常严重的事。也许大家都会这样说，她受到这样严重的伤害，为什么不赶快逃走呢？请你千万不要忘记这一点，那儿是她的家。如果让她离开家在外面生活，绝不是一件简单的事情。所以，要她接受离家出走这个概念是非常困难的。由于加害者大多拥有经济支配权，所以有的受害人身上甚至连买车票的钱都没有。所以说，当受害人离家出逃时，不能只是听别人的指示，必须自己要有离家的愿望。"

秀树怔怔地听着田崎的长篇大论，就像听她讲自己的事情那样。他心想：如果雪儿不能外逃的话，是不是也会像自己那样患上自闭症呢？这样就不会走出家门了。但是这样一直待在家里一定会很无聊，社会上也都是这样认为的。不过，刚才律师说让受害人在外面生活并不是很简单的事，其实就是说这件事是不可能的。既然说不能在外面生活，那么还是让她把自己关在家里吧。因为即便有外人的指示，她也不可能离家出逃。

田崎又问："对不起，我想一下，你心中有没有把她拯救出来后和她一起生活的欲望？"

被田崎这么一问，秀树顿时感到自己几乎快要窒息了。只觉得喉咙被什么东西堵住，想吐又吐不出来。"怎么会有这样的事呢？"秀树心里愤怒地想道。他想发火又不能，因为这儿毕竟是律师事务所，不是自己的家。况且田崎是个职业律师，不是自己的亲人。自己一旦莫名地大发脾气，那么一切都完了。秀树从没有想过和雪儿一起过日子的事。不，在内心深处还没有认真想过这样的事情。自己只是想如果能让雪儿从柴山的暴力魔爪下逃脱就好了。但是，被田崎这样尖锐地指出来，使得自己最隐蔽的心事竟然暴露无遗。秀树不得不暗自承认：我确实一直在想象和雪儿握手的情状。平时从四个窗纸孔里监视柴山的宅院时，头脑里总是浮现出雪儿那雪白的大腿和丰腴的臀部。秀树不得不佩服田崎目光之犀利，就像被她剥光了衣服，让人见到自己裸露的肉体那样，秀树感到一种难言的羞耻。

于是，秀树压低着嗓音，轻轻地回答："我有这样的欲望。"

听到这样的回答后，田崎露出了颇感意外的神情："哦，内山君是想和那个女性住在一起，所以你应该也会有相当高的使她受到家庭暴力的几率。即使不住在一起，情况也是一样的。在那种场合，你会采用电话联系或者监视跟踪的手法对吧？"

听了田崎的这席话后，秀树只感到两只手腕上都起了鸡皮疙瘩。他一下子想起了雪儿被打得青肿的眼睛和嘴唇。照理说，想象自己毒打雪儿的情景时，并不一定会出现鸡皮疙瘩。

田崎又径直说下去："说要拯救被害的女性，这只是反家庭暴力的第一步。你虽然想拯救他人，但没想到又简单地和暴力联系在了一起。说到底，你并没有平等地看待对方。所谓平等的人际关系，就是没有要救他人的欲望。而你正好相反。您认为她是个可怜的女人，所以我必须要去拯救她。如果我不在，她就会一直过着不幸的生活。如果我不在，她就完了。只要有我在，她就能活下去。如果我不在了，她就无法生活下去。

"之所以有这样的想法，就是因为你有想支配他人的欲望。正因为你有这个想法，即没有我她就活不下去，所以变成柴山那家伙对雪儿的态度也只是早晚的问题。想拯救他人的欲望和想支配他人的欲望其实本质上是一样的。具有这种欲望的人，往往自身也受到过很深的创伤。这样的人，与其说是拯救别人，毋宁说是拯救自己。但是，这种人在他的心灵深处几乎都不承认自己也是被拯救的对象。虽然他不认为自己是被拯救的对象，但他会变得依存于他人。"

在窗上贴着黑色窗纸的昏暗的房间里，秀树曾经几百次、几千次地反复自问自答，我能拯救雪儿吗？该怎样拯救雪儿呢？为什么会想到拯救雪儿呢？答案只有一个，雪儿应该在等待我的拯救。这样，秀树在反复自问自答的过程中形成了意识里的误区。但是就在他那林木密布、藤蔓缠绕、热带丛林般混乱不堪的意识区域里，田崎的话语却神奇地穿越而入，并且在刹那间剥去了它的层层伪装，把一直深藏在心底的隐私暴露在光天化日之下。

听了田崎的话后，秀树只感到全身疼痛。当他意识到对这个人什么都隐瞒不了时，发觉自己不由得流下了眼泪。

"今天就谈到这儿吧。"田崎一边合上放在面前的那本书，一边礼貌地说道。

秀树看到田崎准备起身离开房间时，突然开口央求道："请等一下。"

田崎望着他，不发一言。

"那么我真的不能为她做什么了？"秀树的语气显得十分无奈。

田崎沉思着，从她的表情上来看，似乎在想这个年轻的男孩在真相面前究竟还能忍耐到何种程度。

"内山君，你有没有想过由谁来拯救你呢？"田崎的语调突然一变，她的嘴边漾起了几丝笑纹。秀树猝不及防地呆住了。这个田崎，她为什么会提出如此刁钻的问题呢？

田崎的语锋更厉："有那种'我不需要别人拯救'的想法的人就像你那样不敢正视现实，而且必然否定我的问题，编造谎言加以掩饰。内山君，难道你真的没有想过'由谁来拯救我'这个问题吗？"

"我想过。"秀树低声回答，"我觉得母亲会救我的。"

秀树此时想起了母亲。他知道自从自己患病后，母亲一直和精神科医生、医学顾问保持来往。不知什么原因，母亲的精神面貌近来发生了很大的变化，变得豁达乐观起来，所以他觉得自己的想法应该没错。

田崎问："是你母亲吗？"

"是的。"

"那你母亲有没有亲口对别人说过要拯救你，或者说要拯救你，带着你外出到处求医呢？"

"没有，从来没有。相反，她从来不干预我的事。"

"那你是否知道你母亲是怎样来拯救你的呢？"

"我不知道。"

"你母亲为了你的病，不得不向各种各样的人讨教。难道她不是在这过程中变得成熟独立了吗？其实，亲人的独立就能拯救自己身边的人。也就是说，必须能一个人独立生活，光凭这一点，其结果就能在无形之中拯救自己的亲人。"

秀树的脑海中浮现出母亲的面容。那是她高喊着"不要再打了！"时的面容，那是她关切地对儿子说"如果肚子饿的话，我该为你做什么吃呢？"时的面容，那是今天早上把儿子送到家门口说"你走好！"时的面容。

止不住的泪水滚滚而下。秀树扪心自问：今后我该怎么做才好呢？其实，他的心里已经有了明确的答案。那就是：必须能一个人独立生活，必须能一个人独立生活。光凭这一点，其结果就能在无形之中拯救自己的亲人。

知美

下午很晚的时候和近藤一起吃了午饭。吃饭的地方就在吉祥寺一家古老的西餐厅，位于南口商业街的一端。也许是圣诞夜的关系，今天的西式午餐格外丰盛，但是知美明白今晚必须要回家，母亲对她说过，父亲今晚可能会回家和家人一起过圣诞节。

早晨临出门前，母亲是这样对她说的："现在还不很清楚，你父亲今晚可能会回家一次。今天是圣诞夜，我想秀树一定也会很高兴的。"

知美高兴地回答："知道了。我今晚也有话对妈妈说，在父亲回家之前我一定会抽空对你说的。"

出于这个原因，今晚不能和近藤一起共进圣诞大餐了，她只好打电话给近藤，向他说明其中的原委。

近藤听了表示很理解。他大度地回答没有关系，并提议道："我们就一起吃午饭吧。"

知美补充说："我准备在父亲回家之前，先把我打算去意大利留学的事告诉妈妈。"

近藤表示赞同："这也许是个好主意。那我今天晚上就一个人工作吧。"

"你圣诞夜还要干活吗？大家不是都会参加派对寻欢作乐吗?"

"我想就是不和大家一样也蛮不错嘛。"

两人挂上电话后，下午稍晚的时候在一家西餐厅见了面。

这家西餐厅古朴典雅，墙上挂着许多精美的油画。他们两人相对而坐，喝了一杯温热甘甜的餐后红葡萄酒。这种酒的特点是在红葡萄酒里加了一些干果，并经过温热后才上桌。据说这是德国和北欧地区的圣诞节才喝的饮料。刚才他们吃了餐厅提供的圣诞套餐，内容有：熏火鸡、香草莴苣色拉，还有红焖小牛肉。

两人开始品尝冰淇淋时，知美给近藤送上了圣诞礼物。那是一副具有耐热性能的皮手套。知美发现近藤原有的那副手套早已经破旧不堪，心想如果他再戴着这样的手套，熔化贵金属时会发生危险的。近藤接过手套一看，高兴地发出"哇"的一声欢呼，并当场把它戴在手上。

"这副手套棒极了！"近藤忍不住又赞了一句。接着，他用那双戴着皮手套的手拿出一只扎着丝带的小礼盒，说了声："这是我给你的。"把它交给了知美。

知美打开小礼盒一看，里面放着一个百合花形的精美绝伦的银制胸针，花茎上还镌刻着一行小字和制作日期。上写着"my dearest. Tomomi"。知美爱不释手地看看，心想这真是世界上独一无二的最美的胸针。

近藤不无担心地问道："知美，今晚摊牌了，万一你家人反对可怎么办呢？"

"我没想过这回事。"知美颇有信心地回答。

近藤放心地笑了。他又道："过去我说要成为一个珠宝设计师，妈妈就问我：'你口气这样大，要是失败了怎么办？'她的意思我明白，就是说要是成不了珠宝设计师，我又怎么样呢？其实我根本没想过这样的事，我一心想成为珠宝设计师，所以从来没考虑过失败的后果。"

知美道："我觉得妈妈可能会同意我出去的。是不是真心同意倒不好说，我看她也是没办法。现在成问题的可能是父亲一个人了。不过我想那也问题不大，即使强烈反对，总不能把我捆起来关在家里，或者强迫我乘车去大学接受考试吧？所以我就不去想他们反对我该怎么办的问题了。我觉得一个人如果一心想做什么事，那是谁都阻止不了的。当然，这和犯罪是有根本区别。比如说，我举个例子吧。如果我真心想学习当一名家具设计师，那谁也无法阻止我的愿望。"

近藤十分钦佩地听着知美表述自己的决心，他问道："你是说谁也阻止不了你的决心吗？说得好极了。其实，他们即使阻止，也没有意义。再说，我反正早晚也要和你父母见面的。"

"谢谢你的好意。不过，在见面之前，我一定会通过家里的协商，把去意大利的事情定下来。"

知美嘴上说得很轻松，其实心里认真考虑过如果父母反对她去意大利该怎么办的问题。估计父亲必然会反对。因为他不认识近藤，不明白自己的女儿为什么要和一个陌生的二十八岁男子一起去意大利，而且住在一起。何况两人并不是为了结婚才一起学习意大利语，父母也许真的不明白其中的缘由吧？

知美决定去意大利之后，去书店买了意大利语会话教材和大量介绍意大利家具的专业刊物。她还想去意大利后看更多的家具。尽管到现在她还没有真正决定是否当一名家具设计师，但听说意大利有很多这种设计专业学校。她现在想的是如果去意大利，那么首先要学习意大利语，接着便是一个人去餐厅，用意大利语向服务员点单，亲口品尝那著名的意大利文蛤细面。至于去那儿到底做什么，就待以后再说了。

知美又想：如果父亲拼命反对，我又不能改变决心的话，我能再向父亲提什么要求吗？如果我说我不再需要在日本上大学的费用了，想用这笔钱去一次意大利，那父亲肯定不会给我的。要是他真这样拒绝的话，我就说："我向你借款吧。"并郑重其事地写下借条，待自己去意大利后赚了钱，再慢慢还给他。

想到此，知美又问："我们出国的日期定在明年二月份吗？"

"是的。知美，我看在那儿学习毕业是没有问题的吧？或许也不用出席毕业仪式。"

"意大利语言学校的学费是多少？"

"每月是四十五万里拉。"

"那么折成日元是多少呢?"

"大约是两万三千日元。"

"那很便宜嘛。"

"我说的是国立学校的学费,如果是私立学校,可能每月必须支付五万日元。"

"那你是否知道津田塾大学的学费是多少?"

"一年的学费是不是一百万日元?"

"大体就是这个数目吧。"

"那可真是不得了,再说现在的物价又贵,其他的开销一定也很大。"

知美的心思又飞到了晚上和父亲摊牌的场景:父亲也许还是会要求我去上大学吧?那我就说,请你拿出证据来,证明如果进入大学,就能获得幸福又充实的人生。父亲未必能拿出这样的证据来证明。如果这样的话,我就说,这是我的人生,你又不能证明给我幸福,所以你的想法是不对的。一个自己也不知道怎样做才能获得充实人生的人,又要给孩子提出各种各样的建议,是很荒谬的。

知美已经想好和父亲谈话的最后台词。那就是:"我不是为了父亲而活的。"尽管如此,她还是希望尽可能在不说出这句话的情况下,就能和父亲谈妥出国的事宜。

昭子

　　看到秀树梳理着漂亮的分头，穿着茄克西装，早晨七点半准备外出时，昭子不由得大吃一惊。秀树开口对她说要借一万日元，但由于昨天忘了去银行取钱，钱包里只有九千日元。秀树又告诉她此次外出是为了柴山夫人被丈夫毒打的事去找律师商谈。听到秀树的口中说出柴山这两个字，昭子刹那间产生了很大的不安。但仔细一想，又感到释然，因为律师是不会叫人犯罪的。

　　秀树也许看穿了母亲的心思，急忙安慰道："妈妈，不用担心，我不会去做犯法的事情的。我已经看了许多法律书籍，只是想在法律许可的范围内想法子拯救柴山夫人。"

　　听到秀树在出门前说出这番话来，昭子又是暗暗吃惊。因为儿子的语言语气都是近几年来从没有听到过的。

　　"喂，喂，是你吗？在你工作的时候打电话来，真对不起。"

　　中午十二点过后，昭子忍不住给秀吉的手机打了电话。原以为丈夫此时正在午间休息，谁知过了好一会儿也没有听到回音。昭子顿时不安起来："难道我把电话号码拨错了？"此时她听到手机里传来的声音也和往日不同。按照以往的惯例，每天过了中午十二点，秀吉一般都去公司附近的餐馆或者荞麦面店用餐。如果他人在外面，则是去那些普通的家庭餐馆或者快餐店，那时从手机里听到的都是嘈杂的人声。这一次却异乎寻常，电话里特别安静，只听到像鸟叫那样的声音。

"哦，是我。"电话里终于传来了秀吉的声音。

昭子心里有些不满。这是怎么啦？平时只要电话一通就能听到秀吉好像很忙的声音："我是内山，请问有什么事？"但今天他的声音怎么那样轻，好像是别人在说话似的。昭子不由得急急问道："你还好吗？"

"噢，没事。我现在正在外面，有什么事吗？"

"今晚你能回家一次吗？"

秀吉沉默着没有问答。电话里能听到他呼吸的声音，好像有些气喘。

"你，怎么啦？"昭子疑惑地追问道。

"没什么。嗯，是今天晚上吗？为什么这么急着叫我回去？"

"今晚是圣诞夜，我有话对你说。"

此时，昭子已决定参加田之仓介绍的非营利性组织工作，所以希望秀吉也知道这事。如果真的担任这项工作，光是接受心理学或其他面谈技能的培训，每周要花费三十个小时。这样一个星期至少有四天不在家。但是每月有五六万日元的津贴。这样就能承担为秀树的病情请医学顾问上门访问的费用，或许还能略微补贴知美的学费。

昭子接受了田之仓和大冈的提议，在精神保健福利中心听了一次有关心理学的课，她没想到心理学竟然那么有趣。那次讲课主要谈的是青春期的案例。昭子回想起自己过去和上初中或高中的秀树之间的对话，久存在心底的种种疑问自然而然地化解了，她心里充满释疑之后的喜悦之情。

"是吗？今晚真的是圣诞夜？"电话里又传来秀吉自言自语的声音。

昭子着急地问道："你现在在哪儿？"

秀吉又是沉默不语。电话里听不到人说话的声音，只是传来一种像水鸟的声音，叽叽地一直叫。

过了很长一段时间，才听到秀吉的回音："我现在在外面，有些累了，所以在公园里休息一会儿。你说的事我知道了。今晚要加班，如果情况允许的话，我会露面的，就这样吧。"

电话挂断了。昭子拿着电话筒呆呆地发怔。究竟出了什么事，在这样寒冷的冬天一个人去公园休息？最近两个星期因为忙，没去小手指的公寓。曾经给他打过几次电话，但秀吉总是借口很忙，没说几句就挂上电话。他刚才说情况允许的话就会露面。这是什么话？简直无法理喻。他从来没有说过这种话，我也从来没听到别人说过这样的话。

知美手里拿着好像是装着圣诞礼物的小包，她正要出门时，昭子叫住了她。母亲对她说父亲今晚可能回来，所以到晚上必须回家。

"妈妈，今天我有话要对你说，在父亲回来之前我会抽空告诉你的。"

知美站在玄关对母亲这样说道。昭子看着女儿，觉得自己越来越不了解她了。自从放寒假以来，知美外出的次数越发频繁。难道她正在进行大学考试前的准备？昭子想起那年恰巧也是像现在这样的冬季，秀树正在准备考大学。那天吃饭时，昭子把盛着面条的大碗送进秀树房间，充满希望地说了声："秀树，你要努力啊。"结果秀树把面碗都扔掉了。现在看来，孩子们都会以各种不同的形式向父母发出表达自己意愿的信号，但那时的昭子直到儿子把面碗扔掉，都没有注意到他所发出的信号。

通过这些日子持续不断的学习和咨询，昭子终于明白，在所谓的第二反抗期中，据说那些小孩都会很自我地排斥由父母或边亲友规定的任务。秀树由于反抗，结果患了自闭症，把自己关在房间里封闭起来。其实和知美相比，秀树也许还算是比较好懂的。因为从小时候起知美就很内向，她心里在想什么父母也不太清楚。秀吉过去经常对妻子说："这个孩子很像你。"现在昭子想想，丈夫确实有先见之明，没料到知美也许真的和母亲十分相像。知美小时候就不喜欢听从父母或者别人的教导，她上初中二年级时有段时期成绩急剧下降，父母对她再怎么说"你要好好学习"，她也无动于衷。除了应付似的说一声"知道了"，便躲在自己的房里整天看那些漫画杂志。有时父母也对她灰了心，干脆弃之不管了，不再说"你要好好学习"这样的话。这时她却一反常态地拼命学习，而且成绩也在学期内达到了优良水平。

昭子自从认识延江之后，常后悔年轻的时候为什么没有寻找自己喜欢的职业。她从女子短大毕业后就立刻和秀吉结婚，并且马上就有了孩子。现在回想起来，自己当时的做法难道不是在逃避该怎样考虑实现人生愿望这个重大问题吗？

昭子环视着家中的一切，发现楼梯上还残留着血迹，她突然意识到自己在家孤独地生活已有相当长一段时间了。反正知美是要离开这个家的吧？至于秀树，他也许会说要一个人外出打工单独过日子这样的话来。前不久，昭子确实感到秀树也有离家的意愿。今天早上看到秀树这身打扮出门，更增强了她的这种感受。

昭子进而又想：如果两个孩子都出去的话，不是就只剩下我和秀吉两人一起生活了吗？这个家庭岂不是会走向毁灭吗？这样想来，自己也不由得大吃一惊。说句心里话，她并不希望和秀吉离婚，也不想和延江再婚。她并不讨厌自己的丈夫，也没有不想两人一起生活。此时她又想起了那个咨询师大冈说过的一句话："如果和他人幽会，这一点就有可能改变自己的人生。"昭子并不是对家庭有什么不满，只是想确认改变人生的可能性。

"我现在正在寻找这样的乐事呢。"

昭子记得说这句话的是自己的女儿知美。就是秀吉离家的那天夜晚，在母女俩乘电车回家的路上，知美不经意间说出这样的话来。当时昭子听了感到很惊讶，心中暗忖："她为什么说这样的话？她没事吧？"现在再细细想来，一切都释然了。十八岁的知美要寻找自己的人生之路是理所当然的事，而一个四十二岁的家庭主妇该怎样改变自己的人生呢？

昭子一时陷入了迷惘……

秀吉

自从被公司决定解雇之后，秀吉第一次感到有关自己的前途问题，竟然找不到一个可以与之商量的人。虽然以前经常与他谈论此事的有立花，但现在情况发生了很大变化。一则立花和他一样都被公司解雇了，二则两人的年龄相差太大，谈起有关再就业的话来也并不投机。而且立花还没去过职业介绍所，他不知道被公司解雇确实会对自己的再就业带来不利影响。因此，在这种情况下两人一直空谈也变得毫无意义。

秀吉明白这事是瞒不了多久的，终有一天，他必须对昭子和家人坦承一切。但什么时候才能说，他心中也没有底。因此，这种无形的重压使他十分烦恼。现在想想，在这时候离开家庭一个人单独生活无疑是一种难得的幸运。如果至今还和家人在一起生活，说不定早就忍不住和盘托出了吧？那时只要对昭子说："公司里发生了一点事。"她听了立即就会明白。但要是她问："为什么会这样？"秀吉自己也难以回答。现在他第一次体会到那些被企业裁减下岗的中老年职员，由于害怕向家人说明而不得不在公园里消磨时光，直至下班时间才回去的复杂心态。

在公司决定解雇他的一周之后，秀吉开始计算自己的各项费用。不论在公司还是在自己的住所，他都拿着账本和电子计算器整天埋头计算。他计算的内容主要是：依靠现有的退职金、雇佣保险金以及家里的存款，家中的实际开销能维持到什么程度。同时他也计算自己支付住宅按揭的时间还能持续多久。迄今为止，他虽然不大清楚住宅按揭还剩多少，但也不想去银行询问，因为银行方面现在也许还不知道自己被解雇的事。如果现在贸然去银行打听按揭的余额，对方一旦起了疑心，说不定会打电话给公司。于是秀吉决定只计算个概数，反正也不需要很精确的数字。现在他最担心的是靠这点仅有的收入到底能维持家庭生计到什么时候。公司的会计告诉他，退职金是按本人最后一个月工资的二十五倍发放的，如果是公司解雇的话，再加上相当于三个月工资的补充退职金。秀吉细想想，自己最后的月工资在四十万日元左右，据此计算，退职金总额为一千万日元，加上一百二十万日元的补贴，总额为一千一百二十万日元。接着他又计算雇佣保险金。他今年四十九岁，保险期已在二十年以上。按规定，保险金是按本人月薪的六折，一年按三百天来支付的。月保险金在二十五万左右，能拿到十个月的雇佣保险金。此外，自己还有四百万日元的存款。如果知美进了自己填写志愿的大学，那么她入学时就要支付六十万日元学费，一年的授课费约为一百万日元。住房按揭的规定是每月支付十八万日元，公司发放半年期奖金时需付三十万日元。秀吉经过粗略计算后，不由得吓出一身冷汗：如果继续支付住房按揭的话，知美还能上几年大学呢？

秀吉清楚地知道现在家庭的生计已经入不敷出，每月不得不补入一部分存款聊以维持。两年来，家里的存款已从原来的八百万日元猛降到现在的四百万日元。平均一年的赤字是两百万日元。今后自己失去工作，若要继续还贷，再加上知美的学费，则一年新的赤字将达到四百万日元。加上原来每年的两百万日元的赤字，全年的赤字总额为六百万日元。而自己现有的存款和退职金总共才一千五百万日元，这样下去实在难以为继。

　　秀吉由此想到：如果只是这样单纯地计算和考虑，知美是无法读完四年大学的。在收入减少的时候，存款也会在短时间内大幅下降。即使勒紧裤带紧缩费用，也只能维持两年，不，甚至只够一年半的家庭开支。如果不尽快找到工作，家庭危机还会来得更快，说不定连一年都保不了。秀吉回忆起当年发昏买房还贷的情况。那时买下那块土地和房子的总价约为四千四百万日元，首付是八百万日元，剩下的三千六百万日元按揭分二十五年还清。二十五年间加上银行利息，平均每年要偿还两百四十万日元。迄今为止已经持续了十二年还贷，剩下的大约还有两千五百万日元吧？如果这幢房子现在出售的话还能卖多少呢？秀吉曾经通过公司的电脑在网上专门调查过，结论是现在购买同样的一栋房子，价格大约在两千八百万日元，而自己房子的售价则一般在两千万日元左右。

　　如果现在把自己的房子卖掉，还剩下五百万日元的按揭款。现在自己的退职金和存款总共才不过为一千五百万日元，要是再扣除五百万日元的按揭贷款，只剩下一千万日元。也就是说现在就算卖掉房子，也只留下一千万日元的余款。秀吉转念又想起房间出租的问题。按现在的市场行情，每月可得房租收入十五万至十八万日元。以月租十六万日元计算，年收入为一百九十二万日元。虽然增加了这部分收入，但还得必须继续偿付沉重的按揭贷款。秀吉还特地去买了份住宅信息杂志，寻找价格在八百万日元左右的房源。结果发现售价最便宜的地方在千叶县。在八千代市只要花六百九十万日元就能买下一套三室一厅带厨房的二手公寓房。不过面积则是现在住房面积的一半以下。在埼玉县有售价八百万日元的二手独立住宅，而狭山的富士见台也有售价八百五十万日元的二手独立住宅。至于其他的廉价房源也不少，JR 五日市线的熊川有六百八十万日元的物业，千叶县的花见川有六百五十万日元的物业，川口有六百九十万日元的物业，不过那是面积有九坪的公寓单室户。狭山台虽然也有七百万日元的物业，但是路途太远，而且面积也太小了。

秀吉不断反复计算，苦苦地思索全家四口人今后如何生活。自从他开始计算以来，晚上的睡眠时间大为减少。同时他也开始考虑再就业的问题，临时想出各种不同的职业，计算不同的收益，并为此整整忙碌了一个晚上。

早晨醒来时，秀吉并没有按惯例马上离开被窝起床，他只感到身上很沉重，肩部和头部都像贴着一块铁板那样。他拿起放在枕边的手机想给公司打电话。这时突然感到有些心慌气喘，就像过去在车站上楼梯时那样。秀吉强迫自己静下心来，待气息平缓之后才拨通了公司的电话。他跟公司说今天要请假一天。接电话的是销售部那位名叫前川的女职员,秀吉觉得对方的态度比较冷淡,心里有些不快。虽然一个劲地安慰自己这也许是神经过敏的缘故,但由于一直想着这件事,闭上眼睛也无法入眠。他把脚伸到电被炉上,一动不动地忍受着。昨晚演算的各种账单散乱地放在枕边,秀吉看着纸上写下的那些密密麻麻的数字,只感到头昏脑涨,甚至有想呕吐的感觉。

秀吉穿好西装,系好领带,夹着公文包去了车站。当他正要去乘上行线电车时,突然想起清晨曾打电话给公司、向公司请假的事来,于是只得快快作罢。这时正是中午十二点,秀吉对着车站里的镜子,稍稍地看了下自己的面容,发现两边的眼角上还留着眼屎,赶紧用手指把它擦去,还看到自己的胡须也没刮,像乱草一般长成一圈。临行前虽然用梳子梳理过头发,但还是有些零乱,好像早上忘了洗脸那样。秀吉看到对面的站台上正停靠着狭山线的始发电车,赶紧过去上了那辆车。

今天是个隆冬的严寒日子,宽广的湖边没有人影,连自行车专用道上也未见人来。秀吉在公园的游客步行道边上看到一张长椅,他刚坐下,手机突然响了。秀吉拿起手机,听到了昭子的声音。起初他还不相信自己的耳朵,猜忖着来电话的女人到底是谁。

昭子说今晚是圣诞夜，希望他能回家一次。对于妻子的请求，秀吉一时难以回答，他的心思全在放在大衣口袋里的一张写满计算数字的纸片上。他现在甚至能清楚地背出上面写着的几组数字：1200万、400万、25万×10。通过这些数字，他明白家里的住房按揭已经无法再继续支付下去了。在现在的情况下，无论怎样努力，都无法偿还这过于庞大的负债额，自己公司的情况就是这样的。

如果光靠现有的退职金和雇用保险金，通过节衣缩食，也许能维持一年半。但是这无疑还是会慢慢滑入破产的境地。存款正在快速递减，与以前相比，现在几乎等于没有收入。家庭和公司处于同样的命运。背负着无法偿清的巨额债务，公司已经慢慢走向死亡，而家庭也一天天临近破产，总有一天，银行方面会打来致命的电话。

秀吉几乎没有寒冷的感觉。他身上好像已经麻木了。这时，水边来了一群"鸭子"，秀吉分辨出这是公园里饲养的野鸭和斑嘴鸭。他不由得想起过去还住在花小金井时的往事。那时，他带着全家来狭山湖赏花。秀树还是个小学生，知美更是个未上学的孩童。看到斑嘴鸭母子结伴游水的情景时，知美真是开心极了。昭子当时穿着一件薄薄的淡蓝色的春装，那种颜色就像是有着云霞的天空。至今回想起来，那件美丽的春装似乎还在眼前晃动，使他产生了一种十分奇妙的感觉。秀吉随手拿起放在脚下的公文包，放在膝盖上。这只公文包又使他想起了一件往事。这只公文包是他在升任次长的时候，为了留念，特意去伊势丹商场买来的德国皮包。当时自己说这只包太贵了，昭子却极力怂恿把它买下。她道："你拿着这样的公文包不是很好吗？"见秀吉有些犹豫，昭子又解释说："还是换一只好，二十年来你一直使用一只旧公文包，这和你现在的身份不相配了。"秀吉耳边回响着妻子的话语，慢慢从公文包里拿出一只塑料文具盒。他的眼前似乎还摇晃着昭子的那件淡蓝色春装的影子，那种奇妙的感觉还在继续。他松开左手腕上的表带，脱下手表。然后右手从文具盒里拿出一把裁纸刀，把左手腕抵在刀刃下，裁纸刀轻轻向下滑落……刚开始几乎没有什么异样，但不一会儿，左手腕便出现了一条细细的黑线，鲜血慢慢从黑线中涌出来。

"啊，这样做不行！"秀吉猛然从痴迷中醒来，他下意识地对自己咕哝道。接着，他赶快收起裁纸刀，不让它再碰伤自己的血管。

秀吉突然想起自己的儿子秀树也有过这样的割腕行为。那时，秀树用左手腕抵着刮脸刀，哭喊着："我要死了！"昭子脸色惨白地呆立在一旁。而他则不屑地看着儿子的丑行，怒吼道："你要死就去死吧！"秀树立刻用刮脸刀割破了手腕。好在伤口较浅，血也很快止住了。秀吉想着这些往事，脸上有了几许自嘲的笑容："想不到我自己也要走割腕自杀的路了。"当他萌生这个念头时，整个身子昏昏然抽动起来。

突然，一个想法浮现在他的脑际，他想起了对儿子的愧疚：那家伙不是和现在的我一样感到痛苦吗？他的心中不是怀有不能对人明言的心事吗？我必须对那家伙表示我的歉意。如果今天就这样在这儿死了，岂不是不能向他道歉了吗？

这时，鲜血正慢慢地从左手腕涌出来，秀吉一点也没有疼痛的感觉，因为他的感觉都快麻木了，只感到自己似乎已经和外界隔离了。按他现时的想法，真想简单地撞电车自杀，许多人都是用这个方法终结生命的。心里一直怀着不能对人明言的心事，以及自己一人无论怎样都无能为力的悲愤，感觉已经麻木，处于没有感觉，不能思考的危险境地。秀吉此时对公司也充满愤懑之情。他认为公司最大的罪过就是一直对员工隐瞒真相。让他最不能原谅的是直到公司破产他还被蒙在鼓里。尽管秀吉有时也会换位思考，认为公司这样做或许也有不得已的苦衷，它原本是想把真相告诉大家的吧？但是最终还是难以咽下这口恶气。

秀吉转念又想到自己的处境。他悲哀地感到自己其实也好不了多少。他绝望地想道：我也不能对家人明言被公司解雇的事情，但如果就这样隐瞒着真相死去的话，那和公司的恶劣行为有什么区别呢？秀吉终于彻悟：我必须对家人明言自己被解雇的事实。告诉他们要把住宅卖掉，而且知美上大学的费用也没有了。

"我必须对昭子、秀树和知美说明这个问题。"秀吉这样自言自语地说着，同时从口袋里拿出一块手帕，紧紧捂住了左手腕上的伤口……

秀树

母亲正在制作圣诞晚餐。切菜板上放着切好的肉块，每块肉上都缚了细绳。

秀树好奇地问道："妈妈，你在做什么？"

"今天是圣诞夜，我准备做道烤牛肉。"

"妈妈，待会儿我有话对你说。"秀树故作神秘地说道。

"知道了。"昭子露出灿烂的笑容，"啊，秀树，今晚是圣诞夜，你父亲要回家一次。"

"是吗？我也正想让父亲听听。不过，在告诉父亲之前，我想先听听妈妈的意见。"

"那好呀。"

听到母亲的应允后，秀树高兴地回到自己的房间。

首先，他从放在窗边的三脚架上拆下相机。准备把这三脚架和相机上网拍卖掉。他认为这样或许能贴补些学费和生活费。现在父亲公司的情况很糟，而需要父亲资助的钱又肯定不少。据说提供司法考试培训的专科学校学费很贵，两年的学费大约在一百二十万日元左右。

自从那天和田崎律师谈话后，秀树受到了很大的教育和启发。当他和律师一起走出咨询室时，他便对田崎律师由衷地表示自己对律师的工作很感兴趣。他道："我要把《反家暴法》至少通读五百遍，然后再认真考虑各种问题。"

"那你准备考虑什么问题呢？"田崎对秀树的想法颇感意外。

"当然是法律方面的问题。我到现在还不清楚法律在多大程度上规范着我们的生活。"

"哦，你说是法律呀，那确实有各种各样的法律在规范我们的生活和行为。"

"田崎律师，我想请教一下。我今年已经二十一岁了，现在开始努力学习的话，将来能成为一名律师吗？"

秀树原以为提出这样的问题肯定会被田崎取笑，但为了实现自己的愿望，不得不横下一条心，大着胆子提出这个问题。谁知田崎听后并没有发笑，脸上却露出了十分严肃的表情。她认真地回答说："我产生当一名律师的愿望的时候，已经是二十六岁了。"

秀树为了达到这个目的，随后特意去书店调查了那些为准备司法考试而开设的专科学校的情况。最后调查的结果是这样的：

专科学校一般学制都在两年左右。第一年的课程是每周两到三次。秀树心想这样的安排倒也不错。除了上课，其他的时间可以外出打工，也可以通过自习加强学习。

秀树终于看到了希望的曙光。

秀树把相机移开原来对准的窗纸圆孔，把它从三脚架上拆下，放入相机匣子。接着，他又决定撕去糊在窗玻璃上的黑纸。原来糊上去的都是大张的制图纸，而且又用缝衣针那么长的大图钉牢牢固定着。这些图钉都深深地进入了窗户的棂格，所以用手根本无法拔去这些图钉。秀树稍思片刻后，很快想出了一个解决难题的办法。他拿来一把阴螺纹的螺丝刀，把螺丝刀的前端塞入图钉和棂格的间隙，这样一用力就能顺利地把图钉撬出棂格面，再用钳子轻松地把图钉拔去。由于窗纸重叠地贴了好几层，几乎每隔三厘米就有一只图钉。秀树不厌其烦地将这些图钉一一拔除。这时，他突然发现那窗纸上的四只圆孔正好就在眼前，于是忍不住地通过窗纸的圆孔朝对面望去，只见柴山家的窗帘全都严严地拉着……

知美

回家的路上，知美顺手买了棵只有三十厘米高的微型圣诞树。

一进家门就闻到了一股烤牛肉的香味。她不知道母亲在准备什么样的圣诞佳肴，急忙走进餐厅去看个究竟。这时，她看到母亲和哥哥隔着一张餐桌正在说些什么。当知美走近时，两人便闭口不谈了。知美把那棵微型圣诞树放在餐桌上，突然发现哥哥今天容光焕发，面貌一新。他把胡须剃得干干净净，头上整齐地梳着三七开的小分头。知美惊讶地张大嘴巴，心想哥哥这是怎么啦，多少年没见过他如此酷的模样了。话虽这么说，知美觉得更让她惊奇的是他们好像在认真讨论一个严肃的话题。

"妈妈，待会儿我有话和你商量。"知美说着，正准备上二楼时，突然听到母亲说了声："今天可真是个好日子。"

知美会意地笑了，她以为也许是父亲要回来过圣诞的缘故，母亲才会那么高兴。

这时，秀树也开口说道："我的事大体上已经讲完了，我马上回避。"

"没什么事，哥哥无须回避，即使听到说什么也不要紧。"知美虽然说得若无其事，但其实心里还是有些担心，她对告知家人近藤曾经是自闭症患者的事还是有点犹豫的，要是哥哥知道后会有什么反应呢？知美终于下定决心，把自己和近藤认识以来的情况大体说了一遍。

母亲很快就有了反应："哦，是有点担心，但你自己想出国，那也是没办法的事。"

秀树的态度比较暧昧，既不赞成也不反对，于是她干脆把近藤曾经是自闭症患者的事也说了出来。

"嗯——"哥哥除了一声长叹，没有任何表示。

昭子

昭子和秀树、知美通过交谈，终于亲耳听到了他们都想离家的意愿。

听秀树说，他离家主要是去学校学习法律。他曾经为柴山夫人的事和律师见面并进行了交谈。事后就产生了想当名家庭暴力救援机构志愿者的想法。他振振有词地说道："为了替那个遭受柴山虐待的柴山夫人打抱不平，我是打了几个看起来多管闲事的电话。不过我也因此认识了那些救援机构的经办人员，我发现他们那儿好像人手不够，所以想帮他们做点力所能及的事情。"

昭子听了知美说的事后感到很吃惊，觉得这事也很棘手。因为她知道即使当面反对，也未必能阻止这孩子离家。与秀树的事相比，她还是更担心知美的举动。刚才秀树说："我马上回避。"知美却回答："即使听到说什么也不要紧。"结果秀树就不知不觉地坐下旁听。其实知美应该对哥哥说："你还是回避一下吧。"听知美说起那个男朋友名叫近藤，曾经好像也是个自闭症患者。现在通过自己的努力，已经治好了这种顽症，能够独立生活和工作了。单凭这一点，昭子就对近藤这孩子抱有好感。当然，自闭症的病因并不都是同一种类型，但是他能通过自己的努力治好这种可怕的疾病就非常了不起。听知美说，那个近藤迟早会来家中拜访的。出于对这种疾病的敏感性，昭子颇为好奇地问知美："那个近藤是通过怎样的方法克服这种病症的？"

知美自负地回答："近藤告诉我，是家庭访问的医学顾问救了他。另外，因为他一直有一个愿望，就是将来成为一名珠宝设计师。"

尽管昭子对知美的回答还是感到非常迷惑，但她没有深入细究。同时，她趁这个机会告诉两个孩子，母亲也有离家工作的愿望。她说她想去参加自闭症亲友会申办的非营利性组织工作。昭子对两个孩子进一步敞开自己的心扉："你们难道以为我会和你们父亲离婚吗？我并没有这样想过。我曾经有过回到板桥你们外婆家的想法。因为那儿有你们妈妈的房子，我可以在那儿看看书，学习学习，好好地想一下自己的事情。"

秀树问道："那父亲怎么办呢？"

知美立刻回答："我看还是让父亲自己决定为好。不管怎么说，这是妈妈和爸爸夫妻之间的问题。"

听到两个孩子这样一问一答，昭子又问："你们是不是仍然希望爸爸和妈妈在一起生活呢？"

"尽可能这样吧。"知美小声回答，"不过我还是更想看到妈妈快乐的笑容。"

昭子记得那是丈夫秀吉离家的那天晚上，她和知美乘电车回家时自己说过的一句话。想不到在这儿被女儿巧妙地借用了。昭子说这句话好像在哪儿听到过，知美笑而不答。

昭子又问秀树是什么态度。

秀树毫不犹豫地回答："我对爸爸和妈妈之间的事不是很清楚，当然也希望夫妻两人关系良好。但是我认为最重要的一点是，必须能一个人独立生活。"

秀吉

秀吉顺路回到自己在小手指的公寓，简单地处理了一下手腕处的伤口。虽然手腕上缠着绷带去见家人有些难为情，但这也是没有办法的事。他把散落在枕边的所有写着计算公式的纸片收拾起来，一古脑儿地扔进了废纸篓。这些纸片总共有五十张左右，每张纸上都排列着几乎相同的数字和算式。但其中有一张纸片上写着假定月收入在七十万日元左右，自己该怎样归还按揭的算式，现在来看自己都感到好笑，这完全是胡思乱想的结果。秀吉终于明白，如果不及时出卖自己的住房，结局就是整个家庭将慢慢走向破产。道理就是这样简单明了。

走出房门时，秀吉突然有些踌躇。他一时难以决断晚上究竟是返回这儿还是住在西所泽自己的家里。而昭子在电话中也没有明确的说法。如果现在打电话去问她，又是一件很奇怪的事。秀吉沉吟半晌，最后判断大概还是要回到这儿来。除了上述原因之外，最大的难点是他那隐蔽的心事也促使他不得不这样做。因为一旦对家人说出自己被公司解雇的情况，并说明必须要出售家里的住房，知美也没有上大学的费用，那他在家里无疑是如坐针毡，片刻也不得安宁。

乘车到了西所泽车站后，秀吉曾经想给家里打个电话，最终还是没有打。因为他怕在到家之前听到妻子的声音，会使他失去向家人告白真相的勇气。

“离家整整有四十天了。”秀吉一边这样想着，一边在车站前的商业街上慢慢走着。花店门口一字排开地放着许多盆红色的“一品红”。秀吉怔怔地多看了一眼，心想在这种时候买这种东西回去会让人感到奇怪吗？

“欢迎光临。”花店里一名青年女店员热情的招呼声终于使他下决心买了一盆“一品红”。透过那包扎好的塑料袋，可以看到里面那些鲜艳的红绿相间的枝叶。

秀吉终于走到了家门口，这时他反而产生了些许情怯心理。他看到家中的一楼正亮着灯，并能听到屋子里传出的轻微的说话声，其中还夹杂着女人的笑声。那是知美的笑声吗？知美今晚也在家里吗？秀吉感到有些新奇。他知道近两年来，知美都是和她的朋友们在外面欢度圣诞夜的。那她为什么今年的圣诞待在家里不出去呢？要是直接把这事告诉知美就糟了。秀吉暗自盘算着进入家门后如何和家人交谈。他决定先把这事对昭子说明，然后再由昭子委婉地转告知美。

现在他听到的好像是秀树的声音。那家伙怎么会在一楼和昭子、知美说话呢？此时，他想起昭子早上在电话里说的一句话："我想秀树今晚也一定会很高兴的。"

秀吉一直在家门口站着，觉得附近似乎都发生了变化。他慢慢地绕家走了一圈。看到自家车库里放着的那辆本田牌轻型汽车，心想这车迟早也要变卖的吧？抬头看看对面柴山家的宅院，发现那儿的灯还没亮，而且连家里的奥迪轿车也不在。秀吉心想今晚正好是圣诞夜，他们一家肯定是到外面吃饭去了吧？对这个品行不端的柴山，他心里也充满不平之气：像柴山那种家伙怎么就不会被公司解雇呢？但就算被广告代理公司解雇了，靠着他老爸的关系，他也很快就能再就业。他们那一阶层的人也许一生都无法理解像我这样被公司解雇又不得不撇开家庭的小职员的艰辛。

秀吉仍然不敢按下家宅的门铃。这时，从厨房的换气扇里传出一股浓浓的香味。他的心绪又有些乱了：昭子在做什么菜呢？

难道她现在正等着我回家吗？我进去后一旦和他们谈起自己被公司解雇的事情，也许谁都没心思吃菜了吧？这样，昭子辛辛苦苦烧好的菜就会白白地冷掉。尽管如此，现在连家里四个人一起在家吃饭也变得越发困难了，而四个人住在一起更是不可能。那秀树怎么办呢？他现在还患着自闭症，不能出门。要是现在的家都变卖了，他该怎么办呢？现在社会上有收容这些人的机构吗？秀树知道了会发火吗？但是不管他怎样发火，我必须把今天在狭山湖边想的心思告诉他。

秀吉的手指离门铃越来越近，就在他想按下门铃的刹那，手指突然像被火烧灼似的缩了回去。他在心里暗自告诫自己："现在不行，无论如何不能进去。"

秀吉在不经意间抬头望了一眼二楼秀树住的房间。他又一下子愣住了。只见窗户的玻璃晶明透亮，透过窗玻璃甚至能看到走道上亮着的灯光。他的心猛地松弛下来：哦，那家伙已经把黑色的窗纸都撕掉了。秀吉还清楚地记得他过去下班后回家时的情景。那时每当抬头仰视秀树的房间，总看到窗玻璃上糊着厚厚的窗纸，就像一道黑色的壁垒。给人留下简直是没人居住的空巢那种阴森的感觉。秀吉凝视着那撕去了窗纸的玻璃窗，终于按下了大门的门铃……

秀吉走进家中，感到房间里温暖如春，充满一种久违的亲切感，刚才紧张的心情顿时缓解下来。他甚至产生了一种奢望：如果就这样先去浴室洗个澡，然后喝着啤酒，和大家一起吃圣诞佳肴，那该是多么惬意的事啊。

"你要洗个澡吗？"昭子关切地问道。

秀吉明白妻子的好意，但他知道现在还不能这样，如果洗完澡换上内衣，就再也没有勇气和家人提这事了。尽管如此，他还是顺从地把手里的那盆"一品红"放在门口的鞋箱上。

秀吉看到餐桌上放着一棵微型圣诞树，四周摆放着各色各样的精美佳肴，甚至还放着喝香槟酒用的玻璃杯。家里的温馨深深感染了他，但秀吉还是暗暗提醒自己干杯后就再也不能直接把事情说出来了，必须先对昭子一个人说才好。秀吉这样想着，但没料到秀树和知美都紧紧地坐在他旁边，他感到这两个孩子似乎都有话要说。秀吉觉得自己已经陷入了前所未有的窘境。该怎么开口呢？要是知美知道她不能上大学，会痛哭流涕吗？这时他发现他们母子三人正用一种奇怪的眼神看着自己。

"我被公司解雇了。"秀吉终于艰难地开了口。他看到母子三人都露出些许紧张的表情。他继续说道："我现在告诉你们，是想听听你们的看法。今天你们父亲所说的话，也是经过再三考虑才说出来的，因为我觉得这事除了对你们明说之外，再没有其他的办法。"

昭子想开口说些什么，被秀吉摆手止住了："对不起，让我先把话说完。然后再听你们的意见。现在我要老实告诉你们，我的雇佣保险金、退职金再加上家里的存款都无法继续支付这所房子的按揭贷款。而且，知美，请你原谅，我也无法为你缴纳上大学的学费了。"

　　知美睁大眼睛，脸上露出呆呆的表情。

　　秀吉径直说下去："我想把家里的房子卖了。当时是泡沫经济时代，房价很贵。现在就算卖房，扣除按揭贷款还是有很大亏损。如果我用退职金和存款去填补这些亏损，最后只剩下一千万日元左右。我想把这一千万日元交给你们母亲管理。昭子，真对不起，你能不能带着知美和秀树搬到你在板桥的娘家去住呢？我会马上找工作谋求再就业的。但是说实话，什么时候全家四个人能在一起生活，尽管我说得有些无情，现在确实无法预见。"

　　三个人听了秀吉沉痛的叙述后，不由得面面相觑，然后又不约而同地点了点头。但他们的表情和刚听到秀吉说自己被公司解雇时的表情有了很大不同。其实，秀吉决定对他们披露真相之前，心中一直反复考虑和联想着他们听了之后的各种反应。在秀吉的想象中大体上是这样的：知美大声哭泣，神色黯然的昭子抱着知美的肩膀，秀树则开始骂人，继而有可能痛打自己的父亲。而秀吉却像个罪人似的连连给全家赔不是。接着，谁都痛苦地不发一言。总之，全家就像进入了一个冰冷又暗伏杀机的战场。家中笼罩在如坐针毡的沉默之中。

但是三人的反应却大出秀吉的意料。就在秀吉惊疑之际，秀树开了口："是那样吗？"他扫了众人一眼，又道，"是那样吗？这个家要卖掉了，不过我想这也是没办法的事。"他说话语调沉稳，简直是若无其事。最使秀吉难以置信的是，昭子竟然也微笑着看着自己。不一会儿，知美像三个人的代表似的总结性地说了一句："父亲，这完全没问题呀。"

昭子

　　知美于二〇〇二年二月去了意大利。刚去的时候，她经常给家里打电话。但是不到一个月之后，她竟然几乎不再和家人联系了。我们在吉祥寺的一家茶馆和那位名叫近藤的小伙子见了面。虽然知美还没和近藤结婚，但秀吉在见面的时候十分紧张，中途有好几次借故上了厕所。近藤告诉他们，他在意大利花三个月结束了意大利语的初级课程，为了学习珠宝设计，他去了热那亚。而知美仍然留在那个名叫佩鲁贾的小城，她似乎想进一步学习，以提高意大利语水平。在咖啡馆里，她认识了一个从事家具设计的意大利女人，经常去拜访那个意大利女人的工作室。最近她还给家里寄来一张明信片，上面印着那个地方的照片。那张照片里有着古老的街道，非常漂亮。

放暑假的时候，我去意大利的佩鲁贾看望女儿。那时，知美已经和一个韩国女孩共同居住在新市区的一个现代化公寓里。知美特意赶到罗马接我，并陪我乘火车来到佩鲁贾。第一次到意大利，看到什么都感到新鲜。离开城市，马上看到了放牧着成群绵羊的山丘，山顶上还留存着中世纪的古城。我深深陶醉在眼前的美景里。

市内观光结束后，知美又陪我一起去披萨店吃了号称天下第一美味的炉烤披萨。和知美同居一室的韩国女孩是位年仅二十六岁的歌唱家，我亲眼看到女儿能和她用意大利语自由地交谈。除此之外，我还知道知美已经去那家家具工作室打工了。女儿自信满满地对我说："妈妈，什么时候我要亲手为你做一把椅子。"

秀树二〇〇二年三月也离开了家。他的学校虽然在九段，但为了靠近家庭暴力救援机构，借住在了目黑地区的一幢公寓里。秀树是在四月份考入那家专科学校学习的，但进入初夏的时候差点又受到一次挫折，据说他因为同校的一个女同学而失恋了，一度情绪非常低落，常给家里打电话诉苦，哀叹自己为什么总是没有女人缘。尽管他和那个为之失恋的女同学在同一所学校是件非常痛苦的事，但他丝毫没有放松法律的学习。他暑期去了一家法律事务所打工，充当一名普通的办事员。我曾邀请他一起去意大利看望知美，但秀树还是拒绝了我的好意。他说只要知美还在意大利，到时他一定会用自己挣来的钱去看她。

我平均一个月去看望秀树一次。有时去秀树的公寓，母子俩就在公寓附近的餐馆里用餐，有时也约好在新宿或涉谷的某一个地方见面。仅仅过了半年，秀树就完全变了样。现在大概谁也不会相信秀树有过自闭症的病史。我想也许是秀树患病时间比较短的关系，所以也能在短时间内痊愈。

我原打算外出打工，因而参加了自闭症患者亲友会非营利性组织的工作，没想到这项工作非常繁忙。听到那些患者亲友们的诉说后，我产生了一种新的认识，那就是要弄清患者参加社会活动的范围。如果让患者去家庭餐馆、快餐店或者售报亭去打工，那对于没有社交经验的青年患者来说，无疑是增加了痛苦。必须要组织一个集体，让患者学会融入这个集体的技能。但是，仅仅学会了融入集体的技能，还不能说是有利的生存方法。有时那些患自闭症的青年要融入集体会遭受多次挫折，结果反而延长了患病的时间。

秀树参与社会的方法和那些去家庭餐馆打工的患者有所不同，他现在就读的以参加司法考试为目的的专科学校是一所很正规的学校，那儿的学生很多都是有正当工作的成年社会人，所以完全没有普通学校学生惯有的去酒店或卡拉OK场所聚餐嬉闹的情况，连秀树自己都说这种良好的风气对他很有帮助。我虽然没有和那些家庭暴力救援机构的人员见过面，但对这些人也产生了浓厚的兴趣。我经常想：那些人和过去在公园里见到过的带着幼儿的妈妈群体一定不一样吧？也许他们和患者亲友会的非营利性组织有某种相似之处吧？如果秀树也去那种家庭餐馆打工的话，估计他一定会遭受到严重挫折的。

　　当秀树继知美之后离开家时，我的内心进入了一种轻度忧郁症的状态。每当走进两个子女的房间，看到人去楼空，只剩下孤零零的睡床的情景，就不由自主地会想坐在他们房间里一步也不愿走动。我深深地体会到那种强烈的失落感，就像一只雌鸟看到自己的雏鸟离开后留下的空巢那样，真是百感交集，眼泪潸流。有一段时间，甚至不敢再上二楼，以免睹物伤情。现在，我在非营利性组织度过的时间大大增加了，多次找医学顾问谈心。谈及子女离开后自己产生失落感的问题时，医学顾问告诉我，要克服这种失落感，就必须把那些已经离开的对自己十分重要的人物的记忆深深埋藏在心底。听了医学顾问的劝告后，我心里豁然开朗起来，不再把失落感当作洪水猛兽。我暗自劝慰自己，到夏天放暑假的时候就去意大利看望知美，下个星期就能见到秀树。时间一长，终于逐渐克服了那种失落感。

在变卖家宅之前，我一直住在西所泽的那栋房子里。变卖家宅的时间是在二〇〇二年四月。由于不动产价格持续下跌，所以一直没有找到买主。成交时是通过不动产中介公司拿到现金的，亲眼看着那个坐同一张桌子的银行办事员把一叠叠现钞直接塞进一个包里，结果整栋房子只卖了一千八百五十万日元。秀吉把售房金和按揭款抵冲后剩下的余款亲手交给我。我在银行又开了一个新的账户，把这些钱款全部存进去。扣去知美的出国费用和秀树的搬家费，还剩下八百万日元左右。起先我对秀吉说只拿一半就可以了，但秀吉无论如何不同意，坚决拒收另一半钱款。

　　二〇〇二年秋天，我和延江去夏威夷旅游。和延江还跟以前一样，继续保持着那种暧昧关系。在夏威夷，两人当然是同床共枕的。我们住在夏威夷可爱岛的海边小屋里。就像延江过去说的那样，小屋旁边就有通透的珊瑚礁海滩。延江是第一次出国旅游，刚开始误以为在飞机上不论餐食还是饮料都是收费的。一路上他都兴趣盎然地欣赏着在檀香山按下的美国邮戳。虽然我此次同意和延江结伴出国旅游，但也对延江明言现在并没有和秀吉离婚后再和他结婚的打算。延江爽快地答应说："这样也行。"

　　秀吉终于未能再次找到他的本行——销售工作。刚开始，他几乎每天都出去通过职业介绍所寻找工作，并和多家公司当面接触。但是在二〇〇二年的日本，失业率已接近百分之六，这对于一个既没像样的履历又无技术的五十岁的老职员来说，想再就业并不是一件简单的事。刚把家宅变卖掉的时候，他曾经使用公司给予的教育培训费去过护理培训机构参加培训。但没过几天就再也不想去了。问他理由，他回答说："我也不知道为什么，那些老太太就是不喜欢和我相处。"

那个名叫容子的青年女郎，一开春就被影视公司聘任为一部情景电视剧的女二号，所以她很快就从小手指地区迁至市中心。秀吉只能回到自己家，和我两个人观看她演出的电视剧。容子演的角色是学校的老师。尽管如此，秀吉还是很有兴味地观看着自己的朋友在电视屏幕上的表演。

秀吉的雇佣保险很快到期了。那天他对我说："有事要和你商量。"于是夫妻俩在新宿的茶馆见了面。秀吉说他想回中之条的故乡去开一家小茶馆。因为到了群马县，就可以向亲戚们借到资金，而且风险也小。最后秀吉颇为凄凉地说道："我也有点累了。"但他没有问我："你能和我一起去吗？"

由于夫妻俩也是一个月见一次面，他对我的工作情况也有所了解。我担任咨询师后，一边在非营利性组织工作，一边开始到大学去进修听课。秀吉没想叫我和他一起回群马县去，也没有提出离婚的事，我颇觉欣慰地感到和秀吉到现在还是夫妻，我还姓夫家的"内山"这个姓。双方之所以相互都不提出离婚这事，也许是大家都存在某种失落感吧？我在两个孩子离开身边时就有了一种不同的感觉，第一次认定自己的后半生一定要和自己的丈夫秀吉一起度过。

二○○二年年底，知美为更新签证回到日本。我和秀树通了电话后，秀树也表示愿意和自己的母亲、妹妹一起回故乡看望父亲。

那天，我终于带着两个孩子回到了中之条。秀吉特地赶到涉川的车站迎接我们，还兴致勃勃地陪我们去参观尚未完全竣工的茶馆。茶馆在沿河的温泉街的尽头。茶馆里只放着茶柜，规模确实很小。我们母子三人并排坐在柜台前，给正在研磨咖啡豆的秀吉送上了开店的贺礼：秀树送上一张他自己临摹的画，知美的礼品是她在意大利买的一只精致的古董咖啡杯。而我的则是秀吉喜爱的一套汤匙。

此时，店里还有正在装修的工人，他们操着群马县的口音好奇地问道："已经有客人来了？"

"不，其实……"秀吉的脸上露出些许羞涩的表情，但又很自豪地对他们介绍道，"他们都是我的家人呐！"

　　这部小说是我于二〇〇一年七月在箱根完成的。在箱根闭门造车之前，我曾专门采访了社会上的自闭症患者及家庭暴力救护机构，还去了珠宝设计工场和木匠施工的现场实地取材。到处奔波采访的半路上，我还去了出售廉价 CD 的商店买了阿尔弗雷德·豪斯的探戈舞曲 CD。之后在箱根写作时常常一边听，一边构思。除此之外，我虽然也买了好几张其他的探戈舞曲 CD，但总觉得除了阿尔弗雷德·豪斯，其他作品都乏善可陈，最终把其他探戈舞曲 CD 弃之一边。执笔期间，我时常听着《蓝天》《妒忌》《采珍珠》等优美动听的曲子，潜心书写那个家庭的故事。

　　这部小说是以怀疑"拯救和被救"这一人际关系为出发点的。当前，所谓拯救别人也是拯救自己的"常识"正在社会上不断蔓延，其实它的弊害甚大，这样的想法往往影响个人的自立能力。

在小说的取材中曾得多方支持，谨对以下各位顺表感谢。（不论顺序）

齐藤环氏（精神科医生、青少年健康中心）

石谷敏雄氏（一级技工、建筑承包商）

大内实氏（大内建筑工业所社长）

长泽孝氏（珠宝服饰品设计师、长泽珠宝服饰品设计公司）

鸟羽秀子氏（宝格丽·日本株式会社董事）

大贺达雄氏（心理疗法师、目黑精神保健研究会代表）

仮屋畅聪氏（医师、东京都立中部综合精神保健福利中心地域保健部宣传援助课课长）

小田润氏（精神保健福利师、东京都立中部综合精神保健福利中心地域保健部宣传援助课计划调整股长）

菅原由实子氏（临床心理师、东京都立中部综合精神保健福利中心地域保健部宣传援助课咨询股长）

高桥等氏（心理医学顾问、咨询室代表）

谷口隆一氏（心理医学顾问、咨询室协调代表）

平川和子氏（精神疗法专家、FTC避难所）

堀内成子氏（助产师、护理学博士、圣路加护理大学教授）

冈桥文荣氏（东京都妇女咨询服务中心咨询股长）

大津惠子氏（女性之家行政助理）

菊地麻绪子氏（律师、长岛·大野·常松法律事务所）

酒井龙儿氏（律师、长岛·大野·常松法律事务所）

宫之原阳一氏（律师、沼田法律事务所）

　　这部小说是幻冬舍为我出版的第五部作品。借此对给予我诸多帮助的见城徹、责任编辑石原正康君及协助取材的日野淳君一并表示感谢。

二〇〇一年八月三十一日　横滨

村上龙

SAIGO NO KAZOKU
by MURAKAMI Ryu
Copyright © 2001 MURAKAMI Ryu
All rights reserved.
Originally published in Japan.
Chinese (in simplified character only) translation rights arranged with
MURAKAMI Ryu, Japan
through THE SAKAI AGENCY and BARDON-CHINESE MEDIA AGENCY.

图字：09 - 2004 - 471 号

图书在版编目（CIP）数据

　　最后的家庭/（日）村上龙著；徐明中译. —上海：
上海译文出版社，2021. 8
　　（村上龙作品集）
　　ISBN 978 - 7 - 5327 - 8785 - 2

　　Ⅰ. ①最…　Ⅱ. ①村…②徐…　Ⅲ. ①长篇小说—日
本—现代　Ⅳ. ①I313. 45

　　中国版本图书馆 CIP 数据核字(2021)第 128357 号

最后的家庭
［日］村上龙 著　徐明中 译
责任编辑/吴洁静　装帧设计/山川制本　插画师/木内达朗

上海译文出版社有限公司出版、发行
网址：www. yiwen. com. cn
200001　上海福建中路 193 号
江阴市机关印刷服务有限公司印刷

开本 787×1092　1/32　印张 11.75　插页 5　字数 166,000
2021 年 8 月第 1 版　2021 年 8 月第 1 次印刷
印数：0,001—5,000 册

ISBN 978 - 7 - 5327 - 8785 - 2/I • 5423
定价：75. 00 元